大鱼文化传媒　大鱼文学

不负

忆长安

则慕 著

河北出版传媒集团

花山文艺出版社

图书在版编目（CIP）数据

忆长安·不负 / 则慕著. --石家庄：花山文艺出版社，2016.8（2020.3重印）

ISBN 978-7-5511-2963-3

Ⅰ. ①忆… Ⅱ. ①则… Ⅲ. ①长篇小说－中国－当代Ⅳ. ①I247.5

中国版本图书馆CIP数据核字(2016)第215958号

书　　名：**忆长安·不负**

著　　者：则　慕

策　　划：张采鑫

责任编辑：郝卫国

特约编辑：欧雅婷

美术编辑：许宝坤

责任校对：齐　欣

封面设计：刘　艳

内文设计：昆　词

出版发行：花山文艺出版社（邮政编码：050061）

（河北省石家庄市友谊北大街330号）

销售热线：0311-88643221/29/35/26

传　　真：0311-88643225

印　　刷：三河市华东印刷有限公司

经　　销：新华书店

开　　本：880×1230　1/32

印　　张：9

字　　数：212 千字

版　　次：2016年11月第1版

2020年3月第2次印刷

书　　号：ISBN 978-7-5511-2963-3

定　　价：45.00元

目录

忆长安

不负

目录——

忆长安

不负

其实我也知道我活不长了。

指甲原本应该是粉红色的，但它最近慢慢变成了白色，应该是我身体里的"独活"在发挥作用。

我倒是无所谓，但怕钟尘看到了会起疑心，只好给指甲上抹了浓浓的蔻丹，火红火红的，像指尖开出了血色的牡丹。

其实远没有这么浪漫，但我到底是闲着没事，坐在太阳底下晒太阳都能晒出诸多感慨。

坠儿端了补汤上来，搁在桌子旁边，说："皇后娘娘，您最近身子虚，要多补点儿才好。"

顿了顿，她说："这是皇上派人准备的。"

坠儿跟我也不过三四年，大概觉得我会因为这件事而欢欣鼓舞，但她实在不了解钟尘。

台面上的事，钟尘从来都做得很体贴，他从小就生活在刀光剑影波涛暗涌的环境里，所做的事，和所想的事，从来不是一样的。

外面很有些吵闹，笑声很响，我问坠儿是怎么回事，她担惊受怕地说：“是……是……是梅妃的生辰，皇上请了梅妃家乡的戏班子，在御花园里搭台子唱戏。”

“哦。”我应了一声。

梅妃。

曲魅被封为梅妃，因为她名字里的“魅”和“梅”相近，也因为她喜欢梅花。

皇上曾赞她如梅花般高洁，凌寒独绽。

然而钟尘忘记了他当初说过什么。

我也喜欢梅花。

还没进宫的时候，我和他在塞外，塞外一年四季寒冷，只有梅花独绽，但数量也极少。有一回是我生辰，他不声不响地踏遍了每一寸雪，收集了一大捧梅花送给我。第二天就发起高烧。

我又心疼又感动，把那些梅花好好养着。

后来入宫，要给我封号，我说我喜欢梅花，不如就叫梅妃，钟尘失笑，说：“你是皇后。”

“那怎么办？”我那时候也小得很，恃宠而骄，故作生气地看着他。

钟尘却笑着拥住我，说：“皇后是你，梅妃也是你，嗯，贵人还是你，后宫三千，你想要什么名头，随便就是。反正都是虚名，只有你一个。”

而如今，真正的梅妃正在后花园里，依偎在钟尘怀里，听着钟尘特意请人为她唱的戏。

这些年来，除去那捧我十六岁时收到的梅花，还有什么是真的呢？

坠儿说完之后便很忐忑，她一边轻轻替我揉着肩膀，一边说：“皇后娘娘您的生辰是什么时候？我的家乡里有个说法，过生日的人……”

我打断她：“昨天。”

“啊？”

我微微抬眼，见坠儿错愕的脸庞，忽然觉得很疲倦，说：“我的生日是昨天。”

已经过去了。

坠儿噤声不再说话。

昨天，我这凤栖宫里，一个人也没来。

钟尘没来，曲魅也没有来，那些往年热情的妃嫔更没有来。

他们大概是不记得了，又或者记得，但只能怪我运气不好，生辰和曲魅的太过接近，那些人忙着替曲魅准备礼物，哪个还顾得上我。

厚重的云层逐渐盖住阳光，我在院子里越发觉得寒冷。

半醒半寐间，有一双温柔的手握住我冰凉的手，这触感如此熟悉，我在瞌睡中就忍不住迷迷糊糊地反握住，然而接下来对方的话却让我如坠冰窖：“一把年纪了，手还涂得这样红！”

我猛地睁开眼睛，果然是钟尘，他倚坐在床边，面容一如十多年前英俊，只是眉宇间多了几分沧桑与沉着，还有我所陌生的冷酷。

他依然是钟尘，然而更是当今的皇帝，他是我的丈夫，同时也是别人的丈夫。

我下意识地想把手抽回来，他却不容我反抗，更用力地握住我的手，说：“躲什么？”

“还没给皇上行礼。”我找了个最可以当借口的借口。

钟尘似是不屑一笑：“不必了。”

我忍不住看了眼窗户，天似乎还是灰蒙蒙的，他在曲魅那里过夜之后，现在居然早早起床，到我这里来，真是让人……受宠若惊。

受宠若惊。

"我忽然想到前日是你的生日，所以才来的。"钟尘似乎看出我的想法，笑了笑，"你想要什么？"

我想要什么？

这可真是难住了我。

我是个将死之人，所有的东西，死后都不能带走，我要来又有什么用呢？

但我不能这么说。

钟尘不知道我要死了，我也不想让他知道，我若说什么都不要，只会让他觉得我是在耍小性子。

我说："听说长安郊外百花盛开，我想出去看一看。"

钟尘皱了皱眉头："你前几日才替曲魅换血救命，身子还很虚，不宜出门。"

顿了顿，他似是回忆般地说："我记得那时候你替我换血，足足在床上躺了一个月。"

原来他还记得。

我很早就开始想，爱情这个东西，不过是他一时兴起所给的小恩小惠和几句甜言蜜语，我以为我可以不再放在心上，然而我还是错了。

他给我送补汤，我不在乎；他清晨来看我，我不在乎；他一直握着我的手，我更加不在乎。

然而他只是说了一句"我记得那时候……"，我就还是被打动了。

是啊，那时候。

我们刚来宫里，一切危机四伏，他还年轻，皇位还没坐稳，无数双眼睛盯着他，随时可能伸出手把他推翻。

那时我与他来宫中时间已经不短，也正是我和他初次有嫌隙之事发生之时，我常常往外跑，最后更找了个借口去了郊外，但那时他正在想办法铲除各地藩王，其他的倒是还好，只是其中有个硬骨头宁王，怎么啃也啃不动，后来钟尘终于想到办法，谁料却让宁王大怒。

之后，宁王孤注一掷，派了刺客来，十多个死士不顾一切地拥上去，他中了一剑，剑上有剧毒。我得到消息之后，立马跑了回去，我那时医术已很是高超，但对于那毒束手无策。

那大概是我见过的钟尘最虚弱的一次，他脸色苍白，没有一丝活气，在病榻之上偶尔醒来，叫的都是我的名字，吩咐我在他死后如何全身而退。

我怎么能让那样的钟尘死去呢？

事实上，我是师父从毒谷中救出的，在遇上师父之前，我一直被当作药人养。这个事情钟尘不知道，我也没多大把握，我趁着半夜无人，偷偷和他换血，他毫无知觉，我就着月光看他苍白的脸，心里泛起怜惜和痛苦。

然而一切都是值得的，第二日他便醒来，所有的人尤其是御医们都惊呼钟尘果然是龙子。可钟尘晓得，他抓着我的手问我做了什么，我想隐瞒，却还是挨不住昏了过去，这一躺就是一个月。

我身体里的药叫独活，可以以换血救人之命，然而换血后，人会极其虚弱，身体冰凉宛如死人。

他大概是怕我真的死去，每晚拥着我睡觉。我半夜醒来，他居然都没睡着，一双如不见底深渊的眸子牢牢地看着我。见我身体冰凉，他又紧紧抱着我，我贪恋那样的温暖，没给自己开补身体的药，让它慢慢恢复，故而躺了那么久。

可这次不同。

我换完血的当下，钟尘便迫不及待地冲了进来，抱住曲魅查看她的状况，甚至看也没有看我一眼。

没人搀扶，我只能摇摇晃晃地走到室外，坠儿担忧地扶住我。

我昏睡了半日，醒来之时浑身冰冷更甚上回，我自己开了药，让坠儿去抓，如此没多久便可以下地活动，期间钟尘忙着照顾曲魅，又要为曲魅的生辰准备，对我唯一的关怀，便是那些连一点儿心思都没花的补汤补药。

没有人爱，就更要爱自己。

这句话是师父一直告诫我的，我如今终于体会到。

我看着钟尘，无奈地说："那便不出去吧。"

钟尘有些不耐烦地皱紧眉头，道："你如果真的很想出去，我也可以安排，每次都这样要死不活的口气又有什么意思？！"

要死不活……他倒是说中了。

我不想理他，没有说话。

钟尘反而放软了口气，道："我想到要送你什么了。"

他今天心情不错，不然以往他早就干脆甩袖出门了。

我看着他，不知道他会提出什么意见。

但他只是笑，眉宇间依稀是多年前小男孩儿的样子："梅妃怀孕了。"

我有一瞬间的错愕，随即低头："恭喜皇上。"

他哼了一声，大概是对我不冷不热的反应甚为不满，但我想的是，

不负
忆长安
BUFU

难怪他会清晨就来这里，难怪他会提起我的生日，难怪他这么开心。

一切都说得通了。

钟尘接着又高兴地说："我知道，你肯定也想要有个孩子。"

我和钟尘在一起十多年，一直没有孩子，这是我和钟尘最大的遗憾——当然，这仅限于我们感情还很好的时候。

钟尘一直希望我能生下他的孩子，然而我却迟迟没有怀孕，他急得要命，甚至想找御医替我们把脉开药，研究一番。

我哭笑不得，告诉他我自己就是医师，有问题我怎么可能不知道呢。后来拗不过他，还是和他都喝了一些药，然而却毫无进展。久而久之，他也放弃了，这成为大臣们逼他娶其他女子的借口之一。

他第一次纳妃，还想偷偷瞒着我。

对方是边关元帅之女，边关元帅远离京师，手握重权，天高皇帝远，钟尘娶他的女儿，其含义不言而喻，我怎么可能被轻易瞒住，很快便知道这个消息，但我没有任何举动。

我不想看见钟尘为难的表情，也知道他的不容易。

身为皇帝，怎么可能如他所言，后宫真的只有我一个呢？

但他除了新婚当晚，其余时间再也没去过那个妃子那里，我自然是开心的。

我不闹不吵，但并不代表我不介意，钟尘主动对我专一，我更是感动非常。后来他陆陆续续纳了几个妃子，皆是这般的待遇，但到底是有人怀孕了，钟尘难掩开心，有时在我身边都心神不宁，似乎惦念着那个孩子。

他要当父亲了，这是第一次，我没法指责他，只能故意说自己不

不负
忆长安
BUFU

舒服，让他不要来找我。钟尘如蒙大赦，一直陪着那个妃子直到她生下小公主。

那时候钟尘居然还跑来对我说，还好是个女孩子，他希望第一个皇子是由我诞下的。

大概是他真的这么想，后来几个妃子生的都是公主，如今后宫之中有四位小公主，却没一个皇子。钟尘越来越不开心，他已经不指望我生孩子，更不再对我提起皇子的事情。

他不指望我，我也不指望他，我们两个对彼此都毫无指望，这真是一件无可奈何的事情。

如今曲魅怀孕了，这真是件天大的喜事，大概是钟尘太过开心，居然对我说出了这样的话。

"你也想要个孩子？"

这是当然的。

我已经快三十了，在我人生的前半段里，有师父照顾，中间的那段时间里，有体贴的钟尘，按理来说，完满的人生里，只差一个可以膝下承欢的孩子。

但我不可能有孩子的。

我看着钟尘，说："皇上怎么忽然这么说？"

钟尘道："你是皇后，没有子嗣已成为那些大臣对你提出异议的借口，如果你有子嗣，自然再好不过。"

"他们说了这么多年，无所谓了。"我摇了摇头。

钟尘却笑了："话怎么能这么说？既然是可以做到的事情，何不努力一次？我最近一直在陪梅妃，倒是冷落了你。"

我没有说话。

钟尘握着我的手松开，一边缓缓摸上我的面颊，一边道："皇后也快三十了吧？却是看不出来，只是到底不及真正的二八少女。"

他摸了摸我眼角，露出一个意味不明的笑容："还是有纹路的。"

我道："皇上，臣妾很累，您的心意我感激不尽，但我现在需要的是休息。"

钟尘收回手，冷着脸道："这么说来，你是要拒绝我？"

"臣妾真的很累。"我只能重复这句话。

"累了就更该休养。"钟尘忽然靠近，捏着我的下巴硬是逼着我抬起头直视他。我又累又无力，居然抬不起手来打掉他的手。

钟尘的嘴唇几乎贴着我，他的吐息轻轻拂过我的脸，而后一个轻轻的吻落了下来。

他的手拉开我的衣领，轻啃我的锁骨。

我闭上眼睛，心里一阵无力。

钟尘将我推倒，吻的力度逐渐加大，从嘴唇蔓延至耳朵、脖颈，我终于还是没忍住，说："皇上，臣妾是不可能有身孕的。"

钟尘的动作戛然而止，他微微抬起身子，冷冷地看着我。

"那次为皇上换血之后，臣妾就再也不可能怀孕了。"我直视钟尘，想看清他的表情，我猜他也许至少会有哪怕一点儿的羞愧。

然而，钟尘的表情是那么冷静甚至冷漠。

我从来没有告诉过钟尘这个事情，虽然我觉得很可惜，但也没办法，比起那些可能会出生的孩子来说，钟尘更加重要。而我不告诉钟尘，只是因为觉得如果他知道，必然会又失望又自责。

太医的药没有用，我自己也不开药方，因为我用我未来孩子的命，换了钟尘的命，而我甚至舍不得让钟尘知道。

我原以为我可以瞒他一辈子。

但如今，居然要以此作为一种筹码，以免他在我虚弱不堪的时候，再给予重创。

床笫之欢，从来是我和钟尘你情我愿，两人恋到深处，总难免缱绻缠绵，然而现在被他当作恩赐，在我一点儿力气都没有的时候赠予我，我实在是消受不起。

钟尘坐直身体，静静地看着我："你从来没有告诉过朕。"

"是臣妾的错。"

钟尘忽然露出一抹笑意："错？你有什么错？挑战宁王的人是我，被刺客刺中的人也是我，让你以血换命的人，亦是我。"

他忽然没有说"朕"，而是用"我"，如以前一样。

称呼回到从前，可惜距离还是一样的远。

钟尘继续道："如果是以前，我会感动得不知所措。"

他伸手轻轻地抚摸我的脸颊，温柔得像我十六岁那年他第一次亲我的脸颊，然而语调却冰得像十六岁那年塞外的飞雪："可惜现在，不同了。"

"好好休息吧，朕的皇后。"他意味不明地俯身亲了亲我的额头，一碰即离，转身便大步踏出。

我忍不住开口："皇上。"

钟尘的脚步骤然停住，他并未回头，只道："嗯？"

"您还记得那年您刚准备回宫，我们险些分开吗？"我轻轻地说。

钟尘似乎是思考了一会儿，可惜他终究说："不大记得了。"

我没再说话。

钟尘在原地站了一会儿，见我再无反应，还是推门离去，我只瞥见他衣袂纷飞如掠过空中的大雁。

他到底是不记得了。

那年钟尘准备回宫登基，我却不愿意回去，师父也不肯让我去，说是庙堂之中太过复杂，不适合我。我哭哭啼啼的，钟尘也难得地红了眼眶。

那时候我也才十九岁，眼睛通红，在屋外坐了一个晚上，师父来劝我，说这不算什么，我根本不信他，说："怎么可能不算什么，生离死别，是这个世界上最痛苦的事情。"

但师父只是笑。

我那时年幼，却自以为勘破了世间最悲哀的事情，一个生离死别，足以让人肝肠寸断，然而如今我才明白，生离死别的确不算什么。

这个世界上最悲哀的事情不是生离死别，而是相爱的人啊，于那么多波折后依然在一起，可是爱却在不知不觉中，一点点耗尽了。

忆长安 BUFU

不负

　　曲魅的存在并不让我意外，不是曲魅也总有别人，宇国这么大，美女这么多，我不可能永远是十六岁的样貌，但总会有十六岁的女子出现。

　　然而曲魅的出现却让我有点儿意外。

　　那段时间我和钟尘的矛盾已然出现，以往他微服私访一定会带上我，然而那次没有。

　　我也没多想便随他去了，当时我也心情抑郁，没想到他一去，就带回一个女子。

　　那女子名唤曲魅，到底是哪儿来的却没人知道，只是谁都知道，钟尘日日待在她房中，我的凤栖宫连一次也没来过，甚至一向勤于朝政的钟尘居然有一次没有早朝。

　　后宫之中传言纷纷，都在猜测那位连脸都没露过的曲魅是什么人，长成什么样，多大年纪，家在何方，更有许多人在来向我请安的时候，旁敲侧击看我的意思。

　　我是皇后，在后位上一待就是这么多年，没有子嗣，也不够好看，更没有魅惑人心的手段，她们表面是在关心我，实际却是想看我沮丧的面容，并揣测我是否伤心欲绝。

但我没有任何表示，只是等。

等来的，是半个月后钟尘来我的凤栖宫，说，他要将曲魅册封为梅妃。

而他特意告诉我的原因，只是因为曲魅生性害羞，不善言辞，所以不能来向身为皇后的我请安。

我还是皇后，这点让许多人大失所望。

然而只有我知道，曲魅被封为梅妃，就代表钟尘已经不再在意我们过去的事情了。

她来不来向我请安，我哪里会在意？她已经出现了，钟尘对她好一点儿或者坏一点儿，都已经毫无差别。

与此同时，为曲魅而造的倚梅宫开始建造，在原来清远宫的基础上修葺扩建，并换一个名字。清远宫，那是当年钟尘母亲的宫殿。

册封曲魅的那日，按照礼数，我也在场。钟尘戴着通天冠，着绛纱袍，一如当年封后典礼上的他，岁月流逝，他的面容不减英俊，倒多了几分沉稳。

我还记得封后典礼前一日，我和他本该是不能见面的，但我和钟尘都不信这些，两人想念对方想得紧，忍不住偷偷见面。他看着我，眼睛像天上的星星一样闪亮，他握着我的手，对我说："阿昭，明天你就要当我的妻子了。"

我说："你不应该说'我'，你应该说'朕'。"

那时候我根本不懂这是多么难得的事情，傻乎乎地纠正他对我的称呼。

不负 亿长安 著

"在阿昭面前说'我'就行。"他露出一个笑容，那时候他也不大爱笑，但面对我的时候总是扬着嘴角，似乎总有什么让他开心的事情。

我不允许，硬是让他说"朕"，怕他被人抓住话柄，说不够庄重。

钟尘无奈之下只好答应，喊我却一直是阿昭。

封后典礼上，他在我耳边轻轻地说："我的阿昭。"

多好啊，那时候他喊我"我的阿昭"，现在他喊我"朕的皇后"。

年少时总觉得很多事情是理所当然，当它悄然改变后，才知道什么叫珍贵。

我远远地看着这个我爱了这么多年的男人，看着他穿和当年一样的衣服，站在和当年一样的地方，可是再看那盖着红色盖头的人却不是我。曲魅亭亭玉立，身姿曼妙，似朵绽放的梅花，我就忽然又觉得释怀了。

梅妃这个称呼，的确很适合她，而我，只能是皇后。

后宫三千人，各有各的名分，我是个不受宠的皇后。

那一刻我找准了自己的位置，心甘情愿地承认她是梅妃。

最后我看着曲魅和钟尘离开，看着众人纷纷打量我的神态，我想，我还爱钟尘吗？如果爱，那还能爱多久呢？

很多时候，爱一个人是很简单的事情，我哪里能想到，有一天，爱会变得这么折磨人。

从曲魅入宫到如今已有一年多，除了曲魅的册封仪式，我从未见过她，是以居然一直不知道她长相如何。坠儿跟在我身边，也没有见曲魅的机会。凤栖宫人迹罕至，往来的妃嫔越来越少，而曲魅是新欢，倚梅宫里人来人往，我们似乎是两个极端，她是当年的我，而我不知道自己会不会是未来的她。

至少此刻她是幸福的。

我对曲魅的了解，从来只有听说，但钟尘太爱曲魅，那些人也不敢擅自评论，我更是无从得知她的消息，也懒得去探听，只是有件事怎么也瞒不住，那就是曲魅竟然是个哑巴。

曲魅不会说话，只能以手语和钟尘还有其他人对话，没人见她张过嘴，只知道她手指很漂亮，修长洁白像玉石雕成的，脸上总是挂着淡淡的笑容，高兴的时候手指飞舞表达自己的心情，难过的时候就什么也不做，低着头垂头丧气，两手紧握。

我只知道这些，但已经足够了。

光是这些，一个可爱的女孩子的形象便跃然于眼前，我想我能够明白为什么即便她不能说话，钟尘却还是喜欢她。

不会说话，那就不会话多，不像我，以前总是絮絮叨叨像个老妈子。安静的女孩，没有人会讨厌。

喜欢笑，更不像我，虽然年轻的时候我也爱笑，但大多笑得很没有水准，什么"淡淡的微笑"根本不可能。况且以前我没事就板着脸吓唬钟尘，现在更是逐年丧失了笑的力量，扯一扯嘴角都很困难。

有时候我看着镜子里的自己，都会觉得有些丧气。

我一点点失去了最基本的能力。

笑容、眼泪、喜怒哀乐……最终失去的，将是呼吸。

同曲魅一个天上一个地下，我原以为我们这辈子都不会有交集，

忆长安

不负 BUFU

除非哪天曲魅也被钟尘给嫌弃了，哭哭啼啼跑来我这里寻求安慰。

但看钟尘对她一时无双的宠爱程度，那一天未免太过遥远。

可惜到底我还是和曲魅扯上关系，且原因极其匪夷所思。

那日我在看京师地图，想知道出宫后走哪条路到城外最近，外边就忽然传来太监慌慌张张的声音："皇上驾到！"

我一愣，不知道钟尘怎么想到来我这里。

他三两步走到我身边，面色阴沉，我恭恭敬敬地行了个礼，他毫不客气地说："梅妃中毒了。"

"啊？"我没反应过来，下意识地说，"皇上是要我去替梅妃解毒吗？"

钟尘脸色更黑，他冷冷道："解毒？许碧昭啊许碧昭，朕今日才知道你演技这么好！下毒之人，竟妄说什么'解毒'？"

"下毒之人？"

我愣了片刻，忽然明白过来钟尘的意思。

我淡淡地看着他："我没有下毒。如果皇上不信我，那就去找御医吧。"

"你以为朕没找过吗？！"他大概是真的急了，怒道，"那毒没人见过，御医想解也无从下手！许碧昭，你怎么可以下这么狠的手？梅妃从未招惹你，你却想要她的命？"

梅妃没有招惹我，没错。

但我又招惹谁了呢？

我说："皇上，梅妃中毒至今多少日了？"

"五日，怎么了？"钟尘皱着眉头看我。

我忍不住笑起来："皇上真是太健忘了，我的能力皇上还不清楚吗？如果是我下的手，梅妃根本活不到今日。"

钟尘亦是不怒反笑："这五日来梅妃没有一刻清醒，每日呕血，浑身如蚀骨般疼痛，求生不得求死不能，岂不是比立马死去更痛苦万倍？朕不是忘记你的能力，而是知道你的心越来越狠！"

越来越狠的人，究竟是谁呢？

我那时也来了脾气，咬着牙说："对，没错，就是我下的毒，那又怎样？我就是要她这样日日夜夜辗转反侧痛苦难耐，怎么样？"

敢在钟尘因为梅妃而气成那样的状况下出此言语，想来我那时候也还很有点儿没有弄清楚自己的位置。

我大概在心里隐隐觉得，钟尘到底是忍让我的，他会为梅妃来质问我，只是一时怒火，到底他还是更偏向我。

可我错得太过彻底。

让我清楚知道这件事的，是钟尘毫不留情的一个巴掌。

我被打得眼前发黑，头脑中一片空白，眼前所有的光影似乎都被揉搓成一团在我面前扭曲地晃荡。

我看不清钟尘的面容和表情，但我听见他的声音："阿昭，你怎么会变成这样？"

阿昭。

此情此景，他居然叫我阿昭。

我以为那是我们仅存的回忆啊，我以为如果哪天他叫我阿昭，就是我傻乎乎的钟尘又回来了。

可他那痛心疾首又愤怒的语气里，我找不出一丝能与过往重叠的气息。

我到底还是示弱了，我问："我都没和梅妃见过面，怎么能下毒？"

本来我想，我跟以前一样偏到底，他终究会发现自己对我的误解，并且因此痛恨自己，跑来安慰我，千百倍地对我好。

但这次我没有勇气去赌，也没有力气了。

我到底是示弱了。

钟尘冷冷地说："你当然没见过她，如果你见过她，就不会下这样重的手。"

我呆呆地抬起头，看着钟尘陌生冷淡的面容，不明白他的意思。

然而当我看到曲魅的那一刻，我明白了。

她的眼睛、鼻子、嘴唇、脸形，甚至是右边眉角一颗小小浅浅的痣，都和我一模一样。

然而她更年轻，即便在我面前的梅妃，已因被下毒而被病痛折磨了五日，可她到底是年轻的，就像十六岁的我。

我的十六岁，塞外雪花纷飞似江南的柳絮，师父教我医术，告诉我古老的故事；远在他乡的师兄一月寄来一封给我的信，附着一些江南的小玩意儿；钟尘在我身边，把我宠到了天上去。

我年轻，天真，糊涂却快乐。

那一刻，我忽然就不恨了。

我也终于明白，我忘不了放不下的，不是当年的钟尘，而是当年的自己。

钟尘大概一直以为我只需要休养就会没事，但他不知道我这一辈子也只能替两个人换血，换完之后就得死。

只是这死的时间可长可短，而我没有刻意调养，算一算日子实在不长了。

我越来越容易困乏，有时候倚在贵妃椅上就能昏昏沉沉睡一下午，坠儿忍不住想让我喊太医来，看看是否是因为有喜脉，我啼笑皆非地看着她充满期待的脸，一句话也说不出来。

这是一个生命即将逝去的象征，而它竟和一个生命即将来临的象征如此相似。

天还是冷的，且缠缠绵绵不断地下了好几日的雨，我好多日没晒过太阳，越发感觉阴寒，地龛和火炉堆满了整个宫殿，我蜷缩在被子里，却还是冷得要命。

自上回见钟尘已足足过去小半个月，我不问外边的事情，活像生活在寺庙里，沉沉浮浮的，竟没想过与他有关的事情。

其实这也是独活的原因。

独活会让人记性越变越差，我有时看着坠儿，竟然想不起她叫什么，而其他的宫女太监，早就不记得姓名与长相。

我想如果一直这样，到了死的时候，我大概可以忘记钟尘。

忘记他是谁，长什么样子，与我有什么关系，又对我做过什么。

如果真能这样，倒也是一种幸运。

可惜钟尘从来不让我如愿，他在某个黄昏掀开我的床帏，坐在我的床边。

外边还在下雨，他身上一股湿潮的气息，肩头上隐约有点儿水渍，我奋力地睁开眼睛，看着他："皇上？"

我想起身行礼，但人就是这样，越睡越没力气，连他脸的轮廓都如此模糊。

钟尘却和颜悦色："不用行礼了。"

我于是没有动作。

钟尘伸手，探了探我的脉搏，而后皱眉："脉搏怎么这么虚弱？都这么久了。"

我简略地说："天气太冷。"

钟尘往四周看了一圈，说："这么多暖炉，地龛也开着，还冷？"

"嗯。"

钟尘意有所指："你这么虚弱，那这些天岂不是从没出过门？"

我点点头："是。"

钟尘收回自己的手，若有所思地说："龙将军被人下毒了。"

"龙将军？"我很茫然。

钟尘眯了眯眼："你不记得他了？"

"最近很多事情都记不得了。"我摇了摇头。

钟尘说："他镇守边关多年，平西北，灭绛穆，战功煊赫，已经七十多，这一段时间才回京，但回京后没多久，就开始生重病，每日呕血，身体发烫，碰他一下，便会让他有蚀骨之痛。朕派了御医去，发现是中毒。"

我隐隐觉得熟悉，说："又是中毒？"

"对，和梅妃的毒一样，"钟尘耐心地说，"两种毒同样无药可解。"

我瞬间便清醒过来，也不知道是想哭还是想笑："皇上怀疑又是臣妾下的毒吗？又要臣妾去替龙将军换血吗？"

难怪他和颜悦色。

曲魅才十多岁，以命抵命也就算了，然而龙将军都七十多了。

荒唐，真的太过荒唐了。

钟尘一直没有说话，我叹了口气，说："好吧，皇上带我去就是。"

其实现在换了也没用。

我挣扎着想起身，钟尘却伸手轻轻按住我："朕没有那个意思。"

他，轻轻地、柔柔地摸着我的脸，像抚摸着什么珍宝。

"朕只是来看看你，跟你叙叙旧。"钟尘话语里竟不知不觉带上回忆，"那年我们刚回来，朕说要立你为后，很多人都不同意。但龙将军从边关来了一封信，说朕受苦这么久，和你相濡以沫相互扶持，若是我没让你当皇后，反而证明我无德无义，不能让百姓信服。也是这封信，扭转了当时的局势，让你成为皇后，你还记得吗？后来朕被宁王威胁，也是他毫不犹豫地来帮朕，你记得吗？"

他忽然说起这个，我一时有些恍神。

隐隐约约地，我想起来了。是啊，那时候龙将军的一封信简直是雪中送炭，他地位极高，又是武将，朝中那些嚷嚷着我和钟尘"门不当户不对"的文臣不敢太过得罪他。何况他言之有理，钟尘总算以此找到突破口，让朝中那些老古董闭上了嘴，心甘情愿地喊我皇后。

而对付宁王的时候，钟尘手中兵力其实不多，龙将军毫不犹豫写了暗信给自己的儿子，让他将龙家兵力全数交给钟尘，助他渡过难关。所以宁王才会被逼急之下派出刺客。

我说："记得。"

钟尘一笑："原来你还记得……"

他手上忽然使力，我的脸生痛。

钟尘的声音有些咬牙切齿："你记得……我真想看看，你是不是被人换了张脸？现在的阿昭，和当初的阿昭，未免也相差太多！"

我勉强偏过头，说："皇上，我不知道你在说什么。"

"何况……"我静静地说，"皇上问我还是不是当初的阿昭，那同样的问题，我也想问皇上。"

钟尘，你还是当年的钟尘吗？

钟尘猛然收回手，说："你上次接触过梅妃，应该对那毒有些了

不负 BUFU 忆长安

解，你可知道那毒有什么解救的方法吗？"

我顿了一会儿，摇摇头。

钟尘似乎忍着怒气，道："我再问你一次——你可知道那毒有什么解救的方法吗？"

我还是摇头。

"好……好！"钟尘危险地眯了眯眼，忽然喊道，"来人！"

有几个宫女太监匆匆忙忙地走了进来，跪在地上，眼都不敢抬。

钟尘看着我，一字一句地道："将这些暖炉全部搬走。"

坠儿也在，惊呼道："皇上！"

钟尘理都没理她，继续吩咐道："全部搬至倚梅殿，梅妃这几日想看梅花开，将暖炉放在附近，可以催梅花快点儿盛开。"

我毫无反应地躺在床上。

坠儿跪着哭道："皇上！皇后娘娘她最近身子总是发冷，没有暖炉真的不行！"

钟尘冷笑道："皇后的心都是石头做的，还会怕冷？！"

他只说完这句话，就毫不犹豫地起身离开了。

那些太监宫唯唯诺诺，最终还是按照钟尘的吩咐一点点搬走那些暖炉。

坠儿哭得成了个花猫，跪在我床边看着我，道："皇后娘娘，您等一会儿，我再去拿些被子来，替您盖着。"

暖炉纷纷撤走，偌大一个凤栖宫中，冷得让我心里发怵。坠儿的眼泪落在我的手背上，滚烫滚烫的，让我从迷茫中惊醒，我颤抖着开口："别哭……我没事。"

坠儿却哭得更厉害了，眼泪像一粒粒的铁豆子，打在我的手上，有些发痛。

眼泪都能让我觉得痛，看来我身体是越来越不行了，我暗暗地掐了自己一下，力气小得很，却让我痛到眼前发昏。

我说："去拿被子吧，别哭了。"

坠儿抹着泪应了，没一会儿抱了几床被子来，压在我身上，我又觉得很是喘不过气，皱着眉头让她撤了。坠儿又拿了几个香炉过来，身上好歹有点儿温度。

她尽心尽力，然而现在我这样，恐怕谁也帮不了。

我说："算了，你退下吧，我又累了……睡着了就没事了。"

坠儿看着我，好半天才点点头，退了出去。

凤栖殿里空荡荡的，我一个人躺在床上，周围香炉里烟雾袅袅，香气扑鼻，我不知不觉，又睡过去了。

醒来的时候是半夜，有人静静地站在我的床边。

不是钟尘，但感觉却如此熟悉。

见我醒来，他伸手摸了摸我的脑袋，和钟尘一样，轻轻的，但和钟尘给我的感觉完全不同。

他轻轻地开口："阿昭。"

我几乎要流下泪来。

第三章

如今，我也不欠你什么了

月光柔柔地铺满凤栖宫，像薄薄的轻纱笼罩在我身边的男子身上。

我使劲儿眨了眨眼，才忍住没落泪，我低低地喊他："师兄。"

来人正是我的师兄庭柯。

自从我被师父捡回去之后，庭柯就成了我的师兄，我第一次见他，他正专心致志地捣药，我却生生地说："师兄好。"

他理都没理我，眼睛都不曾看我一下。

我差点儿没哭，以为他讨厌我，师父却笑着说："庭柯，你再害羞也得跟小师妹打声招呼啊。"

害羞？

我有些惊诧地看着眼前那个明明眼睛和我差不多大，却板着脸面无表情像个小大人的师兄。

他捣药的手蓦地停住，抿了抿嘴，说："师……师妹……"

我："……"

他瞥我一眼，飞快地说："师妹好！"然后扭过头继续捣药，然而红晕却从脖颈一直蔓延到了耳根。

居然真的是害羞啊。

我叹为观止，心里对师兄的印象从"冷冰冰不好接近"变成了"好容易害羞哦"。

师父在旁边捋着长长的胡子笑了起来："阿昭，你师兄人很好，就是不习惯和女孩子说话，你有什么要求只管对他说，哪怕他没回答你，也一定会做到的。"

"你有什么要求只管对他说，哪怕他没回答你，也一定会做到的。"这句话，在我到如今的生命中，始终成立。

第一年我几乎什么也不懂，在江南小镇里跟着师兄采药，师兄带着我，一边采药一边生硬地告诉我这个是什么，那个是什么。

可惜他高估了我的记忆力，我总是记住这个，忘了那个，因此很是沮丧，又不敢告诉他怕他嫌弃我，只好每次采药回去凭着记忆画下然后标注。为此我那段时间每日都很晚睡，第二天又要早起，采草药的时候，一个没留神握住了野草，锋利的叶子将我的手给割破，鲜血直流。

我自己愣了半天，倒是不感觉痛，只是有点儿被血给吓到，然而师兄的脸顿时白了，他急忙从药篓子里拿出一种草药，嚼烂之后敷在我的伤口上，血没一会儿就止住了。

我愣愣地说："谢谢师兄。"

师兄却猛然放了我的手，红着脸低头继续捣药。

"你……不要捣药，"过了好一会儿，他忽然开口，"我来就好。"

我应了声，说："师兄，你这是第一次主动跟我说话。"

然而他却没再理我了。

第二天清晨我睡眼蒙眬地起床，发现桌子上自己那本画着草药写着标注的本子被人翻动过，而打开一看，里面所有的错误都被改正，后面则多出了几十页画得很精美的药物。

我激动又感动地跑出去，师兄已经准备好要出门了，他如往常一样看了我一眼，一句话没说，放缓脚步往山的方向走去。

然而我忍不住笑着道："师兄，你这样好像熊猫哦！"

师兄："……"

"你知道熊猫吗？就是蜀地有的，白白的，但是眼睛周围是黑色的……"

"快去采药！"

我大笑着跟在师兄身后，觉得一切都那么让人开心。

眼下他正坐在我身边，眉眼已经不是二十年前稚嫩的模样，他这样随意地摸着我的脑袋，也不见一丝尴尬，更别说什么脸红了。

但那种小心翼翼的怜惜，却是二十年来一点儿未变。

我的记性是越来越差了，但想不到那些小小的往事，我还记得这么清楚。

"阿昭……"他的手握住我的手腕，替我把脉，过了一会儿，他的声音似是叹息，"阿昭，你怎么会把自己搞成这个样子。"

我有很多话想说，然而张了张嘴，却一个字也说不出来。

"如果师父看到，会心疼死的。"他捏了捏我的手腕，"瘦成这样。"

我说："还好师父看不到了。"

师兄点了点头，又叹道："但是师兄看到了。"

我一时无言以对，他没再多说，只是从随身的药囊里掏出一颗丹丸："先吃下这个吧，你身子太虚，手都冰成这样。"

我依言吞了丹丸，逐渐觉得身体里暖暖的，不知不觉眼泪便掉下来。这真是要命。

之前我没人安慰没人照顾，反而咬咬牙什么都挨得过去，但现在因为师兄的暖言暖语，却瞬间让我落了泪。

没有人爱的时候，只能独自逞强，可一旦有人关心，就还是忍不住露出脆弱的一面。

说到底，这么多年，我也没多大长进。

一定要说的话，也就是在钟尘面前，我能坚持着装没事罢了。

师兄伸手轻轻地揩拭掉我的眼泪，声音里隐隐带了笑意："怎么哭了？"

我说："我心里难受。"

师兄没有说话，将我轻轻扶起，抱在怀里，他的胸膛又宽阔又暖和，比什么暖炉、被子有用一百倍，我靠在他怀里，他一下一下地轻抚我的背。

"师兄心里也难受。"

他说这句话，语调近似叹息。

我道："师父现在在哪里？"

"就葬在岩溪镇。"师兄说道，"师父说，人是哪里来的，就该回哪里去。"

我有些难受："师兄，等我死了之后，你也把我葬在岩溪镇吧。"

岩溪镇就是我们当初待的那个江南小镇，我想不会有比那里更美的地方了。春天的时候柳芽冒头迎春摇曳，夏日百花齐放红莲独艳，秋天落叶纷飞天高气爽，冬日也不冷，偶尔飘些小小的雪粒子。

我曾经以为我会在那里待一辈子。

生于斯，长于斯，歌哭于斯。

也必死于斯。

师兄并不答话，而是说："你未必会死在师兄之前。"

我道："师兄，你都替我把过脉了……你医术那么好，怎么可能不知道我现在的状况？我没几天了。"

"有师兄在。"他只是轻描淡写地说。

他语气是云淡风轻的，然而我知道，就算师兄医术高明，也不可能救回我。独活是从身体内部开始腐烂和侵蚀，其实这名字就清清楚楚了——独活，只能一个人活着。

师兄想了想，道："你在这里待得这样不痛快，师兄带你走吧。"

他看着我，面目柔和甚至是慈悲的，我险些一个心动就要答应。

可最后，我只能摇摇头："师兄，你知道我不可能走。"

师兄从来不勉强我，这次亦然。他点头道："好。"

接着他又说："我也会在皇宫里待下来。"

我有些惊诧："你不用在'那边'守着了？"

他道："我来之前已经打点好一切，你不必担心。"

我说："师兄做事我当然放心，只是这里我可以应付得过来……不必师兄特意跑来。"

师兄皱着眉，不认同："你把自己弄成这样，也叫应付得来？"

"曲魅……是意料之外的人物。"我的解释似乎有些苍白无力。

果然，师兄根本不理我的辩解，道："乖，我留在这里。"

我闷闷地说："我不想师兄看到我那副样子。"

我现在这样，半死不活的，像个可怜可悲的弃妇。

师兄说："没事。"

我还是有些闷闷不乐。

师兄继续说："你什么样子，师兄都不嫌弃。"

这个倒是真的。

我只好答应下来："好吧。"

师兄说了句"乖"，摸摸我的脑袋，扶着我躺下去，盖好被子，留了几颗药丸给我，就转身如鬼魅般消失在凤栖宫之中。

月光还是如开始一般静静地照在凤栖宫中，一切都那么安静，若非我床头的几颗药丸，我甚至会怀疑，师兄只是我臆想出来的幻象。

好在他不是。

我醒过来的时候，身子感觉舒服多了。坠儿看着我，有些惊喜地说："皇后娘娘，您的气色好了很多！"

"嗯。"我点点头，觉得身子也恢复了一些力气，"替我更衣梳洗吧，我想出去走走。"

坠儿连连点头，替我更衣，还特意替我梳了个很精神的发型，我见她那么开心，便也由得她去。打点好一切吃了朝食，我便让她扶着我走去御花园。

昨晚月光那么好，今日便也放晴，阳光洒落一地，地上有些积水未干，反射出亮眼的色彩。我看着更觉心情不错，露出个淡淡的微笑："终于是放晴了。"

坠儿在我身后跟着，听我这么说，一愣，随即点头："是呀，这些天连连阴雨，太冷了。"

可惜大概是我心情太好，老天都看不下去，我没走几步，一抬眼就看见了曲魅。

她穿着一袭湖蓝色衣衫，外面松垮垮地系着个黑色披风，这么寒冷的天里，她也不怕冻着，反观我穿得好似一只圆滚滚的粽子，真是让人哭笑不得。

坠儿也看见了曲魅，她惊呼一声，小声地说："那是谁？皇后娘娘，她和您好像！"

坠儿没见过曲魅。

而别人也知道她是我贴身侍女，大概从未告诉过她——何况，就算我和曲魅如此相似，别人只怕也不敢那么说。

一个是正得宠的梅妃，一个是已经过气了的皇后，说两人相似，无疑是极其不理智的表现。

我低声道："别咋咋呼呼的……她是梅妃。"

坠儿一脸受惊的表情，但还是赶紧低下头。

看见了曲魅，我便也再没什么心情散步。

"我们回去吧，或者换个地方。"我对坠儿道，转身便打算离开。

可惜曲魅也看见了我，她冲我挥了挥手，有些高兴地向我打招呼。

我懒得理她。

然而曲魅却很坚持，她见我要走，急急忙忙地朝我跑来，手拎着裙摆，脸上一派焦急。她真的是年纪小，什么事都显现在脸上，然而那张脸与我实在太像，自上次后再看到她，我就想，她的脸和我一样，命也是以我的命换的，她简直是要代替我活下去了。

就连钟尘的爱，也可以取代掉我。

对这样一个人，我虽然不恨，却也实在无法面对。

可下一刻，曲魅在一个小台阶上忽然脚下踩空，整个人趴了下来，她身后的宫女一片惊叫，纷纷喊着："梅妃娘娘！"

而曲魅痛苦地蜷缩起来，半边身子都沾上了泥泞。

我看见有血迹在她脚下流淌。

我这才想起来，她是有身孕的。

我坐在凤栖殿里，周围冷冰冰的，坠儿被我赶去外面，整个宫殿里只有我一人。

此刻在远处的倚梅殿里，我能想象那是怎样一番光景，曲魅摔倒，血流了一地，她痛苦地躺在鹅卵石铺成的台阶上，发出不成调的呻吟——她的嗓子似乎是后天才哑的，并不是完全不能说话，只能发出一些不似人声的音节。她浑身沾染了乌黑的泥泞，那张和我极其相似的面容因痛苦而扭曲。

而我就站在不远处的地方冷眼相看，甚至没有走近一步。

她的那些下人忙成一团，喊太医的喊太医，扶她的扶她，还有人直接跪在她脚边替她擦拭血迹。

坠儿站在我身旁整个儿吓傻了，看着我，嗫嚅着说："皇后娘娘，这……"

我看了一眼曲魅，说："我们走吧。"

说罢，便不再犹豫转身离开。

坠儿赶紧跟上，小声地说："可是娘娘，您毕竟会医术……"

我说："那又如何？"

坠儿便不再说话。

然而我能感觉到她的意思——既然你会医术，为什么这个时候，在太医还没来的时候，不搭把手？

连坠儿都会这么想，何况钟尘。

我能想象到这是一场怎样的无妄之灾。

只是因天气不错，出门散心，就碰上了这等事儿，我想我真的和曲魅八字相冲。

而钟尘来的时候，我一点儿也不惊讶。

忆长安 BUFU
不负

我也做好准备，他会抓着我吼或者痛心疾首。

但出乎我意料，钟尘来的时候分外平静。

他在我床边坐下，我躺在被子里，冷淡地看着他，钟尘不以为意，道："今早，你也在御花园里？"

我说："嗯。"

他又道："梅妃才摔倒，你便转身就离开了？"

"我只是会医术，不会巫术。"我疲惫地说，"皇上要冤枉我下毒，我也没办法，但这回我和梅妃相距那么远，是她自己摔倒，与我无关。"

钟尘只是笑："我并没有说和你有关系，你不必急着撇清。"

"可是，见她跌倒，你并没有出手相助，不是吗？"他语调还是那么平和，话语却冷得让我心寒。

我到底是太了解他了。

他没有如我所想地对我发脾气，但他的确是觉得我做错了，只因为我没有在梅妃跌倒的时候帮她一把。

可我，我哪里来的义务，去救一个梅妃？

我已经救过她一次，还是用我的命换的。

但我不想解释，对钟尘解释也毫无必要。于他看来，我的解释大概也都不过是无力的辩白。

钟尘见我不说话，自己先开口："阿昭，龙将军死了。"

他说的居然是这样毫不相干的话题，我一时有些错愕。

而他继续说："江丞相，也中毒了。"

我不解地看着他。

钟尘看着我，忽然一笑："阿昭，你知道吗，其实朕欠你两条命。"

我愣了一下，看着他。

他说："一次是宁王行刺，你替我换血；还有一次是在塞外，你求你师父救我。"

哦，我想起来了。

那时候离我第一次看见钟尘，没有多久。

我还记得第一次见他是在雁门关之外，那年我十四岁，与师父四处游医，直至边塞。

那是八月。

若如往年一样我在江南，所看见的必然是最美好的光景，接天莲叶，映日荷花，还有温柔缱绻的江南小调和划着船的采莲船女。可边塞八月已经飞雪漫天，我和师父俱是土生土长的南方人，尤其师父年事已高，两人便不打算再往前。

一个雪夜，我已准备入睡，师父在隔壁，早就打出震天的鼾声，师兄则在另一边的隔壁，灯都熄了，大概也已入睡。

忽然有急促的马蹄声由远及近传来，我心神不宁地穿好衣服披上大氅，推开门便见一匹骏马上驮着两个人，其中一人身形较小，另一个则是彪形大汉。他们一瞬间便驱着马到了我跟前，两人浑身都是血，那彪形大汉脸上还有着许多伤痕，倒是他怀中的小男孩儿，被裹得严严实实，但似乎没什么大碍。

"你们是谁？"年幼的我只能磕磕巴巴地询问，吓得连话都说不出来。

谁料对方一个抱拳，朗声道："姑娘不可能一人在此，只求姑娘能大发慈悲，让长辈一起，收养这个孩子，保他平平安安！"

那人说话中气十足，完全不像个受了重伤的人的语调，然而说完这话他就倒了下去，从此再也没起来过。

小男孩儿则木然地看着那男人的尸体，手中紧紧攥着一块令牌。

那是我与钟尘第一次相见，我十四，他十六，我与师父从不知晓庙堂之上的事情，因此也是自那之后，才知道宫廷发生政变，圣上垂危，而御林军统领之妹惠妃逼宫，妄图将自己的儿子推上皇位，原本的太子钟尘则被舅舅远征大将军给带着逃了出来。

我于雪夜推门，竟捡到一个太子，这真是太过奇妙。

当时我什么也不知道，只被吓得一句话也说不出来，见那小男孩儿面容沉静，身边的大汉靠着他就那样死了，他连眼泪都没掉一滴，我又是佩服又是觉得可怕。瞧他的模样，当下就知道我们两人的遭遇和经历是何等的不同。

师兄也醒了，推开门便见钟尘和那已死的大汉，他眉头紧皱，说："这是怎么回事？"

"我……我也不知道……"我勉强稳住心神，蹲在钟尘身边，问他，"你没事吧？"

钟尘微微抬头看了我一眼，半晌才道："无碍。"

我那时候心想，这个人怎么回事呀，说个话都文绉绉的，但看他的装束，又联想刚刚的事情，大致猜出又是一段豪门曲折的恩怨。

钟尘忽然道："可否……借我一把铲子？"

师兄皱着眉头看他，最后去房里拿了把小药铲给他——我们也只有那个了。

钟尘便这样一言不发地拖着那大汉的身子往远处走，留下一地血痕。我有些不放心，远远地跟在后面，师兄大概也不放心我，一并跟了上来，我们俩站在远处，只见钟尘寻了一棵树，将那大汉的尸体给摆正放在树下，恭恭敬敬地磕了三个头，而后埋头便开始挖坑。

"他这是想自己一个人挖出一个坑给那汉子？"我有些惊讶。此地冰封三尺，湿土凝了寒气，冻得好似石头，他这样用小药铲挖，不知道要挖到何年何月。

师兄点了点头，没多说什么。

我看着有些于心不忍，跑去把自己的小药铲给拿了过来，又到钟尘身边去，和他一起挖。钟尘的身形似乎是顿了顿，好半天才响起细细一声"多谢姑娘"，那声音也很快被寒风给卷走了，只剩一地的沉默寂静。

师兄倒是没来干涉，只默不作声地给我系了个厚厚的围脖。

我们两个忙活了一整晚，才将那大汉安然下葬。我直起身的时候，觉得眼前都在发花，而钟尘一站起来，却是狠狠地吐了口血，笔直地躺了下去。

这真是吓我一跳。

正好师父起来，我们将钟尘给抬了回去，师父替他诊脉，连连摇头："长年累月的慢性毒药……这么小的孩子，谁下得了这么重的手？"

那毒药原本很难根治，但好在钟尘幸运，碰上了我师父，我师父将他收留下来，让他和庭柯一道住，每日替他熬药。

钟尘的身子时好时坏，他看起来总是心事重重，比师兄的话还少。可师兄都逐渐越来越不害羞，他却依然沉默如初，我和他说过的话，十根指头加在一起都能数清，其中还包括那句"多谢姑娘"。

每日我和师兄一同背书采药，他便坐在屋里，不知道涂涂改改写着什么，有时候信使经过，他便把一大堆的信交给别人让别人帮忙带上，目的地似乎都是京城，这让我们更加确定钟尘是哪个王公贵族的儿子。

这样过去了几个月，钟尘的病越发稳定，同时也快到了我的生日，可在我生日的前五天，我师父忽然拉钟尘去他房间小谈了一会儿，出来便宣布，他不再救治钟尘。

而钟尘皱着眉头，似乎很有些疑惑，却并没有恳求师父。

虽然师父没有继续医治他，却也没有赶他走，钟尘的病情再次恶化，有一回大漠难得出了星星，证明第二日会放晴，我兴高采烈地上了屋顶看星星，却见钟尘缩在不远处的角落里呕血，红色的一片在雪地上格外晃眼。

他才十六岁，比我大两岁，跟师兄同年，我不知道他遭遇了什么，要被人从繁华的京师带来荒凉的漠北，锦衣玉食变为粗茶淡饭，而身边唯一守护他的人，也死在那个飘雪的夜晚。

这些日子以来，大漠里的雪下了又融化，融化了又下，当天夜里大汉留在门口的血迹早已随着雪的融化冲洗掉了，他的坟墓也笼罩在飞雪之中，若非那棵柳树，估计是找也找不到。

我看着孤零零一人呕血，又默不作声将血迹擦干净的钟尘，心里难过得不得了，于是生日当天，师父问我想要什么，我毫不犹豫地说："我要师父将钟尘医治好。"

师父一脸错愕，好半晌才说："只有这个不行。"

我说："为什么？"

师父无奈地摇头："你为什么要救他？"

"救人一命胜造七级浮屠，这不是师父你教我的吗？医者父母心，为什么不能救他？他才十六岁，再不医治他会死的呀。"我难过地说，"何况你看，他似乎有好多好多的事情没来得及做，还有那个为他而死的大汉——不知道在京师里，有多少人为了保护他而死呢。如果他就这样因为师父你的不救治而死亡，也太可惜了。"

师父说："我这是为你好。"

忆长安 BUFU 不负 ▼

我莫名其妙："跟我有什么关系？"

师父说："你决意要救他？"

"嗯！"

"好，我答应你。"师父摸了摸我的脑袋，"你快十五了，是大姑娘了，师父都依你。但……师父愿你将来不要后悔。"

我疑惑地说："后悔？为什么我会后悔？"

师父却没有再回答我。

后来钟尘被师父救好，我高兴得不得了，只在钟尘面前夸师父是妙手仁心。钟尘没说过什么，但却知道，师父后来改变主意，是因为我求师父。

钟尘说："我很小的时候，有人替我算命，说我这一辈子有三个坎。第一次是十六岁，第二次是二十五岁。

"第一次是因为你而化解，第二次也是因为你而化解。

"阿昭，我真的很感谢你。"

他这话说得千转百回，真心实意。

但我却觉得很是可悲。

我以为他不知道，但原来他都知道。

可既然他都知道，又怎么会这样对我？

钟尘继续缓缓地说："但如今，朕都还给你了。从此，朕再也不欠你什么。"

钟尘走了以后，坠儿偷偷跑了进来，缩在柱子后面偷看我，她大概是想看看我有没有又被钟尘伤害。

这担心是多余的，我现在既不会让钟尘打我，他的言语也没法伤害我。

哀莫大于心死，而对我来说，哀莫大于心不死。

如果我还不死心，那才真叫人绝望。

把坠儿支出去以后没多久，师兄便来了，他脸上戴着人皮面具，贴了胡子，佝偻着背，假意来替我看病，一进宫殿，又直起身子，瞬间便如以往一般挺拔。

他有些不自在地摸了摸脸。我说："你就一直戴着这个？"

师兄点了点头。

"曲魅的事情，是你弄的吧？"我脸上不知不觉露出笑意，曲魅故意要在我面前跌倒，肯定存的就是弄掉孩子的心，但结局居然没事，师兄必然功不可没。

然而师兄点点头，又摇头。

他道："曲魅，根本没有怀孕。"

我一愣，道："没有怀孕？"

"嗯，但我刚给她诊治的时候，偷偷给她下了药，她这几日脉象会好似喜脉一般。但……之前她并无身孕。"师兄皱着眉头。

我很是惊讶："这种事，怎么可能瞒过钟尘？"

师兄赞同地点头："所以，只可能是曲魅串通了钟尘。"

我更加觉得奇怪，然而又说不上哪里不对，只能推测道："那他这么做的理由……"

师兄一笑："你说呢？龙将军死了，江丞相也快活不长了，这两个人对他而言都恩重如山，而你对他们下了手，他又恨你，又不想挑明，只能以曲魅和曲魅的孩子为由为难你了。"

"以后还有好些人，"我掰着指头算了算，"难不成次次都要曲魅假装怀孕？"

师兄又是一笑，摸了摸我的脑袋："其实这事，你原可以不参与。事到如今，他都没有和你说明，明里暗里折磨你，无非是希望你坦白。"

"事到如今，我已经无路可退了。"我看着师兄，又是难过，又是决然。

师兄点点头，没再说什么。

过了一会儿，他道："我该走了。"

"嗯。"

"你自己小心些……阿昭，有的事情并非真的毫无退路。师兄别的不管，只希望你快活。"师兄怜惜地看着我，透过人皮面具，眼眸露出爱怜的目光。

我没有回答，只是目送他离开，等他走了之后，我翻出床边的传奇剧本，那是吴姨当初给我的。

那时候我还在犹豫，心里痛苦万分，不知道如何抉择。

吴姨偷偷托人送我一本书，某页折了角，我按着翻开，看见一句话。

——你看国在哪里，家在哪里，君在哪里，父在哪里，偏是这点儿花月情根，割它不断吗？！

割不断吗？

是，我割不断。

直到今日，我也没割断。

钟尘亦然。

然而割不断，也要割断。

曲魅原本没怀孕，现在却被查出怀了孩子，钟尘和曲魅想来都会非常诧异，我拿不准，钟尘会是不悦还是欣喜。

但眼下，不太重要了。

坠儿端了补药给我，近日吃了师兄给的丹丸，我身子已好了不少，但补药还是时有送来，但送补药的人，并非是钟尘。

我接过瓷碗，一并接过瓷碗下的字条。等周围没人后，我展开看，上面是苍劲的字体，只告诉我龙将军已死，兵权更迭，龙家人争得头破血流，要我自己小心。

小心？

我忽然又想到钟尘那句话——皇后的心都是石头做的，还会怕冷？

我将字条随手烧了，把灰烬拢起丢进一旁的花盆中，坐在窗边闲闲地看着外边的景致，正如当日，我在如意楼上，那样悠然地看着窗外景色。

皇宫之外，京城之内，长安道上，有座不起眼的酒楼，唤作如意楼。

自我第一次出宫起，就爱极了如意楼的风光，每每出宫必然要去如意楼待一会儿。

然而我就是在那里第一次遇上吴姨，第一次知道我的身份，第一次知道，我最爱的钟尘，是我最大的仇人。

当时我坐在如意楼上看风景，周围是几个装作寻常百姓的侍卫，钟尘平日只要有空，便会和我一起出来。然而那段时间，边关战事频繁，他忙于政事，我便偷偷一人出来喘口气——一旦打仗，宫中的氛围便沉寂到可怕，不知为何，我总是十分害怕这样的气氛的。

虽然边关战事不断，然而如意楼中却依然和平日一样，懒散的掌柜、微笑着的店小二，还有或是埋头喝酒，或是和我一样于三楼眺望的客人。

我一人坐着，实在有些无趣，忍不住便点了一小壶酒水，身边的侍卫似是想阻拦，我拉长了脸，他们便也没一人敢开口。

送酒的人却不是店小二，而是个看起来有些年纪的中年妇女，她小心翼翼地端着酒递到我面前，然而还没摆上，就一个趔趄，一壶酒都洒在了我袖子上。

身边的侍卫站起来了几个，警惕地盯着那妇女。那妇女被这阵仗吓了一大跳，连连道歉，替我将袖子挽起来拧干。我有些尴尬，她只是无心之过，那几个侍卫未免也太夸张了……

"不碍事，"我推了推她一直替我拧袖子的手，拿出酒钱放在桌上，"酒钱照付，但你不用再上酒了，我……先回去换衣服。"

"姑娘，真的对不住您啊。"她看起来还是十分抱歉。

我摇摇头，起身离开，然而走到门口，那妇女却追上来，一边递给我一壶酒，一边道："姑娘心地好不怪我，但我却不能如此，这壶酒赔给姑娘，希望姑娘不要嫌弃。"

人家都这么说，我当然也不必百般推拒，然而接过酒，我便分明感觉到酒坛子底下有一张纸片，我有些惊疑地看向妇人，她却朝我深深鞠一个躬，道："姑娘，再见。"

后来我时常想，若我当初没有接下那坛酒，事情是不是会有很多不同。

我将字条留下，酒给侍卫拿着，坐进轿中。

轿中只有我一人，我忍不住展开那张轻飘飘的字条——姑娘，您手上的疤痕因何而来？您身世如何？若您不知，请于明日来如意楼，愿为您解惑。愿姑娘只身而来，我绝无恶意，实乃此事坎坷。

我疑惑地掀开自己左手的袖子，那上面的确有疤痕，是朵小花的形状，这疤痕自我懂事以来便存在，然而看其模样，绝非先天便有。然而是谁要在我那么小的时候，就刻上这样的纹路？我曾问过师父，师父却也说不知道是怎么回事，只猜测约莫是毒谷里的人都会给药人刻上这样的标志，只是观其他药人，却并无疤痕，很是奇怪。

而现在这个女子，却说知道我手上的疤痕是怎么回事，甚至知道我的身世。

我成为药人后，整个人浑浑噩噩，对之前的事忘得一干二净，被师父救走后，在毒谷中的日子太过痛苦，也因此逐渐下意识地遗忘。之后那么多年，我虽然有师父，有师兄，从小无忧无虑，然而总是希望知道自己的父母是什么人，如今在哪里，当初又为何抛弃我，将年幼的我丢在毒谷里过着非人的生活。

无论如何，我想知道。

而这件事……应该是要告诉钟尘的。

回到宫中，钟尘竟然在房中而不是在书房，我见他眉宇间尽是疲惫，便暂时先将自己的事情搁置，坐到他对面，伸手替他揉肩。

钟尘亲了亲我的额头，道："出去散心？"

"嗯，去了如意楼，原本想喝酒，却没喝成。"

虽然那些侍卫肯定会向钟尘禀报，但我也很享受与钟尘一起分享我今天做了什么。

钟尘勾了勾嘴角："那更好，你一喝起酒来就没停，喝多了倒是伤身。"

我撇了撇嘴，却无法反驳，只好扯开话题："战事如何了？"

钟尘道："还行。"

刚说完，他就微微打了个哈欠。

我本还想跟他说今日在如意楼中碰到女子的事情，但见他如此，知道他大概是一整天都没休息好。何况那女子让我明日想办法一人去见她……若是跟钟尘说，他想必一定不会答应。抱着这样的想法，我又替钟尘揉了揉肩膀，对他说："你先休息吧。"

钟尘大概也是累极了，点点头便解衣去休息，我坐在他身边，托着下巴看他睡着的模样，心里既为他忧心，又觉得甜蜜。他即便这么忙碌，也一定要回房来睡，全是为了见见我，亲亲我，好叫我不要担心。

哪怕到了今日，我也能记得当时的心境。

如果在当时怀着那样感情的我能预知之后发生的事情，大概绝不会在第二日，又溜出宫去如意楼。

钟尘自然不会阻拦我，但侍卫依然是跟着的，我左思右想，终于想出一个法子可以单独和那女子谈话——到了如意楼后，我见到她，微微朝她使了个眼色，做了个"茅厕"的口型，果然见她眼神一亮，很快往茅厕的方向走去。我在如意楼中坐了一会儿，也佯称自己要如厕，那些侍卫自然是不敢太靠近，便远远地见我进了茅房。

好在如意楼的茅房也打扫得干干净净，像一间间小厢房，墙角还燃着檀香，并无异味。那女子已在其中等了一会儿，瞧见我之后，竟然笔直地跪下。

我顿时傻了眼。

而之后，吴姨的每一句话，都像是最尖锐的刺，狠狠刺入我的心。

我无法形容我的感受，就像是寒冬腊月里还被人丢进冰冷的湖水中，从身上到内心都泛着刺痛，彻骨的冰冷让我瑟瑟发抖。

吴姨见我如此，大抵也有些不忍，她没再多说什么，只让我好好想一想，若是有了决定……便来如意楼找她。

那一刻，我茫然无措，内心像是被挖空，却只有一个念头，就是见见钟尘。

我要见见他，要看着他的脸，听着他的声音，躺在他的怀里。

愿他告诉我，一切只是一场梦。

我没有去如意楼，也没有遇见吴姨，更不知道那些，我一点儿也不想知道的事情。

天色渐暗，黑沉沉的云层压下来，让人有些透不过气。

我嗅到淡淡的血腥味随着风传来，忍不住皱了皱眉头，恰巧有人在门口通报，说是皇上让我去他书房一趟。

钟尘？

我用手帕捂住鼻子，皱着眉头拉开门——周围静悄悄的，连个开门的下人也没有。

一开门，刺眼的光芒一晃，我下意识眯起眼睛，一把锋利的剑便

不负
忆长安
buru

携着风声向我凌厉地袭来。我低头弯腰，险险躲过，眼角瞥见门口的侍卫们都已被割了喉咙，瘫倒在地上，血腥味便是由此而来。

独活终究对我影响还是很大，这么近的尸体，我却只嗅到一丝清浅的血腥味。

我不会武功，身上也没什么力气，那人穿着太监服却人高马大，压低了帽檐，手法灵活，一把剑直逼我眼前，我后退两三步，联想到刚刚那张字条，心中有些好笑。

我当然不会有事。

那剑快劈到我面前之时，我伸出左手去挡，左手裂出一道深深的纹路，鲜血顺着手腕淌下，与此同时屋檐下飞速地蹿出一名黑衣人，三两下就将刺客手里的剑给打飞，而后制住他。

那黑衣人制住他后，朝我恭敬地道："卑职来迟，望皇后娘娘恕罪。"

我冷眼看了他一会儿，道："既然不想救我，就干脆不要出来便是。要救我，下回就不要等我受伤了再出来。"

甩了甩左手，鲜血流得更加厉害，我皱了皱眉头，说："我受伤，只会让钟尘花更多时间在我身上。"

那黑衣人一点儿反应也没有，像个聋子般跪在地上，但那刺客却激动地抬起头来："你这个贱人！妖女！"

我这才看清他的长相，和我所料没多大差别，来人是龙将军的孙子——龙辰。

龙辰是两年前的武状元，身形魁梧，力大如牛，却生了张白嫩的脸。我只在琼林宴上见过他一次，那时我夸他武功好本领高，还让他好生得意了一番，今日却是拔刀相见，恶语不断。

虽然早有预料，但真的发生了，却也让人感叹世事无常。

不负

忆长安 BUFU

黑衣人压着他，依然是什么反应都没有，我本身就体虚，流了这么多血，隐隐有些站不住，但我并不去包扎，只随便找了张长椅子坐下，道："妖女？我做什么了？"

刺客怒道："我爷爷当年有恩于你，你却痛下杀手，下毒谋害他！你于心何忍？他已经七十多了！是个老人家啊！"

"你爷爷？"我露出惊讶的表情，"你爷爷是谁？"

龙辰一滞，随即道："不要装傻！我爷爷便是西北大将军龙征！"

我点点头："龙将军？我知道，前几日死了，是吗？我也很难过，但你……怎么会认为是我下的手？"

我看了眼自己的左手，疲惫得不得了："你看，我都这副模样了，哪儿来的力气去害你爷爷？自身难保，我还想着去害人？龙公子，太看得起我了。"

龙辰又是一愣。

"明明就是你……"他还想说，但声音似乎弱了许多。

"皇上驾到！"通报声在不远处响起，我有些想笑，但还是忍住了。没一会儿便见钟尘带着一队侍卫，脸色极其难看地走了进来。

满地狼藉，我手上身上沾满了血迹，钟尘看也没看跪着的两人，径自走到我身边，声音有些压抑："你怎么样？"

"不碍事。"我站起来，虚弱地道，"参见皇上……"

话还没说完，我就软软地晕过去了。

这晕倒倒不是做戏。

只是真真假假，谁分得清呢？

当初因龙将军的帮助而感恩戴德的我，怎么也想不到，几年之后，他的命，会断送在我的手下。

就像我当初怎么也想不到，吴姨的话，能对我的人生，造成如此大的改变。我能想象，原本我该是怎样的，快快乐乐当着皇后，和钟尘相爱，偶尔与师兄师父相见……唯一的缺憾，大概就是我不能生育，因此只能看着钟尘和别人生下属于他们的孩子。

然而，任何事情，都有发生改变的一天，何况是人的心意。

那时从如意楼回来后，钟尘忙于边疆之事，没有太多时间陪我，我也稍稍松了口气，那时候，我实在无法面对钟尘。

然而我一个人在凤栖宫时，常常会做同一个梦。

梦中是猩红的色调，尖叫和哀号为背景，我看见无数人被杀害，他们试图反抗，却似乎没有料到这样的奇袭，连武器也不在手上，就生生被泛着银光的武器捅入肚子里甚至从头劈成两半。

有小孩子的哭声，有女人的尖叫怒骂声，有男人嘶吼的声音……那片原本是青草满目的土地，被层层覆上了鲜血，连天空的色调都变得可怕。我知道这是梦，甚至能感觉到，我努力想要从这样恐怖的梦中脱身，却仿佛置身于梦境无法抽离。我看见一个和我长得很像的女人，她浑身是血，身边躺着一个早已失去气息的男子。她朝我伸手，似乎想在最后摸一摸我，然而手还没碰到我，便颓然地垂下。

像一旁枯萎落下的花朵。

那一刻我的眼泪忍不住落下来，我未曾有过这样的感受，仿佛心生生被人挖开，然后插入锐不可当的尖刺。

接着有人拖我离开，还在我手上刺下了什么，我的手臂很疼，哭得更厉害，哆嗦地喊着"吴姨"。

我被送上马车，最后回望一眼，那个原本生机勃勃的草原，已经是一片断壁残垣，空中的血腥味浓厚得怎么散也散不开。

我连哭都哭不出来了。

直到一次，钟尘竟然回来了，他将我叫醒，一脸担忧地看着我："阿昭！做了什么噩梦，怎么哭成这样？"

听到他的声音，我简直觉得恍如隔世，我抽抽搭搭地往他怀里钻，钟尘搂住我，柔声安慰道："没事了，只是个梦而已。"

我只能哭。

我无法告诉他——

钟尘，你不知道，那不只是个梦啊。

我心绪紊乱，实在不知该如何是好，好在钟尘一直陪着我，让我心安不少。

然而吴姨的话一遍一遍在耳边响起，梦里的场景也一遍遍回放。

我忍不住问钟尘："阿尘，我问你……如果，因为你做的一些事情，让我对你有些隔阂，我……我应不应该告诉你？"

钟尘看着我，道："当然。"

我张了张嘴，想告诉他，但是实在开不了口。

有的事情，不说是个结，说了却是个疤，我宁愿我心中有千千结，也不愿和他之间留下一块疤痕。

钟尘没有催，只是安静地等着，过了半晌，他缓缓道："阿昭，你有心事。我不逼你说，无论什么事情，我永远陪着你。如果真的有什么事惹你不开心，我会努力改正。我知道最近大臣催得紧，希望我扩充后宫，也知道这几日没陪你，但这都是暂时的。阿昭，我爱你，也会努力让你一直爱我。"

我原本眼泪就没止住，这下更是干脆决堤，哭得稀里哗啦。我紧紧抱住钟尘，说："你不用努力，我就很爱你了。刚刚的话只是随口说说……扩充后宫是必然的，你是皇帝，我不想让你因此落下昏君的

忆长安

不负
BUFU

名称，你这几日没陪我，更是不得已，我怎么会因为这两件事怪你？只是有些事有时候是我自己一时想不通罢了……"

钟尘轻轻替我擦拭掉眼泪，眼中一片温柔，我见过他各种的模样，但知道，他这温柔的样子，只对我一人。

我抽噎地看着他："我也爱你，非常爱你。"

钟尘轻轻地吻住我，一如当年我们第一次接吻，那时他是青涩的少年，我是懵懂的女孩儿，到如今始终不变的，是我们一直如此相爱。

那一刻，我只想这样没出息不争气甚至丢脸地只陪着钟尘，装作无知无觉地过完一生。

然而，终不似当年。

第五章

十三年前，在我的
嘴唇边比飘雪还轻
柔的吻

我与钟尘第一次亲吻，远没有后来那么缠绵。

那是我知道钟尘的真实身份的时候——那也是太久太久之前。

钟尘的身子那时已经好了许多，当时他已筹备许久，我常常看见有人不远千里地从京师来雁门关找他，而他一直待在我和师父的屋子里，脸皮很厚，从来没有显露出要走的意思。

他不走，我和师父也不好催促，师兄受别人邀请要去东边行医，他想带上我，我却很是犹豫不绝。

那个时候我已经十六，是第一次遇见钟尘时钟尘的年纪。

这近两年的时间里，钟尘飞速地成长，身材越发挺拔，我要仰起头才能看他，他已不如初时那么沉默，却还是不爱说话，看起来沉沉稳稳，已然是个大人。

我的人生里，阅历少得可怜，长期相处过的男性，更是原本只有师父和师兄。

师父如我父亲，师兄如我兄长，而钟尘，我却不知道该如何定位。

有时候我会借着替他诊脉防止旧病复发的借口跑去他的房间，我自小生活得无拘无束，毫无规矩可言，钟尘也从不阻止，让我待在他房间里看书。

我们两个就在小小的屋子里，他坐在案前，我坐在小椅子上，两人中间隔着两个火炉的距离，窗外是积年的皑皑白雪，屋内是橘色温暖的火光跳跃，我看着书，不知为何总忍不住想去看钟尘。

我想看他是不是又忍不住习惯性地皱起眉头，想看他是不是一脸严肃地翻阅着别人带来的信件，想看他……是不是也在看我。

那时候的我实在是什么都不懂，我想，钟尘长得这么好看，且他不是我的师父，也不是我的师兄，只是一个毫无关系的人，那么我想看他，大概就像想欣赏一幅画那样简单。

这样想通之后，我便肆无忌惮起来，有时候干脆放下书，托着下巴盯着钟尘看。

钟尘起初装作不知道，后来有一日终于说："你……一直看我做什么？"

我大刺刺地说："你长得好看呀。"

钟尘一副无言的表情，好半天，又微微地笑了："谢谢。"

他笑的次数屈指可数，我当即十分受用，连忙夸他："你笑起来更好看！"

钟尘笑意更甚，却没再说话。

起初那些人从京师来，只是带着信件和其他东西，神神秘秘的；后来，居然会带来京城里才有的稀奇玩意儿，借由钟尘之手送我。

我知道肯定是钟尘吩咐他们带给我的，心里十分感激，也想送他些什么作为回报，但我那时候才十六岁，除了年轻，我什么也没有。

我为此去问师父，师父却露出惊讶又伤心的表情："阿昭，你和钟尘，走得太近了。"

"太近了？"我不解地说，"会吗？"

师父只是摇头叹息："你要离他远一些才好。再这样，我要赶他走了。"

我还是很不解，一如当初师父想要不再医治他。

"为什么？钟尘人很好的！"我着急地替钟尘辩解。

"是，他现在是很好，"师父还是叹息，"可以后……可将来……总之，你和他不能走得太近。"

师父怜惜地看着我："有很多事情，师父希望你一辈子都不要接触到，就这样安安生生地过一辈子，可如果你要和钟尘走得太近，那么，那些事情就无法避免……阿昭，你这么傻，师父不放心你。"

我听着师父的话，觉得很难过，嘴上却说："我才不傻！再说了，安安生生地过，是一辈子，惊心动魄地过，也是一辈子。我想活得恣意一些，又有什么不对呢？"

师父并没有反驳我的话，他不是我，没有那种一定要说赢对方的小性子。

他只是说："师父永远尊重你的决定。如果你决意如此，师父不会阻挠。只愿你开开心心的，有些事情，永远都不要碰上才好。"

师父那时候就知道了一切，在他看来，那时候的我该是多么无知又可悲啊。可他到底没阻止我，我感激他，又有些责怪他，更多的，是恨当年的自己。

而那时候的我，并没有因为这席话和钟尘走远，相反，我们越走越近，直到师兄要动身离开了，我必须要做个决定。

我一直是个偏性子的人，凡事都爱自己决定，好比和师父说话，师父循循善诱，我都不肯听，认定了一件事，就得一直那么做下去。

可那一次，那样重大的事情，我却不想做决定，我想把那个决定权，交给钟尘。

我心里隐隐有些明白那代表了什么，却又不敢想得太过分明。

我跑去问钟尘："钟尘，你希望我留下来，还是希望我和师兄一起离开？"

钟尘看着我，眼里一片清明："我希望你不后悔。"

我看着他，看着那样的眼睛、那样的神情、那样的钟尘，心里便下了一个决定。

我跟师兄说，对不起，我要留在这里。

师兄正在收拾行李，闻言动作一顿，而后他回头，依然是一个温和的笑容："嗯。"

他只说了一个"嗯"字，没有再劝我，也没有问为什么。

如今想来，我十六岁时真是太幸福了，身边三个男人都那么尊重我的选择，他们都不强求我，只希望我不后悔。

但我最终还是后悔了，在很久以后的今天。

我想起师兄走的那一天，他穿着黑色的衣服，骑着一匹红黑色骏马，风雪里他跃马扬鞭，那抹黑色的身影渐行渐远。我站在小屋前，发现快要看不见他，连忙喊了一句："师兄！"

那么大的风声，他居然还是听见了，他停住，而后掉了个头，我听见清脆的铜铃作响，逆着风冲进我的耳里。

——你听见铜铃声，就要知道，师兄永远跟着你，守着你。

他摇完了铃，收好，不再止步，不再回头，去了一个我从未去过的地方。

我站在风雪里，还是哭了。

有人轻轻地握住我的手，我回头，发现居然是钟尘，他握着我的手，眼睛却看着师兄离去的方向，直到什么都看不见了，他才看向我，温热地抚上我的脸颊。

"不要哭，如果这个决定会让你哭，那就不要留下来。"钟尘的声音在风声里听起来闷闷的。

我抹了把眼泪，说："我做了决定，就不会后悔，但伤心总是难免的嘛。"

钟尘似乎松了口气，露出一个笑脸，他的肤色雪白，在冰雪中显得宛如玉石，我看着他，觉得有些东西不再一样了，而显然他也是这么想的，因为下一刻，他的嘴唇就贴在了我的嘴上。

那是我第一次和人接吻，在一个伤心的清晨，周围是呼啸的冰雪和一座小小的木屋。

而对象，是钟尘。

我想我到底是爱着钟尘的，不然那样的岁月，那样平淡无奇的经历，为什么在过了这么久，在我已经中了独活之后，还是可以记得这么清晰呢。

我始终记得十三年前，那个十八岁的男孩儿，在我的嘴唇边，落下一个比飘雪还轻柔的吻。

那一吻，让我如今想起来，都觉得心中满是甜蜜。

而回忆越是甜蜜深刻，现实的惨烈便越让人痛心疾首。

梦里，我还是十六岁，钟尘还是十八岁，我们手挽着手，进了小屋，坐在火炉边，互相看着，连一刻也舍不得挪开视线，仿佛对方就是雪花，只一个不小心，就会消融不见。

若能一直这样该多好啊。可惜如今梦醒，一切都已截然不同。

而这一切的不同，源于我当初的那个决定。而那个决定，却是因为师父的死。

和钟尘谈心后，我暗下决定，准备去见吴姨最后一次。

我已逐渐有了一些模糊的记忆，小小的我缩成一团睡在吴姨怀里，她给我低声唱着不知名的歌，因此我的这个决定，我觉得最对不起的，还是吴姨。毕竟……我也只对她有些印象了。

吴姨果然还在如意楼中做事，见我来了，她眼中露出光彩，这让我很是愧疚，因为我来的意图，显然与她原本的期盼不符。

吴姨熟门熟路地往茅厕走去，我坐了一会儿，也进了茅厕，这场景实在很有些好笑，但我真是笑不出来。

"公主。"吴姨没像上次那样行跪礼，而是做了个奇怪的姿势，大抵是绛穆的行礼方式。

是，我是公主，而且是十多年前，被宇国灭族的绛穆的公主。

那日如意楼中，吴姨双目含泪，告诉我一切。

我是绛穆的公主。手臂上的疤痕，则是吴姨刺上去的。那时情况紧急，绛穆的王和王后皆已身死，而吴姨身受重伤，只得逃亡保命，然而吴姨是被宇国通缉的犯人，如果带着我一起，一定会连累我。

当时吴姨身后大军在追，她只好将我托付给一户人家，怕以后找不到我，就用簪子在我手上刻下印记……然而等一年后吴姨再回到那里，那户人家却已经不见踪影……

吴姨也才惊讶地知道，那人家并非良民，而是毒谷之人。而年幼的我，也因此被拿去炼作药人……吴姨自觉害死了我，心灰意冷，如此十余年过去……却竟然在如意楼，又看见了我。

吴姨告诉我，我很小的时候，因为父母十分忙碌，我总是由她照顾。

不负

忆长安

BUFU

那时候我乖巧而懂事，围在她的身边，喊她吴姨，然而几年过去，我甚至根本已经不认得她了。可最让吴姨痛苦的并非是这一点，而是她怎么也想不到，昔日的绛穆公主，竟成为今日的宇国皇后……而那个皇帝，还是当初主张要灭绛穆族的人。

当年宇国先皇叫自己两个儿子到跟前来，说认为对绛穆，是该劝降还是攻打，当初的福王说，应该劝降，而钟尘……却说应该直接灭族。更和龙训、江腾、李牧等臣子一同进攻绛穆……整个绛穆被灭族，一夕之间，活着的人寥寥无几……

可以说，钟尘是害死绛穆最直接的凶手。

吴姨洋洋洒洒说了这么一大段话，可谓情真意切，我根本没有思考的时间，仿佛被人用锤子狠狠地敲击了脑袋。

好半天我才找回自己的语言，有些无力地说："但……但他那么说，也只是为了保卫宇国……"

吴姨严厉地说道："公主，您以为绛穆是那种屡犯宇国的民族吗？我们的人，打猎放牧，悠然自在，需要布匹，就老老实实去宇国买！我们只是一个小小的边牧民族啊！只是总有那么几个人，不务正业，跑去骚扰宇国边镇，偷抢打杀，但那样的人，我们也和宇国保证过，我们一定会处置——而事实上，我们也都处置了！甚至在我们被灭族的前几天，我们还在准备东西，给宇国赔罪！可就这样，在我们毫不知情的情况下，被忽然拥入的宇国大军屠杀殆尽……那还是吃饭的时间，家家和睦，帐篷内欢声笑语一片……就在那样的状况下啊！"

我甚至连为钟尘辩护的勇气和决心都丧失了，只能失魂落魄地离开，并数次梦到那样可怕的场景。

然而，最后我还是决定辜负吴姨的期盼。

"公主这次来，可是已做下决定？"吴姨有些期待地看着我。

我艰难地点了点头："是。"

吴姨道："公主的意思是……"

我叹了口气，抱歉地说："对不起，吴姨。"

我没有多说，也实在不知道该说什么，然而短短三个字"对不起"，大概就足够让吴姨明白过来。她有些不可置信地看着我，好半晌，才呼吸急促地说："公主，您思考了这么久，却是这样的结果？！"

"我……我对以前的事情，真的没什么印象了，要说我爱不爱绛穆……大概是爱的，但我现在，的的确确，更爱钟尘。你知道我的身份，也知道我和钟尘在一起多少年了吧？他待我真的很好，我现在过得也很快乐……我还有师兄和师父，如果我真的要为绛穆报仇，那不仅会伤害钟尘，还会连累师父和师兄……师父已经一把年纪，我不想害他们。"我真心实意地说，只愿吴姨能稍有谅解。

然而吴姨听我提起师兄和师父，却是冷冷地说道："你居然还提你的师父和师兄？你可知，就因为你与钟尘在一起，让你师兄还有师父，处于多么进退维谷的境地吗？"

我一愣，道："什么……"

"你师兄，也是绛穆的人。"吴姨的话宛如一道晴天霹雳，让我脑中一片空白。

吴姨继续道："你师父虽然不是绛穆之人，却深深爱慕着你的母亲，要不然，他为何要费尽心思，将你从毒谷中救出来？"

我结结巴巴地说："师父说，他是经过毒谷的时候，看到毒谷中空无一人，而我被舍弃在那里，才救我回来的……"

吴姨闭着眼摇了摇头："他这么说，只是为了让你安心。你师父身上，是不是有可怕的伤疤？那是他去毒谷费力救你回来的证据——想必，他也没告诉过你，那些伤疤的由来吧？"

"他……他只说，是年少冲动，喜欢和别人打架……"我喃喃道，脑中是我小的时候，一到阴雨天，师父的那些可怖伤口便发痛，一向带着微笑的师父也会痛得眉头直皱，冷汗直冒。我不懂事，趴在他身边，担忧地看着他，问，"师父，怎么了？痛成这样……"

师父却不想我担心，温柔地摸着我的脑袋，说："不碍事，一会儿就好了。"

我还埋怨师父："让你以前和别人打架，现在好了吧！"

师父苦笑着点头："对对，是师父不好。"

我嘟嘴道："以后师父不要和别人打架了。如果有人欺负师父，我和师兄会帮你打回去！"

一旁师兄正在埋头看书，莫名被点名，有些迷茫地抬头看了我们一眼，而后好笑地点了点头。

药香缭绕，与此刻旁边的檀香竟似乎连为一体，我忽然很想师父，再看眼前吴姨的样子，更是难受，只好道："他们从未告诉过我这些。"

"我也是这段时间，为了弄清楚公主这些年发生了什么，才想办法去岩溪镇，找到你师父和师兄，大致了解了情况……唉……"吴姨道，"他们自然不会告诉你，你师父师兄可怜你身世坎坷，宠着你，不愿你想起这些，只费尽心思瞒着你。"

我没有说话，心中却想，那为什么吴姨，你要告诉我这些呢？

就让我糊里糊涂过完一辈子不行吗……我……我真的很没出息对吧……

吴姨似是看出我的想法，叹气道："但公主，你可想过你师父师兄的感受？你师父师兄……原本也是要报仇的啊！不然你以为，他们去边塞，是做什么？岩溪镇山好水好，何苦往冰天雪地的边塞跑？就算是游医，也不必做得这么绝吧？"

难怪，难怪师父知道钟尘的身世之后，不肯再医治他。

不医治他，就是变相地杀死他。

然而我，却对那时候的钟尘伸出援手，救了他一命……甚至最后，还喜欢上了他。想来那时候，师父一定非常愤怒也非常震惊，师兄也是……但他们还是什么都没对我说。

我想起师父叹息着说"你一定会后悔"。

在那一刻，我终于明白这句话是什么意思。

对，我当然会后悔。

爱上一个最大的仇人，甚至和他一起生活那么久，久到无法割舍……我很后悔。

可那时候的师父，还是尊重我的选择，让我和钟尘离开，甚至因此……放过钟尘。

师父是不是决定，就此忘记复仇的事情，干脆让我当个什么都不知道的糊涂蛋，当个钟尘无忧无虑的皇后？应该是的吧……

但我们谁也想不到，吴姨会出现。

吴姨道："我不用多说，公主你也一定明白我的意思。就因为你现在是钟尘的皇后，你的师兄和师父，都只能安安分分做行医者，复仇大业，只能抛却！"

"我……"我咬着嘴唇，十分不安，外面也传来侍卫的脚步声。

"我会在近期去一趟岩溪镇找师父师兄……吴姨，我……我要先去见见他们。"

　　吴姨见我似有动摇，大概也放心一些，点点头，语气变得和蔼："嗯，去吧，问清楚也好。公主，你不该什么都不知道……我也会先去岩溪镇。"

　　是吗？

　　可我宁愿我什么也不知道。

　　更愿，那时候，我没有去岩溪镇找师父。

忆长安

不负
BUFU

第六章

清醒冷静的他，竟然也会选择自欺欺人

我几乎每半年就会去看师父一趟，钟尘也都知道，但他和师父素有间隙，主要是因为那时候师父不肯医治他。钟尘大概知道师父和师兄都不喜欢他，他事务也繁忙，干脆就让我自己去。

以前我总不明白师父为何总是排斥钟尘，如今终于明白，回想自己以前努力想让两人关系变好，真是哭笑不得。

京城到岩溪镇，说远也不算太远，近也不近，我颠簸了整整两天，终于到了师父家门口。

师父听到马车声，便走出来，见是我，露出个淡淡的笑容："小阿昭回来了。"

师父年事已高，长长的黑胡子早已变作白胡子，皱纹遍布眼角，却依然看得出年轻时丰神俊朗的影子。我想起吴姨说他深深爱着我母亲，想到这么多年，他只身一人，从未有过女子陪伴，心中不由得一酸，听到那句"小阿昭"，更是难受得很。这么多年，师父一直将我当作小孩子，不论我多大，都这样宠着我，护着我。

甚至为了我……

我往师父怀里扑去，偷偷蹭掉眼角的泪花。

师父失笑道："还是这么爱哭，跟个小姑娘似的，这么大年纪，也不知道长哪里去了？"

我嘟囔："也没多大年纪……"

师父好笑地牵着我进屋，侍卫们都留在外面。

我东张西望，道："师兄呢？"

"他不知道你今日要来，出去购置必需品了，晚些大概会回来。"师父道，"怎么，也想师兄了？"

"当然！都半年没见到你们了。"我哀伤地叹气，"师父，吴姨来找过你们了，对不对？"

师父大概没料到我这么快就说起吴姨的事，顿了顿，点头："嗯……"

我低头，沉默不语。

"我记得吴姨说过，她也要来岩溪镇……她人呢？"我忽然想起这件事，四处看了看。

话音才落，吴姨便从一旁掀了帘子走出来，冲我笑了笑："我想让你们先叙叙旧。"

我看了吴姨一眼，心想，发生这样的事，我和我师父哪儿来的心情叙旧啊……

师父叹了口气，道："小阿昭，你不用管吴姨，只要你自己开开心心的就好。"

吴姨皱了皱眉头，却也没说什么，看来颇为尊敬师父。

"可是……吴姨告诉我，原本你们也是要复仇的。可我什么都不知道，我倒是开开心心的，但你们……"我痛苦地趴在桌子上，"师父，若是您当初狠下心告诉我真相该多好。"

师父道："原本是打算永远不告诉你的，谁知道吴姨忽然蹦出来，我原以为她在战乱后被追捕了，谁知道她隐姓埋名过了这么多年，还忽然发现了你，告诉了你一切。"

吴姨终于开口："我可不认为你们的行为是对的。她是绛穆的公主，原本身上所背负的，就重于别人，而死去的族人，更是……"

师父道："难道杀了钟尘，就真的可以报仇？"

吴姨笑道："那你当初怎么想要复仇？何况，也未必是杀了钟尘，钟尘当初那么小，就做出那么狠辣的决定，也不过是为了让宇国上一个狗皇帝注意到他，可见钟尘对皇位十分在意。若是能让他从皇位上下来，我们再一步步摧毁宇国，那真是再好不过，能叫他生不如死。"

我听得浑身直打哆嗦，鸡皮疙瘩都起来了。

师父摇头道："吴姨！"

吴姨冷哼一声，不再说话。

我苦恼地说："我现在……可真不知道该怎么办。师父，您也知道，我真的很喜欢钟尘，我……我不希望看到他痛苦的样子。"

师父体贴地摸了摸我的脑袋："算了，先别想了，我在院子里种了些药材，带你去看看，顺便考考你这么多年，是否荒废了'课业'。等一会儿，你师兄估计也快回来了。"

不负
忆长安
BUFU

063

我郁闷地点头，吴姨坐在椅子上，淡淡地说："你们去吧，我就不打扰你们了。反正现在……我大概也是很不受欢迎的。"

吴姨的语调里也充满了难受和失望，我叹了口气，挽着师父的手一起去了院子里走走，院子中种着各种常用的药材，几个栏架上摆着晾干的药材，角落里种着些不知名的花朵，散发着悠然的香味。

日光轻轻地洒下来，我站在师父旁边，看到他有些苍老的面容和阳光下泛着光亮的白发。

我说："师父，你……真的喜欢过我的母亲？"

师父一愣，随即笑着点了点头。

我好奇地说："她是怎样的人呢？我都没什么印象了。"

"你长得和她挺像的，但是她比你还漂亮。"师父笑着说。

我："唔，我要听长相以外的其他事情……"

师父笑道："她是很聪慧的女子，开朗、活泼，笑起来的时候，连冰雪都可以为之融化。我那时候四处游医，途经绛穆，被当作奸细给抓起来，是她让你爹放了我。我还记得，她对我说的第一句话是——咦，这个中原人长得还挺好看的嘛。"

我忍不住笑起来，师父也像是陷入回忆中："她那时候已经和你爹订婚了，也很爱你爹，从没有喜欢过我，甚至……其实她大大咧咧的，根本没看出来我喜欢她，只有吴姨看出来了，还警告过我别动歪脑筋。"

我想象了一下吴姨的样子，感叹道："吴姨从前就是这样严肃的人呀。"

师父笑了笑，点头："是啊。不过她不警告，我也不可能会动什么脑筋，我知道，你母亲和我，是完全不同的人，她是草原上的阳光，对我来说，过于耀眼。我远远地看着，就很好了。只可惜……这样的阳光，却没有闪耀太久……"

师父的语调里充满了惆怅和遗憾，还有一丝微微的愤怒，我一下就听出来，却不知道该如何安慰，或许师父为我放弃复仇，真的是很大的牺牲。

那我……到底应该怎么做？

"阿昭！"师兄的声音忽然响起，我惊喜地抬头，便见师兄脸上带着微微的笑意朝我们走来。这么多年，他都没什么改变，永远是那

忆长安
不负

个亭亭玉立的少年。

"师兄！"我兴奋地朝他挥了挥手，他的脸色却忽然变了，大喊了一声"师父小心"，而后飞奔过来。我还没反应过来发生了什么事，身边的师父就忽然浑身一软，笔直地倒了下去。

他的嘴角，甚至还带着来不及褪下的微笑。

而他的身后，却是一支锋利的箭，狠狠地刺穿了他的身体。

"师父！"

我只记得那个站在屋顶上、见自己得手而后一闪即逝的身影，还有我和师兄痛苦的喊声。

那是我最后一次见到师父。

从此以后，阿昭是快乐，还是难受；阿昭决定要复仇，还是继续当皇后，师父都不知道了。

我的师父，他站在阳光下，带着笑意回忆年少的爱情，身边挽着小徒弟，大徒弟正迎面走来，他死在最不该死去的，最美好的时刻。

从此之后，我再也无法像之前一样，带着幸福去想他。

一想起他，我的心里，就带着无法磨灭的、深深的痛苦和恨意。

那日我跪在师父床头，磕了三个响头，望着师父苍白的面容，道："师父，徒儿不孝。幼时不懂您苦心，三番五次忤逆您。长大后，非但没有常伴左右侍奉您，还害您不幸身死。徒儿在此发誓，伤害您的人，我要他加倍奉还！"

之后便是没日没夜地赶路，门口那些侍卫不知是真不知道，还是假不知道，见我哭得双目浮肿，一直询问我出了什么事。我不想也不愿理他们，只沉默地坐在马车里一言不发，第二天清晨我们就赶到了京城。京城依然繁华，熙熙攘攘的人群，鳞次栉比的街道，与安静悠然的岩溪镇截然不同，以前我认为它们各有千秋，如今，我却恨不得此生再不用来这样的地方。

进宫之后，钟尘竟不在房内，我冷冷地看着空荡荡的房间，让御膳房做了碗汤，而后梳洗一番，端着汤去找钟尘。

书房门口的太监宫女准备开口行礼，我比了个手势让他们不要开口，他们便安安静静地行了个礼，却是一点儿声音没发出，见我手中端着汤，还露出一个心照不宣的笑容。

这得益于我有时候，为了给钟尘惊喜，常常让他们不要说话，然后开门进去，给钟尘一个惊喜。

想来他们以为这回也是如此，还小声道："皇后娘娘和皇上真是恩爱。"

我想笑，却又觉得很悲哀，端着汤，站在书房门口，不知该不该进去。

却听钟尘的声音传来："哦？他们这么固执？"

而后是龙将军的声音："回禀皇上，是的。他们一听条件，觉得不满，嚷嚷要我们把条件改一改，让他们得益更多，不然就还是要造反，要骚扰我们边境小镇。"

钟尘的声音冰冷而带着威严："不知餍足的人。原以为他们还算明事理，想不到也是这般目光短浅的人。如果以后动不动以此威胁，要讲和还有何用？既然如此，龙将军，麻烦你了，再出征一次，打得他们离我们远远的，再也没有能力进犯。"

龙将军显然宝刀未老，中气十足道："是！"

我端着汤的手都微微颤抖。

吴姨说得对，钟尘并没有改变。

打到他们再也无力进犯，要打成这样，那……岂不是和灭族差不多？

我知道，钟尘这么做，似乎是无可厚非的，但我忍不住想起绛穆，想起吴姨告诉我，绛穆的灭族，是如何的冤枉。

龙将军已经推门而出，见我端着汤站在外面，微微一愣，冲我行了个礼："皇后娘娘。"

按理说我应该回礼，但我一想到龙将军是当年主力将军之一，便觉得十分厌烦，一言不发地走进了书房。龙将军似是一愣，但也什么都没说，关上了门。

我将汤放在书桌上，见我来了，钟尘冲我微微一笑，仿佛没事人一般："阿昭，你回来了。你师父和师兄怎么样？"

我细细地看着他，熟悉的脸，熟悉的表情，却让我觉得十分陌生。

他是在装傻，还是真的不知道？

"师父死了。"我看着他，静静地说。

钟尘微微愣了愣，道："怎么会这样？"

我说："有人杀了师父。而且，武器上是双头鹰的花纹。"

钟尘皱眉道："莫非是有人偷了宫内的羽箭？"

我冷冷地看着钟尘，道："我并未告诉你师父死因，你为何断定，是羽箭？"

钟尘一愣，随即道："阿昭……"

"是你派的人，对不对？"我已近乎崩溃，"钟尘，不要骗我，不要再装傻！你越这样越显得你心虚你知道吗？我宁愿你痛痛快快告诉我真相。告诉我，你已经知道了我是绛穆……"

话还没说完，钟尘便面无表情地上前两步，捂住我的嘴巴："阿昭，人多嘴杂。我什么也不知道，你也什么都不知道！"

我推开他，道："你的意思是你还是为了我好？你杀了我如同父

亲一样的师父，是为我好，对不对？你是不是想这么说？"

钟尘道："阿昭，事情绝非你想的那般。你师父的死，只是一个意外。对你的身世，你师兄的身世，我毫不知情。过去是，现在是，未来也是。"

我反而被他弄得有些迷茫，不懂他的意思，他这是……袒护我？

那么，师父的死呢？是为什么？

我看着钟尘，只一眼，我忽然就明白过来了。

他不愿我说出，我是绛穆的公主，也不愿承认，师父的死，和他有关。

但他分明什么都知道。

因为他要除掉绛穆的人，尤其是曾组织过小队、颇有能力的师父。

但他爱我——即便此刻看来，这爱既好笑，又淡薄。

与其撕破脸，他更愿意一切如常，我还是那个什么都不知道的孤儿，而他也不是我的仇人，还是那个与我相爱的夫君。

这么清醒冷静的钟尘，竟然也有选择自欺欺人的一天？

我忽然觉得很好笑，仿佛那满腔愤慨，都打在了棉花上，让我浑身无力。

"好，皇上，您要装傻，我就陪您装。也许臣妾没有您那么高深的功力，但想必也绝不会让皇上您失望！"我抓起那碗汤，原本想往地上摔，钟尘却按住我的手臂，然而汤到底是洒了出来。

钟尘接过那碗汤，神色一点儿不变，似乎我刚刚说的话他根本没听见，他道："阿昭，不要赌气了。这是你特意让人熬的汤，怎么能摔了？"

我道："即便摔不掉，汤洒了就是洒了。再想装满这一碗，只能兑水，甚至毒药了。"

钟尘将那碗汤一饮而尽，道："即便如此，我也甘之如饴。"

我深深地看了一眼钟尘，转身离开。

我恨钟尘，但我更恨自己。

恨在那样本该最恨最愤怒的情况下，还是会因为他的一句话而备受感动的我。我原以为我能坚守，却因为那样轻飘飘的话，而动摇。

我深深地厌恶这样的自己。

那样的话，以前浓情蜜意时固然可以当真，然而在见识过他的演技和决然后，为什么我还是这样轻易被打动呢？

就好像，如此刻一般，我受伤之后，见到的第一个人，是钟尘。

这件事，也轻轻地打动了我，即便他此刻面无表情地坐在我的床边，手里端着那盆被我常常用来销毁密信的盆栽，左手拿着一根玉簪，随意地拨弄着盆栽里的泥土，一些显然是纸条灰烬的东西被他翻了出来，堆在一边。

他一定知道，那是我和福王通信的证据。就像他早已知道我的一切所作所为，但他始终沉默，不愿真正开口。

即便我知道，我和他之间，已经博弈许久，终究要分出胜负。

然而我被他感动的能力，从来不曾消逝。

如同我深深地爱过，深深地恨过。

我疲惫地动了动，说："皇上您在做什么？"

钟尘将那些灰烬轻轻拈起，道："没什么。你手还痛吗？"

"不痛了。"我当然是在说谎，那伤口不小，何况因为独活，我连被捏一下都会觉得很痛。

钟尘伸手，轻轻按了按我绑着纱布的手，我痛得一个哆嗦。

忆长安 BUFU

不负

▼

钟尘冷冷地说："不痛？你不必逞强。"

我将手往回缩了一些，怕他又忽然发神经。

钟尘却再没动静，只一动不动地坐在床边，没看我，不知道在发什么呆。

好半天，钟尘才缓缓开口："梅妃怀孕了。"

我说："皇上很早就说过了。"

"这次不同，"钟尘声音听起来很冷冽，"你知道我的意思——梅妃这次被查出喜脉，只可能是你搞的鬼。"

其实是师兄做的……不过也差不多了。

我诧异地说："皇上这是什么话？我上次还被皇上怀疑想害死梅妃肚子里的孩子。何况皇上不是说过，两条命，您一条一条还清了吗？"

钟尘道："两条命，说的是龙将军和江宰相。"

他又忽然柔和下来，平心静气地说："阿昭，我真的不希望我们变成这个样子。你要龙将军和江宰相的命，我都给你了；你要我后继无人，我也遂你的愿了……这样还不够吗？你到底要做到什么地步才罢休？"

我依然愣愣地看着钟尘："皇上，您在说什么？臣妾听不懂。"

想当初，装傻是他的强项，然而如今这些年过去，我也学会了，我说到做到，他要装傻，我陪他装。

他最开始不愿意说，甚至还把曲魅和那个不存在的孩子当作借口，质问我人命的事，但我们都明白，曲魅和那个孩子与我无关。而他现在还是忍不住了，说出了真正被我害死的人。

龙将军、江宰相，那两个在灭绛穆族中，立了大功的两个人。武官文臣，他们当初配合得极好，如今也一前一后赴黄泉。

而我给他们分别下药的时候，心里虽然不无抱歉，却也并没有退路。

虽然承的是上面的旨意，但他们却是真正执行的人，我无法数清，他们的手上，沾着多少绛穆人的鲜血。何况，他们是钟尘的得力属下，是宇国三朝元老，要除掉钟尘，他们必须先死。

在我刚杀掉龙将军时，钟尘为了让我虚弱，故意弄出曲魅被下毒那一出，逼我替她换血，为的就是让我如以前那般，虚弱一段时间，好没力气再兴风作浪，叫他为难。

他的目的达到了，但他一定不知道，对我而言，第二次换血，代表着什么。

不知道也好。

你看，我杀了两个这么重要的人，钟尘都舍不得杀我，可见他还是爱我的。

如果有一天，他知道，他亲手杀了我，会怎么样？

这是我最后的，也是他给予的王牌。

我沉默地看着钟尘，并不回答。

"你还是不肯说。"钟尘看着我，眼里有一丝哀伤。他很少示弱，刚才大概已经是极限。

我想，这大概是第一次他对我说那些话，也会是最后一次。

而这也正是我要的，如果钟尘再这么对我委曲求全几次，我也不知道自己能否坚持。

钟尘离开以后，我在黑暗中静静地坐了一会儿，服下一颗丹药，起身换上侍女的服装。

坠儿悄悄地走进来，对我露出个微笑，穿着白色的中衣，上了我的床，以背对着门口，看起来和我没什么差别。

我推开门，光明正大地走了出去，天色已暗，周围来往的小侍女和太监都匆匆忙忙，没人注意到我。走到皇宫门口时，我悄悄地站在旁边躲起来，没过一会儿，一辆马车缓缓地驾驶过来，我上前走了两步，一双手从马车里伸出来，拽住我往里一拉。

师兄坐在里面，穿着御医服，脸上粘着胡子，肤色变黄了许多，眼角有些微微的假皱纹，看起来就似一个四十多岁的老头子。

安然无恙地出了宫门，师兄道："你要去他那里？"

"嗯。"我点了点头。

师兄瞥见我手上的伤，猛地一皱眉头："你的手？"

"龙辰。"我言简意赅。

师兄皱着眉头，并不说话，我只好安慰道："我没事，一点儿小伤而已。"

他还是不说话，似乎有些自责，我知道师兄性子跟我一样倔，只是不表现出来，便也懒得多说什么，直到马车停下来，师兄下了车，我捧着药箱，恭恭敬敬低着头跟在他后面。

我们到的地方是王府，福王府。

当年那个差点儿将钟尘取而代之的惠妃之子。

一走进去，里面便是一片鸡飞狗跳。

"王爷，使不得啊！""王爷！您快下来！"之类的声音此起彼伏，我心下觉得好笑，不知道福王又在搞什么。

走近一些，有个老妈子冲过来，说："你们是？"

她看着师兄的衣服，又看了看师兄的相貌，有些犹豫。

师兄道："原本定期来给福王治病的太医生病了，换我来，我姓王。"

"哦，王太医！"那老妈子松了口气，"您来得真是时候！王爷他……王爷他……"

我们往里走了几步，就见福王居然站在围墙顶上，两手张着伸直，他年纪不小了，只比钟尘小两三岁，可看他的神情，却似个三岁孩童，他闭着眼睛，说："我快要飞起来了！"

那老妈子叫苦连连："王爷，您不是鸟啊，您飞不起来！"

福王猛地睁开眼睛，气呼呼地说："你才是鸟呢，我是神仙！我可以飞，我可以腾云驾雾！"

老妈子哭笑不得："您先下来吧！"

福王就似没看见我和师兄一般，依然不肯下来。

师兄露出个不耐烦的表情，对老妈子道："既然王爷不肯下来，我就先走了，来日再替王爷诊脉。"

他这话，其实是说给福王听的。

果然，福王气愤地说："你是谁？怎么想来就来，想走就走？本王没让你走呢！"

师兄嘴角微扬："那你来追我啊。"说罢，迈步就要走。

福王一个激动，直接跳了下来，下面的一干家丁托住他，都松了口气。

见福王下来，师兄也懒得陪他闹，直接道："我们去房间里吧。"

福王一边嘀嘀咕咕，一边往房间里走去，看起来依然神志不清的模样。

没错，福王是个疯子。

他当年被自己的母亲弄上太子的位置，其后也一直是惠妃掌权，垂帘听政。那时候他那么小，又被长期压抑，凡事心惊胆战，久而久之，就有些疯了，而钟尘夺回政权后，也是想到毕竟是自己兄弟，当年之事与他其实无关，又见他疯疯癫癫的样子，于心不忍，才没有杀他，而是给了他一个福王的名号。

我们三人到了房间里，福王嬉皮笑脸地说："你看起来真眼熟！"又看着我，说，"这个看起来也很眼熟！"

师兄冷静地说："行了，没别人。"

我把药箱往桌上一放，坐在椅子上，困倦地打了个哈欠。

福王敛了笑脸，道："你们怎么来了？"

他看了我一眼，似笑非笑："皇兄已经知道了你干的好事了吧？咦……你的手，哈哈，是龙家人做的？啧啧，真是莽撞。"

师兄冷冷地说："你在外装傻也就罢了，如果在我们面前还装傻，那事情就做不下去了。"

福王说："哎呀，话不能这么说……我知道你心疼阿昭……"

师兄打断他："阿昭也是你叫得的？"

我还是很困，说："算了，不要跟他说那么多——福王，龙辰伤了我，必然会被钟尘惩罚，然而钟尘很信任龙辰，估计只是小小惩诫。你要趁机赶紧把龙将军的兵力弄到手。这些事情我相信你可以做好。如果龙辰回去，拿到兵力，那你就完蛋了。龙家废物那么多，你随便选一个操控便是。"

福王脸上带着笑，说："阿昭，你真是好狠心啊，对自己都这么狠心……"

师兄冷冷地看着他。

福王挠了挠头，说："好嘛，放心，我一定会办妥的。不过，庭柯怎么来了这里？那边少了你没关系吗？"

师兄说："嗯。"

见师兄答得简略，福王只好道："好吧，总之现在是关键的时段。

江宰相已经中毒，也没几天了，我会乘虚而入。"

顿了顿，他又说："其实，要我说，最好最没有危险的办法，还是把我皇兄给杀了。"

他语调轻松，像是在说一件极小的事情一样。

我皱了皱眉头，说："你以为钟尘是那么傻的人？他肯定有后招，要他死，不容易；要他死了之后轻易送你上位，更不容易！现在我的所作所为，全在他掌控之中，若非他还对我有情义，我早死了。"

福王笑了笑，说："有什么不容易？别人我不敢说，你要杀皇兄，恐怕轻而易举，何况他无子，除了我之外，谁是更适合的继承人？何况，恰恰正是你说的皇兄对你的情义，是你最好的武器。"

我不想跟他争，说："这事你别想。"

对，那是最好的武器，但福王大概想不到，那是一把双刃剑。

看起来这么恨钟尘的我，也舍不得钟尘死去。

即便知道我这是自相矛盾，我却也愿意这样放任自己下去，反正……时间也不会太长了。

师兄看了我一眼，眼神有些复杂，而后他站起来，说："行了，该走了，多待就该让人怀疑了。"

我点点头，跟着师兄出了门，身后响起福王疯疯癫癫的声音："你们凭什么说我不是神仙？凭什么？喂，不准走！"

每个人脸上都戴着无数张面具，一摘一脱，实在轻而易举。

我和师兄坐在马车上，师兄问我："直接回皇宫还是四处逛逛？"

我想了想，说："四处逛逛吧，反正宫里有坠儿。"

师兄点点头。

我掀着车帘往外看，鳞次栉比的街市，明灭不定的烛火，整个宇国在夜晚来临的时候格外温暖。

车正好经过了如意楼，我一时有些恍神。

这里是一切的起因，会不会是一切的终点呢？

就像宁王刺杀一事，让钟尘爱我至深，也恨我至深。

第七章

我决定，用身体里的独活医治他

那是离我和钟尘翻脸过去半个月之后的事情。

我与钟尘大吵一架……或者说，是我单方面的发怒之后，我便没有再怎么与钟尘相处。他只要回房，我就往外走，一开始钟尘还试图与我说话，之后大概也有些无趣，便干脆不来，加上龙将军受命去边塞打仗，他又开始繁忙，便干脆整日待在书房中与大臣们议事。

甚至还有不知情况的小宫女给我打报告，说是很多大臣已经给皇上送了画像，想让皇上挑选几位新的妃嫔，皇上也终于抵不过那几个磨人的大臣，接下了画像，说是会好好考虑。

当时我正坐在房里，拿着师父留下的医书发呆，听她这么说，也只是麻木地应了一声。

心里本就空了，即便知道这些，对我来说似乎也都没那么重要了。

我心浮气躁，实在坐不住了，便起身去书房。

钟尘见我来了，眼中竟有几分欣喜。不等我开口，他便道："阿昭不必生气，我接过画像，实乃那几位大臣已经说了数次……"

我打断他，道："扩充后宫，广纳妃嫔，本为常事，我虽然肚量不大，但也不会为这种事情生气，皇上自便就是。"

钟尘的脸色蓦然变得平静，他道："那阿昭来此所为何事？"

我道："我要去外面逛逛，很闷。"

钟尘道："可。"

我行了个礼以示谢恩，而非像从前那般跳到钟尘怀里，喊着"阿尘你真好"。

走到门口时，钟尘淡淡道："你要出去逛没什么，但如意楼之类的地方，还是少去为妙。"

我心中冷笑，面上答道："是。"

一出宫，我就直奔如意楼。

如意楼中虽然只看见了吴姨，可如意楼的对面，却建起了一间新的小医馆。

我扬了扬嘴角，冲吴姨点了点头，就往医馆走去，那几个侍卫跟在后面，倒是识趣地没跟到屏风后。

屏风后坐着一人，背脊笔直，黑发如瀑，我尽量放缓脚步声，悄悄走近，却不小心踢到地上的一个石块。师兄却没回头，淡淡地道："今日已歇业。"

我道："这么早就歇业？你到底是不是来做生意的？"

师兄惊讶地回头，还是那样好看的面庞，只是看起来比那日在院子中要显得沧桑些，却更有男子汉的气概，似乎不再只是从前那个好说话的儒雅师兄。

"阿昭。"他站起来，脸上有一丝丝重逢的喜悦。

我道："师兄来京城很久了吗？"

"也是前几日才到，但当初吴姨和你一同回京，我便请她替我盘下如意楼附近的店面，替我简略地改成医馆。"师兄摇了摇头。

"嗯……也好。免得每次在如意楼，只能和吴姨在茅厕里说话。"

我有些失笑。

吴姨不知道什么时候摸了进来，道："是委屈公主了。"

我摇了摇头，有些失落。

吴姨道："这大半个月的时间……不知公主考虑得怎么样？那狗皇帝，是怎么解释你师父的死的？"

"师父的死，绝对和他有关。钟尘已经知道了一切，但他……他很奇怪，他不肯明白地说，不肯和我坦白，甚至不肯让我说。他似乎想要……让一切看起来和以前一样。"我断断续续地说着。

吴姨冷笑道："狗皇帝舍不得公主，又生怕自己皇位被威胁，世上哪有这么好的事？！"

她顿了顿，略微冷静一些，道："公主，那你到底是怎么想的？"

我说："师父的死，绝不可以就这样算了，绛穆的仇……也要一并报了。既然师父也有这样的念头，只是碍于我，而放弃了，那么如今师父死了，就由我替他完成未竟之事。"

吴姨面露喜色，道："公主，你终于想通了！"

我有些迟疑地说："嗯，但请给我一点儿时间，我保证，不会太久，我会再来这里，和你们见面，正式商讨计划。"

师兄点了点头："阿昭，不要太勉强自己，你过段时间再来。另外，我这边也会去联络一下对我们有帮助的一个很重要的人。"

虽然不知道师兄说的人是谁，但对师兄，我是完全的信任，我点点头，往外走去。

这次出宫很快就回去，钟尘没有说什么，我也并不知道他是否知道了我的决定——不管知道不知道，想来他也都不会说什么。

为了让自己更好地清净，我特意以师父死了的名义，要求去郊外的法华寺住五日，这于理不合，更与礼不合，但钟尘还是答应了。

忆长安

不负

他看着我，认真地说："阿昭，好好考虑。"

我那时不知道，他正在进行铲除藩王的行动，也并不知道，最大最难搞定的那位宁王，已经有所行动。

法华寺中檀香缭绕，偶有参拜的信徒，我在法华寺中住了几日，晨钟暮鼓，早上起来喝白粥，听大师念佛，在附近山间走走，中午是斋饭，下午专心抄佛经。晚餐……出家人讲究过午不食，并没有晚饭。

我过的是这样清心寡欲的日子，想的却是充满仇恨的未来，不可谓不讽刺。

直到宫中忽然传来消息，说是钟尘遇刺，且刀上有剧毒。

知道这个消息的时候，我本正在抄心经，下人哆哆嗦嗦地禀报后，我手中的笔不知不觉地落下——知道这样的消息，我本该是开心的。

不用我动手，钟尘自己就死了，这难道不是天助我吗？也省去我的挣扎和纠结。

但……我一点儿开心的感觉也没有。

甚至我还很难受。

那通报的人道："我们都知道皇后娘娘您医术高超，现在宫中御医们都束手无策，但娘娘您或许有办法……只是，皇上之前还说过，娘娘才出来三天，他答应您是五天的，如果您现在不愿回去，不要勉强您。"

我没有说话。

钟尘越这么说，我岂非越要回去了……

那人见我不说话，大概有些慌乱，道："皇后娘娘，请您千万要去啊……无论如何，哪怕见见皇上，也是好的……"他大概也意识到说这句话有多不吉利，赶快捂住了自己的嘴。

但我同时也给了自己一个理由——对，我要回去，我为什么不回去？我要看着他死，就像当初师父死在我身边一样。

给了自己这个理由，我便没什么犹豫，道："马车在外面吗？"

那人面露喜色，道："在！"

我点点头，让下人收拾行李，自己先上了马车，急速赶往宫内。

越是接近皇宫，我越有些紧张，好歹是平安无事地到了房前，宫殿门口站满了人，有之前我根本没见过，也似乎没被钟尘宠幸过的妃嫔，也有一头大汗的太医，更有无数垂头丧气的宫女太监。见我来了，他们都是大喜，几乎是簇拥着我让我进去。

外面那么多人，绕过了金屏风，却是只有两个贴身太监，他们见我来了，也立马识相地行了礼，高兴地退了出去。

每个人看到我，都那么开心，仿佛我来了，钟尘就能活下来，但他们怎么会知道，我……有多希望钟尘死。

我在钟尘床边坐下，他双眼紧闭，面色苍白，英俊的面容上毫无血色，竟恍然如多年前那个冰雪下晕倒的少年，虚弱却倔强。

我看着他，竟然有几分想要落泪的意思，手也不受控制地轻轻触到他的脸颊。

钟尘……

这个宠我至极，也伤我至极的人……

我怕自己会越发心软，只好咬咬牙抽手准备离开，钟尘却忽然握住我的手。我吓了一跳，回头去看他，他却似乎还是没醒，只模模糊糊地喊着我的名字："阿昭，阿昭……"

这下我连抽开手的力气也没了，咬着嘴唇掉下两滴泪，又奋力地擦去。

他却似乎有所感应，有些艰难地睁开眼睛，说："阿昭……你还

不负 BUFU 忆长安

是回来了……"

对，我到底还是回来了。

我只是看着他，看着他憔悴的双眸，一句话也不说。

钟尘并不介意我的沉默，他有些艰涩地说："宁王已被铲除，但若我身死……阿昭……你……咳，你记得离开这里，我也知你素来不喜皇宫……"

他歇了一会儿，继续道："福王并非真疯，我恐他对你不利……我死之后，你假借守孝之名，去陵墓……也……咳，也不必真的守着我的墓，只要等没人，你便速速逃脱……我替你留了钱财，就在……"

我终于受不了，打断他："你还能说这么多话呢！怎么会死？"

他有些吃力地摇了摇头："听我说完，阿昭……"

"你闭嘴！"我不知道是多费力才忍住眼泪，吼他，"好好休息，你不会死！"

他被我吼得苦笑一声，没再说话，片刻后，又昏昏沉沉地晕过去。

我强定下心神，看着钟尘沉睡的面容，竟似乎比开始更加苍白，我深吸一口气，轻轻道："你现在不能死……只有我能杀死你……我也不想你死，只要报复你，让你从皇位上下来就行……哪怕你生不如死，我也不会让你死……"

那时候的我大概很有些魔怔了，开始替钟尘把脉，为他救治，他间或会清醒，或者做梦，喊的全是我的名字，似乎十分担心。

担心什么？担心他死了，我不能全身而退？

我真是恨死他了，为什么对我做了让我那么恨他的事情，却又做这样让我爱他的事情？

想尽办法，也不能治好钟尘，我数次想要放弃，但一看钟尘，心就立马软下来。

以至于最后我决定，用身体里的独活医治他。

这个决定其实十分荒唐，我本该是要杀他的，如今却用自己一半的性命去挽回他的性命。如果吴姨在，一定会狠狠地教训我，怒斥我的行为，但……

在那个时刻，在钟尘的床边，没有吴姨，没有任何人，只有我和钟尘。那一刻，我忘记了所有，我只知道，眼前这个人，是我的丈夫，我不希望他就这样死去，我愿救回他，哪怕后患无穷，哪怕之后，也许是纠缠不清的一辈子。

支开所有人之后，我将钟尘的血，与自己的血换了一大半，做完一切之后，我头晕目眩，忍不住趴在钟尘床边就那样睡着了。第二日被带着惊讶的嘈杂声吵醒，我浑身软绵无力，却因为一晚上错误的睡姿导致脖子僵硬，脑袋更加昏沉，抬眼一看，钟尘竟然差不多好了，原本苍白的脸居然有了几分血色。一旁的太医们纷纷道贺，里里外外跪成一片，又说他是真龙天子福大命大，又是说我医术高超卓然不凡。

钟尘一语不发，让众人都退下，静静地看着我。

我脑袋又昏，心里又乱，见钟尘醒来，固然开心，却又隐隐有了一点儿后悔，见他这样看我，更是不开心，便躲开他的目光。

钟尘却拦住我，捧住我的脸，直视我，目光简直柔得要化出水来："阿昭。"

我闭着眼，就是不看他。

钟尘的吻轻轻落下，他还是喊我："阿昭。"

我忍不住了，生怕再下去会不可收拾，推他，道："做什么？"

钟尘道："阿昭，是你治好我的，对不对？我昨晚虽然昏昏沉沉，但大概感觉到你在做什么……你将什么插入了我的手臂内？为什么这么快就好了？"

他有些不解地掀开自己的袖子，上面还有一个大口子，是昨晚我为了塞管子进去而割开的。

我当然不会告诉他我为了他换血，道："没什么，随便试试罢了。"

钟尘露出一个略有些苦涩的笑容，道："阿昭……"

我最受不得他这样软软绵绵地喊我，加上头晕得厉害，实在受不住，眼前一黑，居然很没用地昏了过去。

再醒来，钟尘还是在我边上，眼神中尽是担忧，还有一丝的伤心，他道："阿昭，你手臂上也有那样的口子。你给我换血？我听说毒谷中有药人，有些药人的血，可以医治百病……"

我不想理他，偏了偏头装睡，没一会儿竟然马上真的又睡去。

那是我第一次换血，的确不知道，原来换血，能教人如此元气大伤。

再醒来，钟尘还在，只是显然梳洗过，他看着我，眼神还是十分担忧，而后又拿了汤药，给我喂食，我勉强喝了几口，知道这样的补汤虽然略有成效，但对我来说效果不大。我应该自己给自己开药方，但不知为何，我竟然没提出来。

钟尘一直陪着我，我无论何时醒来，他都在身边，甚至半夜有时我睁开眼，他都没怎么睡着，只要我一动，他马上很紧张地搂紧我。他会握着我的手，说我的身子怎么这么冰，然后抱住我，试图用体温让我暖和一些，有一次我实在忍不住了，主动开口问他，为什么一直在我旁边。

他担忧地说："换血之后你呼吸很浅，我怕……"

他怕。

钟尘原来也有怕的事情。

我和他认识这么多年，第一次听到他说"怕"这个字。

那一刻，我想，钟尘啊钟尘，我们这一辈子，恐怕是要这样纠缠不清了。

我不会放弃复仇。

但我大概也做不到完全的恨你。

爱与恨，这样浓烈地交织。

别人不知道我为钟尘换血的事情，但都知道是我救了钟尘。

就算我和钟尘相视一笑，他们都要宣扬成皇后皇上彼此恩爱苍生有福，何况是这么大的事情。

因此我不眠不休救了钟尘的事没一会儿就传得沸沸扬扬，等我身子好得差不多了之后，每天都有无数人夸我医术高超，又赞我与钟尘恩爱。我哭笑不得，对这些说法，尽量都不做理会。

然而有的人，我可以不理会；有的人……却怎么也不能不理会。

吴姨托人想办法给我送来一本书，正是那本《桃花扇》，有个地方折了角，里面赫然是呵斥我的话，而两张书页夹层之间，还有一张字条。我看着上面行云流水的字，几乎能想象到吴姨的神色和心情。

上面只有两句话——既已决定，何苦回首？勿为痴缠一时，终究后悔一世。

吴姨是想告诉我，既然决定要复仇，为何却又要去救钟尘，若是因为一时心软而这么做，恐怕终究会后悔。

类似的话，师父也对我说过，但我到底是做了，只好匆匆写了一封信回给吴姨。信上内容大致是说，我从来不想钟尘死，我要的是他痛不欲生，且离开皇位。钟尘被我换血之后，虽然活过来，但体质会不如前，甚至不再有生育能力，将来后继无人。

这封信半真半假，假的是说钟尘将失去传播后代的事情，其实这独活对男人没什么影响，倒是我……真的不可能再怀孕了。

写好信之后，我马上给了那个给我送信的人，让她带给吴姨——这段时间钟尘总不放心我的身体，不可能让我出宫。

谁知道天算不如人算，那人竟然被人拦截，而那封信，没送到吴姨手上，却送到了钟尘手上。

我现在也记得钟尘拿着那封信来找我的样子，这么多天，他终于第一次有了怒容。

这有些好笑，我说真的想惹他生气，他从不动怒，然而我写了个假的，他却信了，还发怒了。

他将信丢到我面前，道："阿昭，你好狠心。"

我当然不会解释，把那信捏着，故作惊讶："咦，居然有人模仿我的笔迹捏造事实，皇上您相信吗？"

我颇有些期待钟尘的怒火烧得更旺，然而他到底是压住了，只深深地看了我一眼，道："不信。"

于是轮到我惊讶了，我愣了愣，一笑："那就是了。"

钟尘一语不发，转身离开，这一走，就是好久，他甚至离开了皇宫，外出微服私访。

等终于回来，便带着个曲魅。

"阿昭？"师兄的声音在耳边忽然响起，我回过神来，师兄正有些担忧地看着我，"阿昭，你最近怎么总是忽然恍神？是因为独活吗？"

言罢，他又颇为担忧地碰了碰我的手，道："你的手好凉。"

我摇摇头："没什么，习惯了。"

师兄道：“现在是最冷的时候，熬过去，就要入春了。”

我懂师兄的一语双关，笑着点了点头，是啊，冬天总会过去的，再冷的日子熬过之后，总会有春暖花开。很多年前我经历过一次，这一次，我一定也可以熬过去。

“关于你体内独活的事情……”师兄道，“其实你不必瞒着我，我都知道了。”

都知道了？

知道我……快死了？

到底是脑子不太好用了，我惊讶而迷茫地看着师兄。师兄却安抚我似的摸了摸我的脑袋：“但你放心，师兄已经找到一点儿办法了，阿昭，你不会有事。”

独活……并没有药可治啊。

我心里清楚得很，但面上还是笑着：“我知道，师兄总是有办法的。”

其实这话，倒也没错，福王就是师兄找到的，当初他说自己要找个对我们很有利的人物，我开始还不知道是谁，等真正见到福王才明白过来。

我只知道钟尘有个弟弟，十分无用，太子之位争不过钟尘，之后还被自己母亲利用，最后依然被钟尘拽下皇位。之后他母亲被钟尘处死，自己则一夜之间疯癫，钟尘念他好歹是自己的弟弟，加上夺取皇位之事他也只是一枚棋子，便放过了他，只是不能离开京城，必须要在钟尘的掌控下。

因此对这人，我之前实在没什么印象，甚至基本不记得这个人了。

然而真正见到他，我才发现他与我想象的十分不同，他比钟尘稍微矮一些，大概由于长期担惊受怕的原因，要瘦一些。但精神其实很好，虽然不及钟尘俊朗，却毕竟是一个父亲所生，和钟尘有几分相似，眉目里依稀看得出是个清秀的少年郎。

我和他还有师兄，第一次见面，是我在师兄医馆中假意叙旧，让吴姨和另一个男子隔着屏风假扮我们，我和师兄则从后门偷偷溜出去，然后在附近一个茶楼包厢中等待。没一会儿就有人吵吵嚷嚷，一边喊着"有美人，美人在等我"，一边冲进来，他身后跟着一大串慌乱的人。福王看起来疯疯癫癫虚弱疲惫，手脚倒是麻利得很，一下子就锁上了门，迅速地朝我和师兄走来。

那就是我看到他的第一眼——疯疯癫癫，头发蓬乱，衣衫褴褛，脸上还带着痴傻的笑容。

但很快，他脸色就变得正常无比，只是嘴角挂着一丝笑，仿佛和他的嘴唇刻在一起一般，后来无论怎样，我见到他，他总是这副笑容满面不正经的模样。那时他道："想必这位就是皇嫂了？"

我点了点头，他赶紧道："皇嫂，他们马上就会撞开门，我时间不多，今日之后，我会动用我母后留下的一些力量助你们，而你们也可以利用我，将皇兄拉下皇位。我知道你们为何要这么做，当年绛穆之事，我可说我问心无愧，除了反复劝父皇不要灭你们族，我没有任何参与。嗯，不知皇嫂有什么疑问吗？"

他语速又快又急。我想了想，说："传闻中，你对皇位什么的，并没有兴趣，这回为什么冒着危险来与我们合作？"

如果他连动机都没有，就来与我们谈合作，实在可疑。

福王却笑了笑，却有几分落寞："人总是会变的。传闻中，皇嫂你还与皇兄恩爱无比呢。"

我不再说话。师兄大概见我们谈完了，象征性地给了福王一拳，嘴里喊着："别动我妹妹！"福王夸张地受了一拳，在地上嗷嗷叫着打滚，接着门被撞开，那群人冲了进来，我赶紧扑进师兄怀中号哭。师兄作势还要打福王，那几个人赶紧拦住，连连赔不是，然后把福王给拉走了。

我从师兄怀里探头出来，哭笑不得地说："福王演技倒是不错。"

师兄笑着点了点头。

我道："师兄怎么会想到要找福王？"

"若是最后真能将钟尘拉下皇位，国不可一日无君，宇国亦然，而福王无疑是最好的人选——当然，是疯病被治好的福王。福王此人没有钟尘那么难缠，也没有钟尘那么有能力，他当皇帝的话……要摧毁宇国，大概也容易些。"师兄平静地分析着。

我点头："嗯，你说得对。看来师兄你是真的好好想过往后要如何做了。这点上，我真是不如你。"

师兄摇摇头，道："你与我不同，你和钟尘的关系，难道与我和钟尘的关系一样吗？"

"阿昭，天色渐暗，你该回宫了。"师兄的一句话将我从回忆中唤醒，记忆中的师兄和眼前的重叠。

我愣了愣，点点头。

回忆再多，也不如眼前的事情重要。

而我本是山野间恣意乱长的野草，却不得已要当朵带毒的花朵，最别扭的，莫过于我自己了。

我们按出宫的方法回宫，路上没什么意外，坠儿大概已经等了我很久，见我终于回来，松了口气："皇后娘娘，您终于回了。"

一边说，她一边急急忙忙地脱掉衣服让我穿上。

坠儿也是吴姨找来的人，她具体的身世我并不清楚，只知道也是

忆长安 不负 BUFU

绛穆族人的女儿。但说老实话，在坠儿身上，我看不到和吴姨或者我那样的感觉，她看起来无忧无虑，偶尔有点儿呆呆的，唯独就是没有那种带着仇恨的感觉。

她有点儿像当年的我，所以虽然有时候她做事颇为鲁莽，但我还是很愿意和她在一起，看着她的一言一行，就会觉得心里暖暖的。

虽然这个小宫女的样子，是她装的，但当我和钟尘对峙，并伤痕累累的时候，她的那些眼泪，都是真的。

吴姨似乎并未告诉她太多，她只知道我是绛穆公主，只知道我们要将钟尘拉下皇位。她并不知道曲魅很有可能是钟尘故意找来刺激我的，因此十分讨厌曲魅，也总为我打抱不平，护短的性格真是和我如出一辙。

我和坠儿换好衣服没多久，外面就传来有些喧哗的通报声，而后是龙辰中气十足，又带着点儿不甘的声音："皇后娘娘，龙辰特来请罪！"

接着，是扑通跪下的声音。

坠儿惊讶地睁大了眼睛，道："龙辰？那个上次拿着剑来娘娘这里的人？"

我点点头。

"他上次还那么气势汹汹的，怎么这次就来下跪认错了？"坠儿大概是觉得有些好笑，用袖子捂着嘴巴，眼睛亮亮的。

我道："估计是钟尘吧。"

"哎，皇上对娘娘您还是很好的。"坠儿有些遗憾地说。

我道："龙辰拿着剑来皇宫，若想刺杀的对象，不是我，而是钟尘，那……会怎样？别人又会怎么想？龙辰虽然武功高，带兵领将也有本事，可到底有勇无谋，少了一点儿机智。钟尘让他来，一方面，估计是要挫挫他的锐气；另一方面，也好有个交代，不然以后谁都拿着武器来我宫中，就因为自己是皇上的宠臣？"

坠儿听得一愣一愣的："原来这么复杂……"

我笑了笑，没再说话。

"那……外面那个，要怎么办？"坠儿眨了眨眼。

"让他跪着吧，"我看了眼自己手上的伤口，道，"正好我手还疼着呢。"

要是以前，兴许我还会出去顺便奚落他一番，不过现在实在没力气了。何况龙辰若是为龙将军报仇，只是往我手上划一刀，的确没什么。而我是为了所有族人杀害龙将军，那按理来说我岂不是也没错？

唉，冤冤相报何时了，这道理我也知道。

可惜，做起来，却并非如此。

我捧着本书，怀里抱着个暖炉，躺在床上看起书来。坠儿在旁边替我不停地加暖炉，虽然都是小小的几乎没什么热度，但到底聊胜于无。我看着奇怪，道："你哪里收集来这么多小炉子？"

"大的都被皇上给撤走了，我想娘娘您这么畏寒，可过两天要下雪，雪融时是最冷的时候，若是没有暖炉，娘娘您怎么吃得消……所以就四处向别人讨了些来。呃，娘娘，您放心，我是以我自己的名义讨的，骗他们说我留着以后出宫拿去卖，别人不知道是您要的！"坠儿一边挂起暖炉，一边眉飞色舞地解释。

我笑着点了点头："有劳你了。"

"嘿嘿！"她似乎很开心，红扑扑的脸上露出一个小小的笑容。

忙完这些，她便跑到一旁坐下。我吩咐过她如果只有两人在，不必有太多规矩，累了就坐，渴了就自己倒水喝，她也完全接受。

没一会儿外面竟然渐渐沥沥地响起雨声，我瞥了眼关得牢牢的窗子，隐约可见点点冬雨砸在窗沿上，光听声音，便有些寒意。

坠儿像小仓鼠一样警觉地抬起头，眨巴着眼睛看着门外。我知道她是在想那个龙辰。果然，坠儿站了起来，猫着腰打开门，从门缝里往外看，然后她回过头，有些咋呼地说："哇，那个龙辰好呆啊，居然就跪在屋檐外受雨淋，如果往里跪两步，不就可以不淋雨了吗？"

"若是那样，怎么能显出他的真心，又怎么能让我快些放他走？"我咳了几声，到底是不忍心，他只是想报仇，和我其实是一样的，但他没成功，还要受罚，而且还是受钟尘的罚……也罢。

我起身，站到坠儿旁边，果然见龙辰穿着一身素白衣裳，黑发披着，跪在雨中，他穿得并不多，即便武功高强可以护体，此刻也忍不住瑟瑟发抖，黑发粘在脸上，看上去无助得很。

我叹了口气："你拿着伞出去，告诉他我不气了，只是今后做事，定要三思。"

坠儿有些惊讶地看了我一眼，随即点点头，从雨伞筒中寻了把大伞，蹦着往外走。

我见她撑着伞，走一步蹦两步，显然知道等下可以趁机奚落龙辰心情不错，不禁觉得很是好笑。果然，她走到龙辰身边，一边举着伞，顺便挡住龙辰，一边道："喂，起来吧，皇后娘娘大人有大量，说已经不计较了，让你走吧。哦，娘娘还让我告诉你，今后做事，定要三思！"

龙辰："……"

他沉默了好一会儿，却没有站起来，只是哼了一声。

声音之大，连我都可以听到。

坠儿立刻就生气了，道："喂，你什么意思啊？娘娘不忍心看你在这里淋雨，让你起来，你……你还……你这什么意思啊？"

不负
忆长安
BUFU

"妖女！"龙辰冷冷道。

坠儿气得跳脚："喂，你放尊重点儿，别张口妖女闭口妖女的！娘娘她怎么了？"

"若她不是妖女，皇上那么英明神武的人，怎么会明明知道事情如何，还让我来道歉？"龙辰很是不服气。

坠儿也哼了一声，道："原来是这个啊！哎，娘娘开始说你有勇无谋，还真没说错，你还真是没脑子啊！"

龙辰道："你！"

"我什么我？"坠儿一手拿伞，一手叉腰，"开始娘娘就跟我说过，皇上让你来这里，其实是为了挫你锐气，顺便让你吸取点儿教训，你觉得皇上很信任你，而你有理，所以你就能拿着剑冲进来？！好啊，那你要别人怎么想？这礼法，难道都不用遵守了吗？私闯后宫，还伤害皇后，本该是死罪好不好！"

龙辰被她说得一愣一愣，垂头没再说话。坠儿大概有些冷了，跺了跺脚，道："喂，快起来啊，我要回殿里去了，外面好冷啊。"

龙辰撇了撇嘴角，不知道嘟囔了些什么，终于站了起来，但大概是天气太冷，他也跪了好一会儿，刚站起来，就不稳地往旁边倒去。

坠儿想去扶龙辰，却被龙辰带着一起压在了地上，接着就是坠儿的喊声："流氓！"

龙辰涨红了脸："我脚麻了！"

旁边几个太监都面面相觑，坠儿怒吼："还不过来扶他起来！"

他们这才从屋檐下跑过去，将两人分别扶起来，坠儿气呼呼地将纸伞丢给他，自己转身往我这边走来。我哭笑不得地走出去，道："坠儿，先去洗个澡吧。"

坠儿蔫蔫地点了点头，回头瞪了一眼龙辰，转身去洗澡了。龙辰见我出来，握着伞，死死地盯着我，眼中犹有仇恨。

"你走吧。"

龙辰道："妖女，你……"

我打断他："你确定要不分时刻地点，叫我妖女吗？看来皇上一片苦心，是白费了，你非但没有长进，还越来越蠢。"

龙辰咬牙道："皇后娘娘！"

我点了点头："什么事？"

龙辰道："我爷爷的事情，我知道一定是你做的，虽然皇上不肯告诉我，但我知道，一定是你！但皇上救过我，待我也极好，我这条命，便是皇上给的，皇上不让我动你，我以后会照做。"

"嗯。所以呢？"

"我只有一事不明白，为何皇上对您那么好，您却三番五次挑战皇上的底线？"龙辰大声说道。

我笑了笑，说："你不必明白。龙状元眼看就要变成新的龙将军了，还是好好回去养养身体吧。宇国近日，不会很太平。"

龙辰咬着牙看着我，最终还是一甩袖，撑着伞离开了。

我看着龙辰的背影，还有这四周阴冷淅沥的雨，深深地打了个寒战，转身回屋，再次缩进了被子里。

第八章

我这一辈子，只爱
过许碧昭

坠儿预测得果然没错，龙辰那日来跪没两天后，便开始下雪。起初还是小小的雪子，到了下午便忽然变大，宛如鹅毛片飘飘洒洒，我披着厚厚的大氅，将窗户支起一个小小的缝隙，透过缝隙看着外面一草一木逐渐被染成白色。

没一会儿，坠儿端着热汤过来，见我还在窗边，将药汤一放，咋呼道："娘娘，您怎么能坐在窗边呢，会冷的。"

我摇了摇头："下雪的时候，反而不怎么寒……你把药汤端过来吧。我喝了，就更不怕冷了。"

坠儿没办法，只好嘟着嘴将药汤给我。我接过，一口口抿，胃里暖呼呼的，手也热了些，而窗外景致也白得更加厉害。坠儿担忧地说："娘娘别一直盯着窗外，太白了，看久了眼睛吃不消的。"

我道："知道，我在努力找有其他颜色的地方看呢……唔，是有些乏了，算了。"

我叹了口气，将窗户放下，坐在椅子上发呆。

坠儿道："娘娘很喜欢雪吗？"

"是呀，我以前去过边塞，那里很早就开始下雪，雪比现在还大。"

我很有些怀念，"天总是阴阴的，不知道什么时候会晴，什么时候会又再次下雪。但是边塞那些树很厉害，再冷的天，都不会枯萎，永远立在那里。"

坠儿捧住脸："哇，听起来好特别……那……那绛穆也是这样的吗？"

我一愣，摇了摇头："绛穆并不在极北边，虽然也有雪，但没有那么夸张。"其实我对绛穆也知道得很少，只有一些残存的记忆，和吴姨的描述。

"绛穆在如今宇国西边，绛穆比较干，不过草却挺多的，如果到了雨季，到处都绿油油的，绛穆族人，便在上面放牧，晚间点燃篝火，唱歌跳舞喝酒。"

坠儿一脸向往："我从来没有这样的经历。"

"你……生下来就在宇国？"

"是呀。"坠儿点点头，"但是我父母都是绛穆人，我是宇国长大的绛穆人！"

我疑惑道："那你父母呢？"

她父母怎么会让她这样一个还没长大的像孩子一样的女孩子来宫中服侍我呢？在我身边，一点儿也不安全，反而很危险。

坠儿道："我父母很早就病死了，是吴姨收养我的。"

我点头："原来如此。那……坠儿，我问你，既然你是在宇国长大，年纪又这样小，想来是对绛穆没什么感情，也没什么必须报仇的理由的……既然如此，你为什么要来呢？"

坠儿道："虽然我对绛穆没感情，但我对吴姨有感情呀！何况，吴姨从收养我之后，就一直告诉我，一定要报仇，听久了，也就这么想了，哪里要什么理由？"

忆长安

不负

她说得坦然，我听得却是想摇头，吴姨有时候做事，未免极端了一些。

和师父他们希望我无忧无虑什么也不知道不同，吴姨是希望所有绛穆族的人都一腔心思报仇，我无法指责她的行为，但看着坠儿天真的脸，还是有几分不赞同。

也罢，不必让坠儿涉及太深的事情，她就陪在我身边，偶尔装扮成我躲避视线，接个信就行。

坠儿却不知道我想这些，只有些期待地说："娘娘，等下您睡午觉的时候，我可以出去一会儿吗？"

我道："你要去做什么？"

"隔壁宫的莲香她们喊我去打雪仗、堆雪人！唔，我们一定会在角落里偷偷玩的，不会让别人发现的！"坠儿眼睛亮晶晶的。

"嗯，去吧。小心些。"宇国不常下这么大的雪，她会兴奋也是理所当然。

坠儿开心地点头："知道！"

之后坠儿就眼巴巴地看着我等我午睡，我被她看得浑身不自在，只好先去午睡，没一会儿倒也真睡着了，而且睡得颇好，没有什么奇怪的梦，然而最后却被殿外的通报声给惊醒。

外面一片"皇上万岁"的声音，我迷迷糊糊地睁开眼，脑中还有些迷茫，钟尘怎么来了？

钟尘推开门，没有带任何下人进来，大概见我独自一人躺在床上，有些不解，皱着眉道："你的贴身婢女呢？"

"我让她出去帮我准备吃的了。"我扶着额头想坐起来，钟尘越走越近，我竟闻到一股酒味。

不负
忆长安 BUFU

钟尘……喝酒了？

等他走到我面前，我才发现的确如此，他平素白净的脸颊上染着淡淡的殷红，我道："皇上，您喝酒了？"

钟尘看起来倒是很清醒："小酌而已。"

钟尘并不爱喝酒，他不爱一切会让他不够清醒冷静的东西，比如酒，或者，现在可以包括一个我？

我道："臣妾身体不好，无法行礼，望皇上见谅。"

钟尘今日却很好说话，微微点了点头，道："无事。"

他心平气和，我却觉得更加奇怪，疑惑地看着他。

钟尘在我床边坐下，看起来有些乏，将背懒懒地靠在床边，忽然伸手轻轻握住我的手。我下意识一缩，他却握得更紧。

我道："皇上在做什么？"

钟尘道："离你替梅妃换血都过去了这么久，怎么身体还没好起来，手这么冰？"

我好笑道："这不正是皇上想要的吗？还特意将暖炉都撤走，为的不就是让我身体越来越差，没能力做一些您不想看到的事情吗？"

钟尘淡淡地瞥了我一眼，眼中有些醉后的迷茫，但眼中一直有的清醒和犀利未曾褪去。

他伸手拨了拨那些被坠儿挂着的小暖炉，道："你的小丫鬟倒是挺机灵，这种办法都想得到。"

我道："聊胜于无，坠儿也是怕我冷着。"

钟尘道："也罢，再这样下去也不行，等会儿我就让人给你把暖炉都放回来。"

我越发觉得奇怪，道："皇上，您到底想做什么？"

钟尘看着我，淡淡地说："我对皇后好，不是天经地义吗？什么时候起，连皇后自己都觉得不可置信了呢？"

我道："皇上何苦说这些？那些暖炉难道不是皇上您自己当初大发雷霆后让人撤走的吗？如此反复，难道是一国之君该有的行为吗？"

"皇后原来是这样想的，难怪会频繁出宫和我弟弟见面。"他似笑非笑，"看来皇后是觉得，就连那个疯疯癫癫的福王，也比朕当皇帝来得好。"

我故作疑惑道："我不知道皇上在说什么，我已经很久没离宫，何来'频繁'之说？至于福王，我更是从未见过他。"

钟尘并不与我争，他看着我的手，低声道："上次不是说过了吗，皇后的指甲不该涂得这样红。"

若是我不涂得这样红，岂非轻易让人看出我指甲中泛白，轻易让人看出我……命不久矣了吗？

但我没什么力气和他解释，只道："人没什么精神，手涂得红些，看着也好点儿。"

"马上就是太庙祭祖，"钟尘缓缓道，"还是换个颜色吧。"

我终于明白过来，钟尘忽然又是来看望我，又是关心我的身体，又是给我恢复暖炉，是为的什么。

宇国每年开春之时，皇帝与皇后都要去宇山之上的太庙祭祖，祈祷新的一年风调雨顺，国泰民安，是极为重要的仪式。我现在好歹还是个皇后，祭祖之事绝对要参加，不只要参加，还必须风风光光健康地参加，若是我一病病到祭祖之时，那就有些麻烦了。

我道："原来是这样，皇上放心，祭祖的时候，我会打起精神来的。"

祭祖前后，是民众最为敏感的时候，若能制造一些不好的"天象"，说成是上天对钟尘这个皇帝不满意，就再好不过。

我当然要打起精神。

但我又很有些担忧，只怕我这身体，拖到开春的时候，就基本全废了，连走路都走不了，谈何登山……唉，眼下还是只能等着，看师兄是否真的有办法，起码让我能在某段时间恢复点儿体力。

我道："皇上，正好您来找我了，我也正想去找您……我明日想出宫一趟。"

钟尘皱眉道："出宫？皇后你身子这么弱，应该好好休养，出宫？不行。"

我道："皇上，您别误会，我出宫不为其他，只因为是师父忌日。"

钟尘沉默片刻，道："可你的身子……"

他似乎对师父还是有愧意的，但我不明白，既然是这样，他当初又为何要狠心那么做呢？

我道："不碍事的，师父的坟虽然在岩溪镇，但京城郊外也有个衣冠冢，我去那里就行，来去很快。"

钟尘道："若皇后执意要去，便去吧。"

我松了口气，醉后的钟尘，倒是好说话一些。

过了一会儿，钟尘道："前两日龙辰来过了吧？皇后消气了吗？"

我道："本来也就不生气，何来消气之说。"

钟尘半真半假道："皇后大人大量，自然是不会生气。但龙辰却是个小孩子，他从你这里离开之后，衣服都没换，就跑去找我，还问我，到底龙将军是不是皇后杀的，若不是，为何他查到那下药的人和你有关；若是，为何我装作什么都不知道。"

"我既没有能力下药，也没有能力和任何人联络去谋害他人。"我根本不想多说，只敷衍着道。

反正钟尘什么都知道。

钟尘点头道："我也是这么跟龙辰说的。你猜他问我什么？他问我，如果皇后娘娘，真的什么对不起朕的事情都没做，朕又这么偏袒皇后娘娘，两人本该和睦恩爱，为何却疏远至此？"

看来龙辰还是没什么长进，居然当面问钟尘这样的问题，但另一方面看来，钟尘也真的对龙辰很不错，龙辰这都问了，他居然也没对龙辰怎样。

我道："皇上怎么回答？"

钟尘道："我能怎么回答？这个问题的答案，只有皇后知道啊。"

他边说，边俯下身，酒气与淡淡的茶香一并扑面而来，却并不难闻。我面无表情地看着他的脸越靠越近。

他道："皇后，我们二人，本该和睦恩爱，为何却疏远至此？"

我道："梅妃年轻貌美，皇上宠爱她，并不为过。"

钟尘笑着摇头："梅妃？"

我不语。

他又问："皇后，你爱朕吗？"

我看着他，依然不说话，他却自问自答："当然是爱的。"

他继续问："那，你恨朕吗？"

我知道我不用回答，他已说出答案："当然是恨的。"

他的声音宛如叹息："因为我对皇后，也是如此。朕常常想，为何世间恨与爱，不是绝对的对立？朕……甚至分不清，哪一面多一些。"

他并没有在看我，眼神有些轻忽，带着两分疑惑，忽然间有了十余年前的稚气，我听着他这么说，居然有几分想哭的意思。

我也是这样想的，为什么爱与恨不是对立？为什么爱与恨能这么和平共处？我也无法……分辨出，是爱多一些，还是恨多一些啊……

"梅妃哪里都像你，不像你的地方，她也尽力学着你，只有一个地方，她和你截然不同。"钟尘终于看向我，定定地与我对视，"就是……她爱我，是纯粹的爱。"

　　我还是忍不住轻轻地开口："那皇上对梅妃呢？"

　　"曲魅哪里都像许碧昭，但许碧昭，哪里都不像曲魅……我这一辈子，只爱过许碧昭。"钟尘看着我，眼神一如当年那样深情。

　　我终于确认他一定是喝醉了，因为清醒的钟尘，不会放任自己说出这样的话。

　　曲魅哪里都像许碧昭，但许碧昭，哪里都不像曲魅。

　　我想，反正钟尘都醉了，那我还怕什么，想哭就哭吧。

　　一边想着，一边眼泪就疯狂地落了下来，顺着眼角缓缓地流下，炙热的眼泪居然让我觉得两颊生痛。

　　钟尘伸手，小心翼翼地替我抹去眼泪。

　　这样的场景何其熟悉，我来宫中之后，就是个爱哭包，哭了之后，钟尘总替我抹掉眼泪，轻轻抱着我，我也就乖乖不哭了……

　　怎么这么久，我还是不长进？

　　我哭了一会儿，实在觉得自己不能这样示弱，吸了两口气，强忍住泪水："皇上还有事吗？"

　　钟尘也仿佛惊醒一般愣了愣，随即坐直身子："没事了。"

　　我有些吃力地坐起来，道："那恭送皇上了。"

　　钟尘一直没有反应。

　　我疑惑地抬头，钟尘却忽然道："我多么希望，你只是许碧昭。"

　　他回头，轻轻地吻了吻我的唇角，随即不再留恋，大步离开，一如来时。

我又……何尝不是呢？

如果我只是许碧昭多好，不是绛穆的公主，不是要为师父复仇的皇后。

只是那个十六岁的许碧昭，不懂爱，不懂恨，更不懂爱与恨并存有多么折磨。

钟尘走了之后没过一会儿，就有许多人端了很多暖炉进来，数量比之前还多许多。一时间整个大堂内烟雾缭绕，我咳嗽更加厉害，那总管见了，赶紧又吩咐人撤了几个，又派人端了几个小屏风挡着，以免我被熏着。

也不知道钟尘吩咐了什么，自从曲魅来了之后，这些下人看我都像看隐形人一般，如今却又恢复到以前狗腿的样子，我看着无趣，索性翻个身继续发呆。

又过了好一会儿，坠儿才回来，她表情很是担忧和急切，道："皇后娘娘，听说……听说刚刚皇上来了？他……他没对您怎么样吧？唉，都是我不好，打什么雪仗，都忘记时间了！"

她一边说，一边丧气地捶着自己的脑袋，大概是因为刚打过雪仗，她的手还红红的。我道："没事儿，皇上什么也没做。"

坠儿道："真的？还好，还好……咦？怎么多了这么多大大的暖炉，比之前还多呢！我都有点儿热了……"

我道："皇上让他们送回来的。"

坠儿开心道："是吗？难道，皇上终于回心转意了？感到抱歉了？哇，太好了！"

我好笑道："你还挺能想，只是快到祭祖大典了，皇上要我快些养好身子。"

坠儿："呃……是这样呀。"

我道："你一脸失望做什么？来，扶我起来。"

坠儿扶着我起来。我坐在桌边，写了封信，大致内容是说马上要到祭祖大典，这是个好机会，问师兄是否有办法，如果能在此之前将身体弄好些就再好不过，若是不行，也要另想办法。

我将信递给坠儿："等会儿晚些人少的时候，送到太医院，你知道我师兄是谁。"

自从给吴姨的信被拦截下，我就对写信很排斥，但我自己去不了太医院，我这边把守得也越来越严，师兄也过不来，只好出此下策。但我信中内容写得十分含糊，若是旁人看来，也只会觉得我是在为祭祖大典关心自己身子，就算怀疑起来，也不会知道信将要送给什么人。

坠儿晚饭后便溜出去，过了好一会儿才回来，告诉我说师兄说没什么问题，明日就可以先拿颗丹药让我试试看，这药吃了之后，精神和力气都会恢复很多，但一颗药只能保持一天，而且第二天会更虚弱，只有有急用时才能吃，不然对身体损害比较大。

坠儿交代完后，疑惑地说："既然是这样，为什么庭柯大人，要明日就给娘娘您服用？"

大概是因为坠儿很尊敬吴姨，对与吴姨一同出谋划策几乎是精神领袖的师兄也十分敬重，总是喊他庭柯大人，听着有些不伦不类，师兄纠正过她，见改不过来，也就由她去了。

我道："因为明日也是个大日子。师兄那么了解我，当然知道我一定会去的。"

"咦？什么日子？"

"我师父的忌日。"

坠儿一愣，道："这……对不起，娘娘。"

我道："你有什么对不起的？皇上已经答应让我明天出去了，你晚上收拾一下，明天与我一起去。其他祭祀的东西我师兄还有吴姨会准备。"

"好，好！"坠儿听到能出宫，还能见到吴姨以及是要去祭拜我师父的坟，大概有点儿激动，连喊了两声，又似乎觉得不太好一般，尴尬地控制了一下自己的表情，闷闷地说，"好。"

我倒是要被她逗笑了，让她下去准备，自己则想着明日的事情。

当年我和师兄从岩溪镇回来京城时，师兄料到我们以后大概会在京城长住，便带了师父的一些衣物来建了个衣冠冢，至于师父的尸骨，还是留在他最爱的岩溪镇。

师父……您就在京城外看着吧，看着这京城皇宫之中，将进行怎样的改变，愿这改变，能让您安息。

第二日清早，坠儿就拿了药给我，我吃下后又稍微睡了一会儿，再醒来果然精神好了许多，手脚也有力了些，不用人扶、不用撑着墙也能随意地起身坐下躺下，就连手撞到门栏，都不像以前那样是钻心的痛。

这药真好，简直让我有光阴倒转的错觉。

可惜越是好的药，副作用也越可怕。我不太愿意想象过完今天，明天我该多么痛苦。

我带着坠儿光明正大地出了宫，半路上一辆马车便不远不近地跟着我们，我认出是师兄的马车，知道里面必然是师兄和吴姨。等快到师父的衣冠冢的时候，我带着坠儿下了车，让车夫和侍卫在山脚等着，往山上走去。

师兄和吴姨的马车停在另一边，虽然是不同的两条路，但殊途同归，最终可以在中间会面。

半路上我们会合后，坠儿兴奋地喊："吴姨！"

一段时间不见，吴姨又苍老了许多，白发已经遮也遮不住，我知道她定然为了绛穆之事又是四处奔波，心下不忍，道："吴姨。"

吴姨一边抱住了向她扑来的坠儿，道："这么大的人了，还这么冒冒失失的！"一边向我点了点头，"公主。"

一行四人朝着师父的衣冠冢走去，坠儿和吴姨走在前面，我与师兄紧随其后，师兄有些担心地看着我，道："你觉不觉得难受？要不要休息一下？"

我道："师兄的药，师兄你自己还不放心吗？我好得很，还可以越过好几座山头呢。"

师兄失笑："胡说什么。这药……你第一次服用，自然觉得效果很好，以后次数越多，就越没什么用。尤其……明天一天，你定会很难受。"

我摇摇头："有失必有得，没什么的。"

师兄道："若非知道你的性子太倔，哪怕走不动爬也要爬来，我是不会给你药的。"

我笑了笑，道："知道师兄好。这次，也许是最后一次给师父的衣冠冢扫墓了。"

今后，只怕是我也要下去陪师父了。

师兄摸了摸我的脑袋，道："嗯，以后都去岩溪镇。"

我笑了笑，没再说话。

我也想啊。

不负 忆长安 BUFU

快走到师父的墓边的时候，师兄却忽然皱起眉头，迅速上前两步，拉住吴姨和坠儿，小声道："别过去，蹲下身子，不要出声。"

我们四人一起蹲下身子，坠儿有些疑惑地看着师兄，却不敢说话，只眨巴眨巴着眼表示疑问。

师兄眼神奇怪地看向师父坟的方向，我微微探头看去，隐约看见一个人影，赫然在师父坟边，举着香拜了三下，而后却不将香插进香炉中，而是往旁边丢去，仿佛怕被人发现一般。之后那人再无动作，只看着我师父的墓碑发呆。

我们四人对视一下，悄悄往那边走去，四个人都猫着腰，很有些好笑，等走近一些，我才发现，祭拜的那人，有一张和我何其相似的脸，白底粉纹的衣裳衬得她肤白如玉，赫然是曲魅。

我们都大吃一惊，不明白为何曲魅竟然在师父坟前，还给师父上香。

难道……曲魅也是师父的弟子，嫁给钟尘，模仿我，也只是为了报仇？

怎么看也不像啊。

我疑惑，坠儿更是瞪大了眼，师兄也皱着眉头，只有不知道曲魅身份的吴姨，莫名地看了看我，又看了看曲魅，大概在疑惑怎么会有人和我这么像。

我小声说："我和坠儿先出去，师兄你和吴姨等她走了再出来。"

他们三人都点头表示同意，我深吸一口气，猛地站起来，快步走到曲魅身边。曲魅见我忽然出来，吓了一跳，转身就想跑。但曲魅不会武功，身娇体贵的，我学过一点点轻功，虽然飞不起来，但健步如飞还是可以的，幸好有师兄的药，不然我恐怕连曲魅都追不上。

我一下就抓到了她，道："梅妃，你在这里做什么？"

曲魅瑟瑟发抖，不敢回头，一旁坠儿也小跑着追了上来，学我故作惊讶道："梅妃？皇后娘娘，您约好和梅妃一起来扫墓吗？"

我好笑地摇了摇头，道："并没有。"

我绕到曲魅面前，直视她："梅妃，你来我师父墓前做什么？你还祭拜他……我师父与你，是什么关系？"

曲魅哆哆嗦嗦地低着头，偶尔抬眼看我，像一只受惊的小兔子，这模样很难不让人心生同情。我想起钟尘说"梅妃哪里都像你，只有一个地方，她和你截然不同，就是她爱我，是纯粹的爱"，心中更觉烦躁，道："到底怎么回事？"

曲魅缓缓地比了个手势，我才想起来，曲魅不会说话。

我看不懂手语，她不会说话，这真是无可奈何。

我道："算了，我说，你点头或者摇头。"

曲魅缓缓地点头。

我道："皇上知道你出来吗？"

她摇了摇头。

"那……你认识我师父？"

她又摇了摇头。

"那你来祭拜我师父做什么？或者说，你怎么会知道我师父的坟冢在这里？"我厉声问道，"难道我师父的死和你有关系？"

她慌张地看了我一眼，忽然力气大了不少，猛然推开我往山下跑。

坠儿急了，下意识伸脚一绊，曲魅瞪大了眼睛，整个人往后仰去，受惊过大，她张嘴发出了尖叫——然而听来，却是嘶哑到恐怖的模糊的喊声。

我惊讶地睁大眼，想伸手扶她，树上便忽然跳下一人，扶住曲魅。

那人一身黑衣，脸上也戴着黑色的面纱，看不清容貌，然而我却认出，他是上回在龙辰刺杀我的时候跳出来的那个黑衣人，是钟尘暗卫的前侍卫长方谷，后来不知为何被革职，成为一个普通的暗卫，有时候负责保护我，有时候又常常不见人。

扶住曲魅之后，他的第一个动作，竟然是将曲魅往身后带，护着曲魅，这行为，可不像是仅仅是负责保护曲魅而已，而是下意识的呵护。

这两人……

我道："这不是前侍卫长吗？上回龙辰刺杀我，你可是等我受伤之后，才不急不缓地蹦出来，为何梅妃有危险，你却第一时间出来？"

方谷不说话。

我道："侍卫长怎么不说话了？给皇上戴绿帽子，好大的胆子啊，梅妃，枉费皇上那么疼你，你居然背着他……"

话还没说完，曲魅就推开方谷，有些愤怒和焦急地看着我，手比画着什么。方谷被推开，也一言不发地低首站在一旁。

我有点儿明白曲魅和方谷的关系了，无非是方谷喜欢曲魅，曲魅却只喜欢钟尘。

但曲魅和我师父的事，还是没弄明白。

我上前一步，刚想继续问，方谷就忽然将曲魅一背，而后往山下连跑几步，接着很快飞起来，一下就不见了人影。

坠儿瞪大了眼睛："有没有搞错，就这样跑了！"

我道："算了，追不上的。"

那边吴姨和师兄也都出来了。

师兄有些不解地说："那个曲魅，到底是怎么回事？"

吴姨更是一头雾水："那个女人是谁？狗皇帝的妃子，怎么和公主……有些像？"

忆长安

不负 BUFU

我摇了摇头："也不知道钟尘从哪里找来的……总之，不只是妃子那么简单，之前我不知道，现在，我怀疑，她和师父的死，有很大的关系。她说自己不认识师父，却又来祭拜师父，甚至，还是在师父的忌日。钟尘应该是不知道她来祭拜的，不然不会让她出来，因为钟尘已经知道我要来了，他不会让我在这里碰到曲魅。所以最大的可能，是她愧疚，所以在师父忌日的时候，偷偷跑出来。"

坠儿眨巴眨巴眼睛："好复杂……我居然听懂了……所以，梅妃可能是凶手，对吗？"

我点点头："不是凶手，也脱不了干系。"

师兄道："师父死去很久之后，钟尘才带她回来，对吗？那看来，曲魅这枚棋子，并非是之后找来的，而是之前就培养着的。"

我有点儿疑惑："按理说，不大可能。曲魅是哑巴，看起来是个小家碧玉，连我都跑不过。而刺杀师父的人，却是个身手矫健的射箭者……而且她手上白嫩，没有任何老茧，她应该不是那个凶手。"

师兄却摇头道："并非如此。我刚刚看到，她想逃脱的时候，推了你一下，是吗？她推的是你的要害，如果她力气很大，或者有武功，你会被她直接推翻，甚至损伤到内脏，失去力气。她刚刚完全是下意识的行为，可见她以前很可能会武功，而且，是招招致命的那种。有比刺客更适合学这样的武功的人吗？而且，她刚刚要摔下去的时候，我发现她没有太过挣扎，而是马上将力气转移到腰部，这样就算她倒下去，也只会翻个跟斗然后站稳，不会滚下去。这样迅速的判断和执行能力……曲魅绝不像表面看起来那么无害。"

我愣住，道："可是她的手……"

话还没说完，我自己就顿住了，因为我记得，师父的医书中记载，有一味药方，做成药汤之后让人浸泡，可以褪去之前的皮肤，重新生长新的皮肤，但过程十分痛苦，尤其生长新皮肤的过程，将是不可想象的。

"师兄你的意思是……"我有点儿不可置信。

师兄点了点头。

这些年走南闯北的吴姨显然也知道这个法子，她皱起眉头："你们说的可是换皮之术？但那十分可怕，据说一些换皮之人，是活活痛死的。她终究是个女孩子，能忍得住吗？何况……她有那种必要吗？"

坠儿听着，忍不住咽了咽口水，道："听起来很可怕……但……但是……"

她有些犹豫地看了我一眼："娘娘，您刚刚看到没有，曲魅……的嘴里没……我……我不敢确定，怕是我的幻觉或者眼花了……"

我摇了摇头："不是你的幻觉。的确……曲魅，没有舌头。"

第九章

我本打算用死来惩罚钟尘的

吴姨惊恐地说道："没有舌头？"

坠儿跳起来，一脸受不了的表情："娘娘您也看到了？好恐怖啊！她嘴里空洞洞的，什么都没有！她……她……"

我忽然想起钟尘的一句话——

"梅妃哪里都像你，不像你的地方，也尽量学着像你。"

若曲魅之前真是个刺客，而她为了像我，用了换皮之术，甚至改变了容貌，改变了性格？

而声音无法改变，所以她……割掉了自己的舌头？

这想法让我浑身发冷。

我道："不管怎么说，现在曲魅嫌疑非常大……算了，这个晚些再细究，我们先祭拜师父吧。"

坠儿大概也觉得曲魅有些吓人，连连点头，开始摆祭祀的东西，我和师兄给师父恭恭敬敬磕了三个响头，又敬了三炷香，叹了口气，站起身看着师父的坟墓。

我道："师父，凶手之事已有眉目，相信很快可以替你报仇……之后，便是替绛穆报仇。"

回到宫中后，我直接往钟尘的书房去，这个时候，他一定在书房。

果然，书房门口的阵仗显示，钟尘在书房和人议事，我站在书房门口，坠儿刚准备喊"皇后娘娘驾到"，旁边一个太监就忽然皱眉，比了个"嘘"的手势，道："皇后娘娘千岁，但皇上此刻正在和顾翰林讨论重要的事，还请您等一会儿。"

他态度实在说不上好，我也懒得计较，道："我刚从宫外回来，马车一路颠簸，现在有些腰酸，可否替我先通报一下？"

那太监笑了笑，道："还请皇后娘娘等一会儿。"

其他几个太监宫女也像没看到似的没动静。

坠儿怒道："喂，你们怎么回事啊？居然一点儿不把皇后娘娘放在眼里！"

那个太监一笑，道："哎哟，这位姐姐说话可严重了，我们也只是按吩咐办事嘛。"

话还没说完，他就恭恭敬敬地朝我身后道："总管大人。"

我回头，见是钟尘贴身太监图海，他手中端着一杯茶，大概是替钟尘或者顾翰林端的，见了我，他先是一愣，而后赶紧行了个礼："皇后娘娘千岁！"

"皇后娘娘怎么站在外边？"他疑惑地道，随即了然地看了看周围的人，之后左手端着茶，右手狠狠地给了刚刚那个太监一巴掌，"你知道喊我大人，却竟敢怠慢皇后娘娘？我看你是吃了豹子胆！"

那个太监大概也被打得很莫名，慌张地捂住脸："不，不是……"

图海看都不看他，踹了他一脚，对我笑着道："皇后娘娘抱歉，这一批都是新来的，不懂规矩。"

其实这话真是不对，宫中所有人都当我失宠，这样的态度不管是新人还是旧人恐怕都不足为奇。图海对我这么恭敬，也不过是他与钟尘离得近，知道得多罢了。

我点点头："那劳烦公公传报一声了。"

图海道："哪里的话！"

图海赶紧端着茶进去了，没一会儿门就打开了，他恭敬道："皇上请皇后娘娘您进来。"

我点点头，走了进去，书房内果然有钟尘和一个年轻的男子，我看了一眼，有些眼熟，想起是和龙辰一起的文状元顾秦立，和龙辰一样，有才有貌，但比龙辰可看起来风雅斯文多了，想不到短短的时间内……就当上了翰林？

顾秦立见了我，起身行了个礼。

我点点头，对钟尘行礼道："皇上。"

钟尘点头，让图海给我搬了张椅子来坐就让图海出去了。

钟尘道："皇后扫完墓了？今日看起来精神竟比昨日好多了。"

我看了一眼旁边站着的顾秦立，说道："承蒙皇上关心，的确好多了。"

钟尘道："有什么事就说吧，顾翰林不是外人。"

"如果皇上觉得这件事旁人可以听去，臣妾倒是觉得无所谓——今日我去师父坟前，却看到了一个意外之人……"

我话还没说完，钟尘便皱紧了眉头，道："顾翰林，劳烦你先出去，此事为朕之家事，不好让你见笑。"

顾秦立一点儿也不在乎地一笑，行礼道："是。"

顾秦立离开，房中只剩我与钟尘两人。

我道："看来皇上很明白我说的人是谁。"

钟尘道："梅妃？"

"正是。还有负责保护梅妃的前侍卫长方谷，他之前奉命保护我，却因为不肯好好保护我让我受伤被你调走，对吧？我看到梅妃满怀歉意和愧疚地给我师父敬香，却害怕别人发现一般将香丢掉。而且最可怕的是，我知道了梅妃为何不能说话。"我一边说，一边紧紧地盯着他的表情。

然而钟尘还是一如既往的波澜不惊，道："嗯。"

我故作试探："梅妃的舌头，是皇上下的手？"

钟尘似笑非笑地瞥我一眼："皇后心中，朕就是这样的人？"

我道："可我无论如何，也想不明白，什么人能割掉梅妃的舌？"

钟尘不语，我只能继续道："除非，梅妃嫌自己声音不像我，所以自己将其割掉了？"

钟尘看着我，缓缓道："皇后真的很聪明。"

"多亏皇上给我线索才是。'不像我的地方，也尽量像我'……所以，她的容貌、她很有可能换过皮的皮肤，也都是为了这个原因，对不对？"我盯着钟尘，"而她之前的身份，是个刺客！"

钟尘道："皇后怎么会这么想？"

我道："因为我师父，是她杀的，对不对？"

钟尘道："不是。"

"你还骗我？"我站起来，怒道，"就是她！你越说不是，越可疑！你完全可以把责任推给她，但你却说不是，这不是心虚骗我，是什么？"

钟尘认真地说："无论如何，梅妃就是梅妃，是朕从江南带回来的一个哑女，手无缚鸡之力，温柔贤淑，就此而已。"

我道："哦，那皇上您的意思是，如果我要找杀害我师父的人报仇……皇上不会阻止？因为按皇上您的意思来说——杀人的人，不是梅妃呀。"

钟尘淡淡道："我当然不会阻止。只是方谷的武功，想必你是知道的。"

方谷！

方谷的武功几乎是个传奇，如果他那么袒护曲魅，的确，我想报仇也没有办法。因为根本没人可以突破方谷的保护而伤害到曲魅。

我道："皇上，您就是铁了心要保护梅妃了？也对，梅妃为了配合您的计划，让我身子变坏，甚至愿意服下那样痛苦的毒药，可见其忠心，这样的棋子，怎么能说丢就丢？但不要以为这样我就会放弃，师父的仇……我一定会想办法报！"

我站起来，想往外走，钟尘的声音却在身后淡淡响起："皇后，你有没有想过，有的时候，你真的被仇恨蒙住了眼睛。"

"那又如何？"我冷冷地说，接着推门而出。

见我出来，顾翰林带着笑对我拱了拱手："皇后娘娘。"

我心中实在烦闷便没理他，带着坠儿径自回了宫。

坠儿大概看出我脸色不好，也乖乖地没有开口。

等到了宫中后，坠儿才小声问道："皇后娘娘，那个，到底是怎么回事？梅妃她……"

"八九不离十，那个刺客就是梅妃。"我冷着脸说道。

"啊？那……那皇上承认了？皇上的意思是什么？"

"他不肯承认，更不准我动梅妃。"

"这……"

"算了，其实也是，梅妃的行为也是他指使的，如果因为这件事让我伤害了梅妃，以后钟尘让别人做事，别人哪敢放心啊，何况……

梅妃那么好用的棋子，没了就太可惜了。"我叹了口气。

坠儿道："那……那就这样算了？"

"当然不。"我想了想，道，"坠儿，你今天再往我师兄那里跑一趟，让他找机会去找福王和吴姨，去查一下梅妃。当初她刚出现，我们稍微查过，但没怎么上心，什么也没查出来，也就算了，这次，要好好查一番。一个人不可能没有过去，总有蛛丝马迹。"

坠儿点点头，道："好。"

"嗯，梅妃一定要小心对付……我们杀害龙将军和江宰相，钟尘都没说什么，最多折磨了我一下，可是曲魅，我们却连动她的机会都没有，实在可疑。"

坠儿赞同地点了点头，道："嗯，我会把这个也告诉庭柯大人。"

曲魅啊曲魅，你到底是什么人，是为什么，这样爱钟尘，为他做了那么多事，甚至为了他抛弃了自身？

这样的爱，真的值得吗？

晚上怀着对曲魅的满腔愤怒和怀疑入睡，第二日，我却是痛醒的。

师兄的确没有夸张，我挨着被子的手，只要与被子表面稍微一摩擦，便像是火烧一般疼痛，我想咬住嘴唇，然而牙齿才碰到嘴唇，便是针扎一样痛。

我紧紧闭住双眼，连眼泪都努力克制不想去掉，眼泪这么烫，估计流在脸上也很痛苦。

坠儿来伺候我梳洗，见我这样，吓得倒抽了一口气，道："皇后娘娘，您怎么了？"

我皱眉摇了摇头，虽然很想开口说自己没事，但连开口的力气都没有。

坠儿急得要命，想伸手扶我，没碰到我，又赶紧缩了回去。我也不敢动，躺在床上奄奄一息，坠儿忽然道："对了，可以去找庭柯大人，他一定有办法！"

说罢转身就要去找师兄，我费尽力气，才说了个"别"，坠儿连忙停住脚步，有些不解地看着我。

师兄如果有办法，昨天就会事先告诉我，现在叫师兄来也没什么用处，不过是让他更加担心罢了。

奈何我实在没力气，不能告诉一脸疑惑的坠儿到底为什么，坠儿倒也听话，乖乖地坐在那里。

我闭上眼睛，尽量让自己睡着，然而这样的状况下，实在没办法有睡意。

算了……熬过今天就行。

曲魅为了钟尘，可以熬过换皮之术，想来换皮之术不会比这个更轻松，而我为了师父，难道熬不过这一天吗？

然而没过一会儿，外边就传来通报的声音，说是王太医受诏来替我看病。

坠儿疑惑道："我没让太医来啊……啊，一定是庭柯大人！"

坠儿急忙跑去开了门，来人步履急促地走过来，一边走一边道："原本早该过来，可是被事情绊住耽搁了些时间。"

正是师兄的声音。

我稍稍心安，师兄已走到我跟前，他脸上还戴着人皮面具，看起来有些陌生，只有那双明眸一望便知道是关心我的师兄。

大概是我的模样实在很狼狈，他紧紧地皱起眉头，而后拿出一排银晃晃的针，道："阿昭，我替你封住几个穴道，这样你虽然不能动弹，但也不会感受到疼痛……到了晚上再让坠儿替你将针——取下——我

不
负
忆长安
BUFU

会告诉她步骤和顺序。"

我轻轻地"嗯"了一声,声音很轻,也不知道他听没听到。

师兄吸了口气,认真地将针一根根扎入我的身体中。

连碰到被子我都很痛,何况是这样的针,我当即就痛得眼泪快掉下来,痛至骨髓的感受实在不好受,传说十八层地狱中有一层名炼狱,熊熊业火焚烧不止,进去的人都将受尽焚烧致死,不知与现在这样的痛苦有几分相似?

好在刺进去,痛过了那阵就好了。等师兄都刺完,虽然我都哭得脸麻木了,但好歹身上的确没什么知觉了,不能动,虽然还是痛,但比之前好了许多。

师兄接过坠儿递来的毛巾,替我轻轻将脸上的汗水泪水擦去,道:"阿昭,真是苦了你……"

我微微发声:"没什么。"

真的……没什么。

师兄道:"阿昭,你好好休息。昨天坠儿告诉我的话,我一会儿就出宫去找吴姨。曲魅的确可疑,这次我们会尽全力调查她。"

"嗯。"

"我不能在你房中久留。"师兄站起身,摸了摸脸上的人皮面具,像是确定它没有破绽,才拎起药箱,对坠儿吩咐了一些事,而后颇为担忧地看了我一眼。

我努力扬了扬嘴角,想表示自己没事,但也不知道是不是笑得太吓人,他看起来更加担心了,最后叹着气喊了一声"阿昭"才离开。

坠儿送走师兄,跑回来道:"娘娘,您好些了没?"

"嗯。"

"呼，那就好……您是不知道，您开始看起来太吓人了，脸白得好似馒头，我以前无意中看到过隔壁的人生小孩子，那已经很惨，您看起来更惨！"

"……"

"呃，我不是那个意思……总之，还好庭柯大人来了，不然……不然娘娘就算您没事，我估计也要被吓死了……哎，说起来，庭柯大人对您真好，只要您一有点儿事，他一定马上出现，而且总能帮您。"

"嗯。"

大概发现我没什么力气说话，坠儿捂住了嘴，道："我不说话了，娘娘您好好休息吧。"

我闭上眼睛，心里想着刚刚坠儿说的话，的确，自从我和钟尘有了隔阂，师兄每次出现，总是要替我收拾烂摊子。他担心我，我却没怎么爱惜过自己的身子，有时候他看着我的样子，看起来比我还难受。

我忽然有点儿后悔。

最开始，我是想用我的死来作为王牌，惩罚钟尘的。

可是……师兄呢？

如果我真的死了，师兄会有什么反应？哪怕他现在就知道我可能很快就要死去，有了一些心理准备，但……当这件事真的发生之后，师兄会不会还是无法接受呢？

我越想越难受，只好努力地将这些念头推开不去想。

就这样在床上昏昏沉沉地躺了一整天。

晚上坠儿小心翼翼地替我将针都给拔了，又是一回酷刑，但比刺入的时候要好得多。针拿下来之后，还是浑身发痛，但针不能刺太久，也只能忍着了。

我下午断续地睡了一会儿，晚间便睡不着。

坠儿见我睡不着，便执意陪着我，在我床边絮絮叨叨地说着她以前听来的各种奇怪的故事。

说到后面，她自己忍不住了，趴在床边睡着了，模样十分娇憨，我感觉有些好笑，又怕她着凉，只能将她推醒，装作自己困了，让她先去睡觉。

第二日天微微放晴，我也稍稍能走动，想让坠儿扶我去院子坐坐，才发现昨天又是一整天无声的雪，今日已是积雪满院，有下人在努力铲雪。

我道："今年居然下了两场这么大的雪，来得快，去得也快。"

坠儿道："是呀，两场还都很好看呢。"

"嗯。"

大概对坠儿来说的确如此，不过我这辈子看过的最好看的雪，却是我十六岁那年……雪落无声，却落在了心里。

也罢，何必反复想这些往事。

我摇了摇头，让坠儿扶我进屋，之后整个冬天，宇国再没有下雪，偶尔有些冬雨，大部分竟然是暖暖的晴日，伴随着这样不错的天气，春日终于将要来临。

我想我最期待的，便是惊蛰，万物始出……对，之前整个冬日埋在土底的，也都蠢蠢欲动，纷纷要露出眉目了。

可惜传来的第一个消息，却并不像这天气那样让人开心。师兄告诉我，他们花了大半个冬天查曲魅，甚至去了江南当初钟尘微服私访过的地方，四处询问有没有一个哑女，都一无所获。派人跟踪曲魅，也因为方谷武功太好而失败，好不容易等曲魅外出，去翻曲魅东西，也什么都没有，一切稀松平常。

甚至连那些让吴姨骄傲的市井联络网，都毫无用处，没有人知道曲魅从何而来，真实身份是什么。

她就像没有过去一样，凭空出现，而后成为梅妃。

唯一的蛛丝马迹，就是她也许是杀害师父的刺客。

师兄与我商量过，我们一致认为，这样的话，最大的可能性，就是曲魅的确是钟尘从小培养的暗卫，与方谷类似。许多暗卫也许也存在了很久，但我至今都不知道他们的存在，以后也不会知道。

坠儿也听到了，十分担心地说："那……那我们现在住的这个屋子里，也有暗卫？"

我道："什么都没有。我们这里比较开阔，横梁低不能藏人，我也有没事就四处查看的习惯，师兄来的时候，更是每次都会扫一圈，你没发现吗？"

坠儿道："没有……以后我也要小心！"

我唯一一次感觉有人在我屋内，就是那次龙辰要刺杀我，而方谷保护我，可见钟尘知道我也许会有危险，所以派了方谷来。谁知道方谷那么爱曲魅，假公济私，故意迟一步才出来，还是让我受伤。

总之，暗卫一般都是从小培养，除了培养他们的人和钟尘，不会有人知道他们的存在。甚至有时候，他们彼此都不知道。

如果曲魅是这样的人，而后换皮换脸割舌，摇身一变成为梅妃，倒真没什么不可能。

我道："可见曲魅的嫌疑越来越大，甚至可以肯定是她。"

师兄道："嗯。但曲魅身边有个方谷，无法接近。"

"总会有办法的。"我认真道。

我想了想，道："马上就是祭祖大典，这是一个很好的机会。不管是对付钟尘，还是对付曲魅。"

师兄笑了笑，道："我也刚想同你说这件事。"

"唔，英雄所见略同？"我一笑，"但是，不能操之过急。首先，我们要按计划，制造一些'天象'，露出上天不满钟尘的意思，再加以扩大和散播，顺便宣传一下福王之前有多爱民，这个吴姨自然有人力和办法；接着……龙辰不能在他身边，这个人要缠着，有一点儿麻烦，等会儿再说；之后，师兄你和吴姨领着一些人开始伺机发起小规模的暴乱，虽然宇国算是风调雨顺，但冬天总有灾民，只要待一个地方发动一下起义，再跑去另一个地方，造成数个起义不绝的假象，自然会有不知情的人想投靠我们。再加上之前的'天象'，就再好不过了。"我一口气说完，有些期待地看着师兄。

师兄点了点头："嗯，另外还有一点，就是发生这么多事，哪怕你们在宇山上，钟尘也不可能毫无反应，所以最好的办法，是造成意外，宇山地势陡峭，钟尘如果落下去，也是平常。"

我一愣，道："但那样……"

师兄道："你不必担心，我们勘察过地势，有个地方看起来很险峻，容易造成危险，但实际上，最下面是一个湖泊，附近还有山谷，要找到不容易，但钟尘在那里，顶多落魄些，受点儿伤，不会有生命危险。"

师兄一下便知道我的担忧，我反倒有些不好意思，悻悻道："嗯。师兄考虑周全，这些师兄做主便是。"

一旁的坠儿忽然小声地说："皇后娘娘……"

"嗯？"我看向她，不知道她有什么要说。

坠儿道："开始您说的那个有点儿麻烦的龙辰，我觉得我可以想办法！"

师兄含笑看了一眼坠儿，道："原来坠儿也这么有本事，好了，我先走了，龙辰之事师妹你做主就行。一个龙辰，你还是可以轻易处理的。"

他背上药箱离开，我点点头，目送他走，坠儿大概因为刚被夸了，兴奋的脸红扑扑的，一边喊着"庭柯大人再见"，一边挥手！

我笑了笑，看向坠儿道："好了，快说吧，什么办法？"

"娘娘您还记不记得，他上次来这里，我给了他一把伞呀！呃，虽然那伞，其实是您……但，他之后一直没还，估计按他的性格，肯定没好好收着！等祭祖前几天，最好是皇上还没正式宣布要他一同去的时候，我就去找他！谎称您给我放假，让我回乡探亲，但是呢，那把伞，其实是我过世的爹留给我的，上面的花纹，都是他亲手画的！所以让他给我，他估计是给不出来——就算给出来了，我也会说伞被弄脏了，让他赔！"

坠儿眉飞色舞，看上去很是兴奋。

我听得津津有味，道："嗯，然后呢？"

"然后，我就要告诉他，那把伞最后一个使用者，是他。所以，他一定要陪我回乡下！哇哈哈，到时候就可以把他骗走……对了对了，搞不好还可以趁机除掉他！"坠儿一拍手，高兴地说。

我一愣，看着坠儿依然天真的样子，心里难免有些遗憾。耳濡目染，坠儿下意识也会想到对自己这方最有利的事情，这对我们来说绝对是好事，可我……

我点点头："嗯，那你下次去跟师兄大致说一下，让他告诉吴姨，帮你在附近乡下安排几个'老家亲人'。"

"知道！"坠儿高兴地捧着脑袋，"想不到娘娘您居然同意这个计划！"

"这个计划还挺不错的，至少我现在没想到其他的办法……我之前是想，干脆派人去刺伤他让他去不了，不过一是他武功高，不知道能不能成功；二是怕他哪怕受伤也要跟着去，那就麻烦了……嗯，以你的计划为主，如果你没成功，他不陪你去乡下，那就再用这个计划。"

"嗯，这样比较不怕有意外！"坠儿认同地点头。

我点点头，心里算了算时间，现在一切都计划好了，只等……正式行动了。

不负
忆长安
buFu

出发那日是个有点儿阴的天，云层堆积着掩去了太阳的光辉，一切看起来都没什么生气，而这样并不让人愉快的天气，却是像在给我们行方便一样，天气越是暗沉，对付钟尘，就越有利。从京城到宇山路途颇为遥远，故而天还没亮便要动身，我与钟尘分别坐在两顶轿中，前后长长的人龙，几乎看不到头与尾，后边更是有人端着不同的祭祀之物，足以叫人眼花缭乱。

我与钟尘一路没有交谈——老实说，两顶轿子隔得略远，想说话也不能。

今日替我梳洗的不是坠儿，因此头发上的饰物多得让我有些吃不消。

因为今日十分特别，我早上起来便服用了那种丹药，让自己今日精神好了许多，耐力也强了许多。

坠儿很早就走了，我放她假后，她便背着一个小包裹欢欢乐乐地出了门，之后托人送来一次信，写得很简略——皇后娘娘，感谢您放奴婢的假，奴婢一路平顺，真是太好了。

之后，听闻龙辰向钟尘告假，陪钟尘来的人则为顾翰林。

坠儿竟然一举成功，真是个不能小觑的小姑娘。

我唯一奇怪的是，钟尘怎么会这么轻易就准龙辰假，不过再一想，倒也没什么，毕竟龙辰武功虽高，却也未必比钟尘那些侍卫高太多。何况龙辰有勇无谋，若是出了什么事，也出不了主意，相比之下，顾翰林倒也很不错。

除掉了龙将军、江宰相，钟尘又弄出龙辰与顾翰林，真是让我头痛不堪。

走到宇山山腰之后，因为有一段道路变得十分狭窄，举着轿子过去，很容易有危险，所以我与钟尘都必须下轿改为步行，而这里，就是师兄他们安排好的地方。

我装作什么也不知道，垂着眼睛老老实实跟在钟尘身后，盯着钟尘脚下，只等那看似坚固的道路不知何时忽然崩塌，让钟尘掉下去。

然而走了好一会儿，甚至我都有些气喘吁吁了——若非吃了药，估计早趴下了，却还是不见道路崩塌。我心下疑惑，往前走了两步——就在那一刻，钟尘脚下的道路忽然塌陷，钟尘整个人往外翻去，他身边的人想拉住他，急急忙忙上前，却没注意，将我也给往外推去，我没站稳，人原本就疲惫，被轻轻一推就整个儿掉了下去。

急促的风在我耳边作响，盖过了山上一片惊叫声，我感觉脸被风拍得生痛，下一刻，便落入冰凉的湖水中。

我浑身打了个冷战，心里一片后怕，如果我没吃丹药，估计现在就被刺骨的寒冷给活活冻死了。

我勉强打起精神，费力地往上游去，头饰重，衣服也重，我花了好半天才游上来，吐出两口冰水，浑身上下又痛又冷。

周围是冷冰冰的岩石，还有漫无目的生长的草木，钟尘只比我快一点儿掉下去，却不见了踪影。

莫非是因为钟尘有些武功，落地前使力往外飞跃，躲过湖水，之后很快离开这一块？

估计只有这种可能了。

一阵山风拂过，我打了个哆嗦，一边环抱着双手，一边四处寻找钟尘的身影，虽然我与钟尘势不两立，但山谷之下，我唯一能依靠的只有钟尘了。若是等会儿他趁火打劫要杀我……唔，虽然不可能，但如果他意识到落崖之事是我策划，也许会兽性大发，把我给杀了……那也没办法……

只恨人算不如天算，师兄他们无法明确地告诉我崩塌地点，而那些下人护主心切，还有我轻飘飘不经推……这些都是怎么也考虑不到的事情。

我叹了口气，将手放在嘴边，喊道："钟尘？钟尘？皇上？"

没人应，我只好继续往前走，尽量寻找师兄所说的那个"山谷"。

起码先找到一个山谷，躲在里面生火挡风。

"钟尘？"我一边继续喊，一边继续寻找。

身后忽然传来细微的动静，我有些松了一口气，转头道："钟尘……"

话卡在了喉咙里。

哪儿有什么钟尘。

只见那堆草丛中，一条手臂粗的蟒蛇，两只眼睛死死地盯着我，细长的舌头吐出又缩入，发出嘶嘶的声响。

我紧张地看着这条巨蟒，想起师父以前教我的，如果看到蛇，千万不能尖叫，也不能逃跑，蛇会认为你侵犯它的领地……如果是对付不了的剧毒蛇，只能站在原地，尽量放平呼吸，让它以为你是一棵树之类的。

我平复呼吸，一动不动。

那蛇也一动不动，只死死地盯着我，样子十分可怕。过了好一会儿，它终于放弃般转身要走，我微微松了口气，头上的一个簪花却忽然掉了下来，落在草丛中，发出不算小的声响……

那蛇转身就袭来，如闪电般，我躲闪不及，尖叫一声闭上眼睛，却迟迟感受不到想象中的疼痛。睁开眼，却见那蛇已软软死在草丛中，一根金簪穿过了它的七寸。

我睁大眼睛，蓦地回头，果然见钟尘站在我身后，皱着眉头看着那巨蛇。他将自己的发簪用来打蛇，此刻头发披下，外套也没穿着，看起来小了许多，也亲和了许多，就连皱着眉头的样子，也不复往日威严，倒有几分少年苦恼的味道。

终于看见钟尘，我松了口气，道："钟尘。"

他一把将我拉过去，远离那条巨蛇："你怎么也落下来了？"

"那些侍卫想拉你，结果……却不小心把我也给推下来了。"

钟尘似笑非笑道："人算不如天算。"

我道："皇上这是什么意思？好像是我害得皇上您摔下……阿嚏！"

我话还没说完，便忽然打了个喷嚏，刚刚一场惊吓，忘记了寒冷，此刻才发现身上还湿淋淋的，风一吹过，我便有些发抖。

钟尘见状，道："先别说这些了，跟我来。"

我跟着钟尘走，没走几步果然见一个深邃的山谷，里面还放着一些木柴。

钟尘道："我一下来就四处找山谷，确定这个洞穴里面没有野兽之后便四处收集木柴，开始隐约听到你的声音，便往你那边走，之后

不负
忆长安
BUFU

就看到那条蛇要袭击你。"

我看了看钟尘一点儿没湿的衣裳，道："皇上这么多年没习武，想不到武功丝毫没有生疏，从那么高的地方摔下，都能不落入水中还可以全身而退。"

钟尘只道："只是我练武时皇后看不到而已。"

他一边说着，一边迅速地点燃了火。我感受到微微暖意，赶紧坐下，将手靠近火边烤着。钟尘道："皇后将衣服脱了吧。"

我衣服全湿透，不脱掉烤的确不行，我想了想，道："那借皇上的外袍给我先穿着吧。"

钟尘没说什么，将外袍递给我，我将衣服一件件脱下，只留里衣，穿上钟尘的外袍，其余的都一件件用粗些的树枝架起来烤。

微微的火光中，我托着下巴忍不住看着钟尘的模样，淡淡的橘色光照耀在他的脸上，让他生来带着几分冷淡的脸多了一些温暖。钟尘看起来还是那么年轻，但如果他皱眉眯眼，眼角似乎已经有了淡淡的细纹，我想我也是这样吧，只是镜子不够清晰，始终看不清。

我已经不知道自己多久没这样心平气和地看着钟尘了，不带任何想法，只是单纯地看着他。就这样在不知不觉中，从我十四岁起认识我，到如今我快三十，从与我相识，到相爱，到相恨，光阴的流淌没有任何征兆，而我只是这样看着，看着，他似乎就是这样在我的目光中老去的。

十八岁的他，和三十岁的他。

我看着钟尘，不着痕迹地老去。

那些侍卫必然不知道我们掉下来的地方是湖泊，因此大概只能慢慢从另一条小路努力下来，那路据说崎岖不平而且绕来绕去的，也不知道要多久才能来，是以等天逐渐变暗，气温越发寒冷之时，也没听见任何动静。

已经耽误了几乎一整天，任务早就完成，然而眼下的问题就是我与钟尘上不去。

因为我浑身被打湿，气温又越来越低，钟尘只说熬过今晚，明天再寻路上山，我想到明天药效过了，该是怎样的疼痛便很有些担忧，但……也罢，现在湿漉漉的，天也黑，想上去也并不简单。

天色完全暗下来之前，钟尘又去寻了一些木柴，说是在山谷中可以防野兽。

我已经被冻得毫无力气，火势能大些我自然更乐意，钟尘一直很沉默，我也无话可说，两人之间除了沉默还是沉默。

直到我实在忍不住，咳了几声，胸口感觉太闷，人又很有些疲乏。

"你往里边坐些。"钟尘忽然道。

我不解地照做了，钟尘也挪了个位置，几乎整个人挡住了洞穴口，而我坐在他正对面，中间隔着一团暖融融的火焰。

我明白过来，钟尘在默默地替我挡风和寒气。

钟尘要是想做出负心的样子，可以让整个皇宫的人都以为我被抛弃。可他一个细微的动作，却足够让一切都抵消，我本该什么都懂，但懂了，却又无法接受。

今天发生的事有些多，我的力气也消耗掉大半，没一会儿就抱着膝盖沉沉睡去。第二日依然是被痛醒的，清晨气温依然很低，我裹紧了衣服，却还是抵不住一点儿寒冷，如第一次一般的刺痛只增不减，我咬紧牙关，浑身发抖，不想让一旁还闭着眼睛休息的钟尘看到我这个样子。

可钟尘一向浅眠，我一直在发抖，他大概很快察觉，蓦然醒来，眼神便十分清醒，他皱眉道："你怎么了？"

我没有力气答话，只能有气无力地喘着气，闭上眼睛不愿去看钟尘。

他一睁眼，我的狼狈就无所遁形。

钟尘顿了顿，像是明白了一样，道："你骗我？你身体根本就没有休养好！"

我依然不语，或者说，我也没办法回答。

钟尘显然是愤怒的，但他却很快压抑住了，下一刻，一件带着钟尘体温的外袍盖在了我的身上。

钟尘的声音有点儿咬牙切齿："先撑着！"

而后他起身往外跑去，过了一会儿，抱着一堆木柴回来，而后低头细心地生火。等火光再次亮起来的时候，我听见钟尘微微地松了口气，接着他依次放上由小到大的木柴，火光逐渐旺盛，噼里啪啦，像一首紊乱的歌谣。

寒冷稍稍退却，我有气无力地坐在火边。钟尘一言不发，生起火后，温度升高了，我与钟尘之间的气氛却越来越冷。

"你……怎么会这样？"他大概是终于忍不住了，开口问道。

"换血。"

我依然没法说太多话。

钟尘道："第一次换血你明明半个月就好了。"

"不一样的。"

他没有再问有什么不一样，我忽然觉得有点儿可惜，其实这种氛围下，我很容易一个心软就说出到底有什么不一样。可他没有再说话

忆长安 BUFU

不负

了，我也很快冷静了。

身体里忽然泛起可怕的阵痛，仿佛好不容易退却一些的寒冷以更加恐怖的程度回涌，我忍不住叫了一声，人几乎要软到，钟尘没再犹豫，将我搂紧，两只手分别握着我的手，他身体倒是好，脱了外袍给我，手也依然热乎乎的。

我觉得有点儿遗憾，这样的手，这么温暖的手，我多久没握着了。

我趴在钟尘怀里，头靠在他的肩膀上，居然觉得那些痛也没那么难熬了。可是，明明是这样，为什么眼泪却不受控制地往外流？我一个人躺在床上痛得翻来覆去的时候，都忍住没怎么哭，倒是被钟尘这样一抱，眼泪就汹涌起来。钟尘愣了愣，轻声道："很痛？"

就让他这么以为吧。

我没有回答他。

我真的，真的，太没用了。

不因为他的冷落而哭，不因为他的狠心而哭，现在倒为了他身上那一点儿温暖而哭。

钟尘握着我的手，轻轻地说："阿昭还是很爱哭。"

他又喊我阿昭，语气也与数年前一样，无奈中有点儿宠溺，仿佛我做什么事，他也不会责怪。

我闷闷地"嗯"了一声。

钟尘似乎是笑了，道："为何，我们在宫中……却不能这样？阿昭，在山谷的时候，我们就忘记以前的事情，专心当一对普通夫妻，好不好？"

"嗯……"

我答应了，心里却在想，如果我们上去之后，钟尘看见天翻地覆

133

的宇国，并且知道都是我的主意，他……会有什么想法呢？

到时候他回想起此刻自己的提议，大概会觉得很可笑吧？

但……这样的提议，哪怕是我，也无法拒绝啊。

我和钟尘只是一对普通的夫妻，这同样也是我所希望的。

因为我的情况时好时坏，钟尘只能趁着我精神还不错的时候，外出了一趟，带了一些果子和两条鱼回来，我看得啧啧称奇。他一个皇帝，竟然会摘果子，还会捕鱼。

钟尘倒似乎不觉得有什么，神色淡然自若，我想若他不是皇帝，也定然会是个很有本事的人。

他若不是皇帝，该多好啊。

吃了点儿东西填饱肚子，我被钟尘抱着，时光静静流逝，不知不觉到了晚上，我的疼痛缓解了许多。这一天下来，我忽然觉得有点儿闷，道："钟尘，给我唱歌吧。"

钟尘一顿，道："我不会唱歌。"

我道："这么多年了，你还是不会？一首也不会？"

他一笑："嗯。"

他边说着，边随手从旁边藤蔓上摘下一片树叶，轻轻擦拭了一下，道："吹这个给你听。"

我讶然道："你怎么会吹这个？"

钟尘只是笑，将树叶放在形状好看的唇边，轻轻吹起歌来，那曲调很熟悉，却正是那些年边塞传唱很高的歌谣，不是什么豪情万丈的歌曲，仅仅是士兵们私下传唱，用以纪念家乡的小曲。

我渐渐回忆起，便轻轻跟着哼："雪盖千丈，怎敌故乡风景如画卷，冰霜入喉，越念一盏接风洗尘酒。此地此时霜雪遍，应念故园，杨柳青，日光熠……"

天边一轮弯月，静静洒下一地光辉。

愉悦的时光终究是短暂的，第二日，钟尘的手下便找到我们，将我们接回山顶。奇怪的是，我发现那几个手下看起来神色平常，没有一点儿慌张，也没有着急向钟尘禀报什么。

不应该是这样的……在见到他们来的时候，我就做好了准备，他们肯定会先跪下说自己保护不周，然后说自己办事不力，这么久才找到我们，接着，又会小声去找钟尘禀报这些天宇国发生的事情，比如天象还有各地起义纷纷。

前两样我都猜对了，可第三样，他们却并没有这么做。

因为身体虚弱，心中疑惑，我一言不发，钟尘也没有再说过什么，山里的温情，此刻也该随着新的一天，一同消散了。

才出山谷，就见两顶大轿子，还有轿子旁一脸焦急的坠儿。

见了我，坠儿高兴地跑过来："皇后娘娘，您没事吧？"然后忽然反应过来钟尘也在，赶紧行礼，"皇上万岁。"

她身后有个人，皱着眉头走过来，低声说了句"山路陡峭，小心些"，再慢慢走上前，对钟尘和我分别行礼，我这才发现这人竟是龙辰。

他刚刚对坠儿说什么？

小心些？

我几乎以为自己出现了幻听。

钟尘对龙辰和坠儿点了点头，径自进了轿子。我也被坠儿扶着坐进轿子里，我很想问坠儿这两日发生了什么，但想起她应该都和龙辰在乡间，想来也不知道什么。

135

一路上我都听见坠儿小小的声音，掀开帘子，便见她站在我轿子左前方，和龙辰几乎是并肩而行。两人小声地说着什么，龙辰声音低沉，听不见他的声音，只能听见坠儿带着笑意的声音，像只小麻雀一样叽叽喳喳，却也惹人怜爱。龙辰大概也与我想的一样，不然，脸上怎么会一直挂着似有若无的笑容呢。

这可真是稀奇。

自我认识龙辰以来，还是第一次见他对别人露出这样的表情呢，何况，还是对我身边的人。

龙辰这样看着坠儿，未必不是件好事，可我能确定的是……坠儿那样看着龙辰，绝非好事。

放下帘子，我闭上眼睛，想起吴姨。

她当初知道我舍不得钟尘，那样愤怒，若她知道自己一手教出来的坠儿，与钟尘的重臣有些暧昧，不知她会有什么想法？

我并不打算告诉吴姨，心里却觉得很遗憾，坠儿年纪这样小，又这样纯真，会喜欢上龙辰，也并不是不可理喻的事情，我虽不知道龙辰的真实目的，却相信他绝不会单纯如坠儿。我早该想到这样的事情，早就不该让坠儿出面去摆平龙辰。

幸亏他们在一起的时间不算长，等晚些再找坠儿谈谈，应该有挽回的余地。

我满怀心思地坐在轿子里，过了很久，终于听见皇宫外大门开启的声音，接着是大门关上的声响。

我一路上都时不时地掀开帘子，发现外边一如平常的平静，没有任何异常。

越是这样，越让我觉得不安。

等到了宫中，更是如往常般安静，我原本以为会有大臣频繁请示见面，想表达一下对钟尘的关心，但我惊讶地发现，我和钟尘进宫之事，静悄悄的，没有任何迎接的排场，似乎是一件要隐瞒的事一般。

好不容易到了宫殿里，坠儿伺候着我洗澡，我浸在热水中，思绪平静了一些后，我道："坠儿，你知道发生了什么事吗？你知道什么，全告诉我。"

坠儿一边替我搓背，一边道："啊？我其实也什么都不知道。之前，我和龙辰都在乡下，玩得挺开心的；之后龙辰接到消息，说你们坠入山崖，就带着我回来了。一路上都在赶路，什么也不能打听，然后，就是刚刚了，我们到了没多久，那些侍卫就发现你和皇上了。"

我皱眉道："那，你们在赶路的时候，民间没有什么异象吗？"

坠儿道："对哦……虽然乡间十分封闭，但关于天象的事情，按理说是可以传到那边去的，毕竟百姓可都是很迷信这些的！但……但根本没有……我以为是因为乡下消息封闭，所以也没太在意，现在一想，是很奇怪。"

我瞪大了眼睛，道："快，现在帮我穿衣，随便叫个跟着去了祭祖仪式的宫女来！"

坠儿见我的模样，吓了一跳，连连点头，给我穿好衣裳，飞快地出去找人了。

没一会儿坠儿就领着个宫女进来，我坐在屏风后，她估计很惊惧为什么会忽然被皇后召见，哆哆嗦嗦地道："皇……皇后千岁。"

我道："起来吧。"

"谢皇后。"

"你是一同出行祭祖的宫女？"我道。

"回皇后娘娘，是的。"

不负
忆长安 BUFU

137

"你知不知道，本宫与皇上，坠崖的事情？"

"知……知道。奴婢十……十分担心，唯恐皇上与皇后娘娘您有什么事，"她哆哆嗦嗦地拍马屁，"好在皇上与皇后娘娘吉人天相，没一会儿就被找到了。"

就连坠儿都发现了不对劲，她道："没一会儿就找到了？"

那宫女吓了一跳，道："对……对呀，怎么了……"

我道："没什么，继续说！"

她道："说……说什么？"

"继续说，没一会儿，本宫与皇上就被找到了，对不对？"

"对，对……"

"嗯，说得很好。然后呢？你描述一下，之后的事情。"

那宫女大概更加疑惑了，但还是道："然后皇后娘娘，您和皇上就一路平顺地上了山，在太庙完成了祭祖仪式……"

"我看起来有没有什么特别之处？"

"皇……皇后您大概是为天下百姓担忧，从头至尾，没有说过一句话。"她大概是在很努力地想措辞。

"那本宫问你，最近这几日，民间可太平？"我深吸一口气，"别拍马屁，知道什么就直接说什么。"

那宫女道："太……太平，就是，发生了一起小小的农民暴乱，不过，很快就镇压了。哦，还……还有，发现了一块麦穗形状的古玉，民间都在传说，是因为皇上是个好皇帝，哪怕差点儿坠崖，都完成了祭祖，老天爷开心，奖励这块古玉，明年庄稼收成一定会很好。"

坠儿已经是目瞪口呆。

我扶着额头，道："行了，下去吧。"

那宫女忙不迭地跑了。

坠儿吞了口口水，道："怎……怎么会这样……"

我忽然觉得好笑。

钟尘啊钟尘……

算你狠！

我道："你有没有想过，为什么钟尘会这么轻易放龙辰跟你走？他大概早知道我们有计划，他只是将计就计。他不知道我们具体的计划是什么，但毫无疑问，只要准备两个替身，就一定能行。无论发生什么事，都起码可以保证祭祖仪式如期举行。而祭祖，除了带上皇后之外，是可以带一个宠妃的，按理说，他应该带曲魅。我本以为，他是因为我师父的事，不想带曲魅与我见面，可我刚刚才知道，原来，曲魅就是我的替身。那个假皇后不说话，当然不是心情不好，而是根本不能说话！"

坠儿道："怎……怎么会这样……"

"暴乱被镇压，天象被篡改，钟尘，你什么都想到了！"我低声喃喃，像是被人狠狠地捶了一拳。

在大家看来，钟尘根本没受困山谷，一切照旧，所以原本设定的让吴姨他们发动暴乱起个头，激发其他人的贼心，让各地起义不断的事情，根本无法完成。祭祖之事既然如期完成，那天象被纠正过来，更是轻而易举。

这一系列的计划通通失败，我额上已经有些汗水。我唯一不懂的是，既然钟尘安排了替身，吴姨他们也应该和普通百姓一样知道"钟尘"根本没事，那起义根本不该进行，为何却还是照旧进行了起义？我们能有多少人，怎么能和钟尘的人抗争？

当然，最可笑的还是我。

在谷底那一天一夜，我和钟尘约定，不理外界之事，只当是一对寻常夫妻，我却一直觉得愧疚。

而事实上呢？

原来都是假的。

钟尘什么都知道。

我原先还奇怪，为什么那侍卫那一推会那么巧，将我也给推下去。想来是那侍卫的随机应变，山谷可以困住钟尘，也可以困住我。

不，我甚至怀疑，在我发病期间，在山洞中痛苦的时候，钟尘外出，并不只是寻找木柴。虽然山路崎岖，但要找我们，如果用尽全力，怎么也不要一天一夜。那些侍卫一定很早就和钟尘联系上了，但既然外面一切平安，钟尘自然乐得以山谷继续困住我。

钟尘那样的人，从来没在乡间生活，能摘到果子倒没什么，可那么快的速度，就带回鱼，还两次都是，现在想来，必然是那些侍卫帮他了。

只恨我这具没用的身子，连动也动不了，钟尘在外面和属下商量着，要镇压暴乱，商量着一切的时候，我还傻傻地在山洞里等着他，等他回来，乖乖地躺在他怀里。

钟尘一定觉得我很可笑吧？

自以为掌握了一切，其实什么都不知道。

我简直要被我自己笑死了。

时至今日，我为什么还可以一而再再而三地欺骗自己？

我到底还要被骗几次，才能彻底地醒悟过来？

胸口一股气息跌宕，我终于是没忍住，吐出一口血来，坠儿吓了一跳，尖叫着拿了一块手帕替我擦拭。我闭着眼睛，心如死灰。

擦拭的动作忽然停止，而后坠儿讷讷道：“皇……皇上……”

我睁开眼睛，果然看见钟尘，他与我一样已经梳洗过一番，又如以往一样，光鲜亮丽，眉间一股威严之气。

钟尘拿过坠儿手中的手帕，道：“你下去吧。”

坠儿担心地看了我一眼。我朝她点点头，她不安地退了下去，偌大的宫殿中只剩下我与钟尘两人。

我没说话，钟尘也没有，他用那条手帕替我擦拭嘴边血迹。我忍了一会儿，还是忍不住，将他的手帕扔掉：“皇上，您一直这么假惺惺，难道都不会累的吗？”

钟尘握着我的手，不管不顾地替我擦拭嘴唇：“阿昭，你身子怎么又差了？竟然还吐血。”

我只恨我吐早了，要是现在吐血，能吐得钟尘一脸。

这个想法实在很有趣，我竟然忍不住笑起来，胸腔里还闷闷地发痛，我低头，低低地笑起来。

钟尘看着我，眼神平静：“阿昭想到什么，这么好笑？”

我越想越好笑，大笑起来。钟尘静静地看着我，似乎在等我笑完。

我终于歇了一点儿，道：“皇上不笑吗？”

“我不知道有什么好笑的事。”

“好笑的事，的确没有。可好笑的人，不就在您面前吗？我这么大的一个笑话，皇上看着我，为什么不笑呢？”我捂着嘴角。

“阿昭，你在说什么？”

我冷冷道：“皇上，我们已经离开山谷了，您应该叫我皇后，而不是阿昭。如果您这么舍不得这个称呼，应该让那些侍卫假装晚点儿找到我们，这样，阿昭就还存在，还是那么傻，什么都不知道，真的将你当作一个普通的丈夫。哦，阿昭的心里，还在愧疚呢，还在想，自己做了一些不对的事情，要不要告诉自己的丈夫呢？等那个阿昭回到皇宫，她就死了，皇上难道不知道吗？"

钟尘道："是吗？可我看，阿昭还好好地在我眼前。"

我道："阿昭死了，她以前也差点儿死过很多次，但终究还是活着。可是这次，她彻彻底底地死了，死在宇山的山谷中，死在那首歌谣里，死在那一晚的月亮下。现在皇宫里，只有皇后，还有绛穆族的公主！"

我终于说出这个禁忌的名讳，钟尘果然微微变色，而后道："皇后！"

"看，皇上，您也知道不是吗？您不肯承认我是绛穆的公主，好，我退一步，我不说了。但我也不想承认我是曾经的阿昭，您也退一步，行吗？"我认认真真地和钟尘商量。

现在那两个字，就像最无情的鞭子，每出现一次，就会鞭笞我一次。

钟尘深吸一口气，道："皇后，这一切只是暂时的。你不会永远只是皇后，上前一步或者退后一步，总有一天会有个结果。而我，一定会后退一步，找回当初的阿昭。"

"是吗？可我一只脚已经抬起来了，皇上，您做不了主的。"

"朕可以。"

他终于再次用了这个自称，看起来自信百倍，威严无比。

可惜，我知道，他不可以。

阿昭她真的死了，彻彻底底地死了，死在宇山的山谷中，死在那首歌谣里，死在那一晚的月亮下，死在……心爱的人怀中。

当晚，师兄就来了，他装作来替我看病的太医，顺利地被坠儿领着来看我。他身后还跟着一个小太监，然而光照下，那小太监一拿掉帽子，便可看出是个秀气的女孩子，一双眸子十分清澈，却不同于坠儿的天真，而是带着三分温婉。

"阿昭，你没事吧？"师兄有些着急地说，"你脸色太差了。"

阿昭这个称呼让我愣了很久，但最终我没有制止师兄这么叫，我不是钟尘的阿昭，但是却依然是师兄的阿昭。阿昭是师兄的师妹，这一点儿从以前到现在，还有以后，都不会改变。

我摇了摇头："没事。只是山谷中太冷，休养几日就好了。"

师兄道："阿昭，坠儿都告诉我了，你……咯血了？"

我看了坠儿一眼，坠儿立马心虚地低下头。

师兄道："你别看她，是我一直追问的。阿昭，来，我替你把脉。"

我伸出手，师兄替我把了一会儿，只是皱眉摇头。

顿了顿，他道："坠儿，我想起有味药没带，你可以去替我拿一下吗？就在太医院里。"

坠儿傻傻地点头："好呀！"

然后她就听话地去拿药了。

我知道师兄有意支开坠儿。等坠儿离开之后，我道："怎么了？"

师兄叹了口气，道："吴姨……死了。"

我道："什么？吴姨……"

"当初很快传来你和钟尘坠崖但马上被寻回的事情，我和福王都认为起义之事应该押后，吴姨表面答应，谁知转身就发动了起义。毕竟那些人都是绛穆旧族，也很听她的话，起义发生后，我和福王立马找人支援，可来不及了，只救下一些族人，吴姨本人冲在最前面……她……"师兄叹了口气，"吴姨的尸首我们已经托人带回原本是绛穆都城的蓟城，她的衣冠我们葬在京城山外，和师父的衣冠冢并排。"

我的眼前一阵一阵地眩晕，为我的犹豫而愤怒的吴姨，为师父的死而哭泣的吴姨，和坠儿在一起，露出和蔼面容的吴姨……

坠儿……

我道："坠儿她……"

师兄道："嗯，我支开坠儿……就是怕忽然告诉她，她……会接受不了。"

我扶住额头，艰涩地说："我明日会告诉她。"

师兄点点头，一边轻轻地拍了拍我的手背，一边道："阿昭，不要太难过。"

"吴姨的死……都是因为我……是我想出的计划，是我安排的……也是我，被人推下去，导致对外界什么都不知道……都是因为我……"我喃喃道，眼泪点点落在桌子上。

师兄握住我的手，道："这不能怪你！计划原本很好，只是钟尘太小心。吴姨又太报仇心切，太过鲁莽……"

像是想转移我的注意力一样，师兄道："对了，阿昭，你有救了。"

我一愣，道："什么？"

他说："阿月，坐下来吧。"

那个"小太监"低低地应了一声，有些怯怯地看着我。

我道："她是……"

"她是我四处行医，救下的一名女子，她……与你一样，也是药人。而且，是和你同一种的药人。"师兄道，"阿月不知道自己药人的身份，从来没救过别人，还是前些日子我偶然发现的。只要她与你换血，你就可以活下来。"

"可是这位阿月姑娘……"我担心地说。

"没事的，"阿月摇了摇手，"我听庭柯公子说过了，一个药人可以换两次血——准确地说，是一次。我之前，一次都没换过，和你换血后，你可以活下来，我也只是虚弱一段时间就行了。"

我道："那……那就麻烦姑娘你了。"

师兄道："明日早上我会带阿月来同你换血，之后再去见福王。"

我点点头："嗯……谢谢师兄。"

师兄道："谢谢？"

我朝师兄笑了笑，只好道："那，谢谢阿月姑娘。"

阿月柔柔地一笑："不用谢我，我的命，也是庭柯公子救的。我知道庭柯公子十分重视你这个师妹，救你，大概就和救他一样。所以，我很乐意。"

我道："唔，阿月姑娘的口气，像是可以当我师嫂呢。"

阿月一下就脸红了，有些不知所措地低下头，摆弄着手指。

师兄好笑地敲了敲我的脑袋，道："阿昭就是喜欢乱说话，阿月你不要介意。"

"我……我不介意。"阿月脸更红了。

他两人这样，我看着心情终于好了一些，再想到我能活下来，心中也难免有些开心，人的本能，大概真的是求生，而非求死吧。

师兄大概不愿见到坠儿，在坠儿回来之前就先走了。等坠儿回来，拿着那味药，傻傻地道："咦，庭柯大人怎么走了？"

看着坠儿，我又有些难受，道："他……他有事，所以先走了。"

坠儿失望地"哦"了一声，将药材放下。

我道："坠儿，师兄想出了法子救我。"

坠儿眼睛霎时就亮了，高兴地说："真的吗？太好了！"

我点点头，道："但……也有个坏消息。"

坠儿一愣，警惕地说："什么？"

"坠儿，你之前，知道我很快就会死，对不对？你有没有想过，如果我死了，你会怎样呢？你……你会伤心吗？"

坠儿道："当然会了！一定会很伤心，很伤心的！不过还好您不会死，太好了！"

我摇了摇头："世间什么都在变化，唯一不变的，只有生老病死。虽然我暂时不会死了，但，总有一天我会死，或者你身边的人，他们会死，生离死别，终究是要经受的。"

坠儿愣愣地说："皇后娘娘，您在说什么？什么死，什么离别的，我……我不想知道……"

我道："但，这些东西，都是确实存在的。虽然的确很残忍，但你总有一天，一定会经受。"

坠儿的眼里隐隐泛出泪花："皇后娘娘，您到底在说什么，到底……到底是谁要和我离别？谁死了？"

我看着她，实在无法说出那个名字。

"吴……吴姨？"她眼泪已经落下，不敢相信地看着我。

我实在不敢看这样的眼神，那么清澈的眼中，此刻只剩下不可置信与痛苦。

"不可能！"坠儿大喊一声，推门便走，我想上前拦住她，坠儿却推开我，跑出了大殿。

我被推坐在椅子上，终于还是没忍住，也落下泪。

生离死别这样的宿命，为何总没有人逃得过？连最无辜的坠儿，也要承受这样失去最亲的人的痛苦。

到底是为什么？

第二日清早，坠儿竟然跟没事人一样过来替我梳洗，只是她没有

不
负

平日那样无拘无束的笑脸，眼睛也肿得很厉害，眼睛一圈乌青色，看得出来昨晚哭了一个晚上。

我道："坠儿，你去休息一下吧。"

"我没事。"坠儿摇了摇头，声音却很疲惫，"吴姨从小就教我，不管心里再难过，该做的事情，还是要做。"

"坠儿，我很抱歉……"

坠儿吸了吸鼻子，道："娘娘，您不用这么说，我知道吴姨的性格……她出事，一定是因为她……报仇心切，对吧？"

我道："嗯，吴姨太想报仇，即便一切都显示不该起义，她还是……不过，我也有很大的错，是我想出的计划。"

坠儿摇了摇头："娘娘，您别把事情都揽到您身上去。我什么都明白，只是，我……我真的很难过……"

我意识到自己的问题，坠儿现在这样子，我不应该再提起吴姨，不论是觉得抱歉也好，难受也好，自责也好。

"今日我要和师兄一同去见福王，你和以往一样在宫中假扮我就行，也顺便好好休息一下吧。"我叹了口气，"你比我更清楚每种香有什么用，挑个安神的，睡一觉吧。"

坠儿低声道："嗯。"

我穿上坠儿的衣服，低头捧着木盒子在宫中穿行，没一会儿和师兄会合，便由他带着我出了宫，奔向师兄的医馆。

轿子里还坐着一个人，昨晚的阿月姑娘，见我看向她，她便怯生生地点了点头，又害羞地低下头没再看我。

师兄多看了我几眼，道："你脸色很难看。"

我看着他，不知道该说什么。

"你……告诉坠儿了？"师兄果然很聪明，也很了解我。

我点点头。

师兄叹了口气：“坠儿怎么样？”

“她的性格你是知道的，吴姨出事，她比谁都难过，还硬装没事人，眼睛其实都肿得不成样子了。”我难受地说，“我让她待在宫中好好休息。这件事，不指望她能一两天之内就缓过来，但我想，以后的活动，尽量不要让坠儿参与好了。”

师兄点头：“以前我们也尽量避开坠儿，她的性格本来就直爽，不适合做这些事。吴姨却很希望坠儿能帮上忙，如今……唉！”

我和师兄之间陷入沉默，只剩下马蹄声嘚嘚作响，街道两旁依旧是热闹非凡的叫卖声，我数次明白这样的道理——有时候对你来说很重要的事情发生了，很重要的人离开了，你陷入自己的痛苦中无法自拔，觉得天地倾塌，然而事实上一切都没有变化，其他人一点儿也不知道你的遭遇，正如你不知道别人的遭遇。

我不愿明白这样的道理，不愿一次又一次失去重要的人，可往往事与愿违。

今早要先进行换血，我们三人先抵达师兄的医馆，进去之后便直接将门关上，做出歇业的样子。

我和阿月分别躺在两张床上，中间隔着一个帘子，师兄在一旁准备必需品，我透过帘子，小声地对阿月道：“多谢姑娘了。”

阿月摇了摇头，依然是羞涩的笑容，然而眼神，却似乎有些复杂。

不容我细想，师兄已经走到我旁边，递给我一包白色的粉末道：“阿昭，怕你疼，你先服下这个，可以进入昏迷，身体也感受不到什么疼痛。”

我点点头，就水服下那些粉末，而后再次躺下，师兄也到那边去，给阿月姑娘服食。我想起我给钟尘还有曲魅换血，都是我亲力亲为，的确痛，生生在自己手臂上挖一个大口子，怎么可能不痛，然而还要忍着，忍着继续换血。

唉，同一件事，真是截然不同的待遇。

药性很强烈，没一会儿我便沉沉睡去，大概是难得睡得如此沉，我竟然做了个梦。梦中的场景一下是岩溪镇，一下是边关，一下是不知名的小城，我和师兄还有师父三人，说说笑笑随处游荡，三个人看起来都十分轻松，没有可怕的仇恨，没有痛苦的纠缠，没有数年来令人无法忘怀的经历。

我们三个人并肩而行，像是要一直往前走，走到明媚的春光里去。

然而我忽然感觉脸上湿湿的凉凉的，有人在推我，被这样叫醒，我头有些疼，勉强睁开眼睛，却见居然是本该和我一样昏睡的阿月。

她站在我身边，一脸焦急，见我终于睁眼，赶紧道："你……你终于醒了！"

我被她扶着坐起，头痛欲裂，不明所以地道："为什么你会站在这里？"

她支支吾吾的，我顿时皱起眉头，猛然掀开旁边的帘子，果然，师兄正躺在那张本该是阿月躺着的床上，看起来已经睡得很沉。

我深吸一口气，道："这是怎么回事？"

阿月似乎很急，急得都快要流出眼泪，她道："我……我真的很自私，我……我本来不该叫醒你的，可是……"

"时间不多，在师兄醒来之前，告诉我到底怎么回事！"我努力压抑自己的情绪。

阿月点点头，道："其实，庭柯公子他骗了你。我……我的确是药人，但是我和你们不同，我是被百毒浸泡的药人。我……我在遇到庭柯公子之前，我的血，不能碰到任何人或者动物，甚至植物碰到了，它们就要死。也因此，我很孤单，生活也很困难。前几年，庭柯公子四处游医，遇见了我，知道了我的情况，他可怜我，同情我，所以……与我换血。"

我道："师兄他……"

"是的，庭柯公子其实也是药人，而且是和你一样的药人。他说，他其实也是绛穆皇族中人。他被吴姨以外的人救走，但最后也落到毒谷中，成为药人。你们的师父之前去毒谷找你，结果没见到你，只救回庭柯公子，后来过了一年再去，才找到你。其实，庭柯公子他要报仇的责任和决心，本来不比你弱，但是因为你和那个皇帝相爱，所以才放弃的。"阿月表情很纠结，似乎在一边梳理，一边描述。

好在，我全都听懂了。

原来为了我，放弃报仇的，不只是师父，还有师兄。

师兄的经历，竟然和我这么相似，而他也因为我……放弃了报仇。直到后来，我决定报仇，他才默默地帮助我，却从来没逼我。福王都会因为我不肯杀钟尘而偶尔发怒，师兄却总是对我说最重要的是我觉得可行……而我，却从来没考虑过师兄的想法。

我吸了口气，道："继续说。"

阿月点点头，继续道："为了帮我，庭柯公子人真的很好，他一共只有一次换血的机会，就这样给了我。换血之后，我终于可以和别人好好地相处，可以养些花鸟草木，而庭柯公子，也开始和你一起报仇，我与他没什么太多的来往了。直到前一段时间，他和你见面，发现你身体差得不成样子，才……才叫我回来，教我换血之术……为的

不负

忆长安
BUFU

150

就是，骗你说，我身体里有独活，可以救你，其实，是我来动手，为你和庭柯公子换血。"

难怪，难怪师兄第一次看我虚弱的时候，眼神里就不止有担心，还有难过，他那时候就知道我命不久矣。之后他神色如常，想来是已经做下以命换命的决定。难怪他什么都知道，对我的病也了解得那么熟悉，因为他自己体内也有独活！

阿月几乎快哭了，她抱歉地说："刚刚庭柯公子服下药昏迷之后，我本该按他的嘱咐，将你们的血交换，可是……可是我……对不起，我真的太自私了。我……我喜欢庭柯公子，我真的很喜欢他，我不想他这样死去……如果他死了，那也有我一半的责任，我一辈子都没办法接受的……我知道，如果我真的喜欢他，就应该支持他的决定，因为他把你看得很重要，比他自己的生命还重要，我都知道。但……但我就是这么自私……"

阿月边说着，边抱着脑袋痛哭起来。

我眨了眨眼，不让自己哭出来。我道："阿月，谢谢你。"

阿月似乎很惊讶，呆呆地看向我，还是温柔似水的眼眸，此刻却真真切切地含着水汽。

我道："师兄的命，比我的重要很多。师兄医术那么好，他活着，世间就有更多的人活着。而我……报完仇，我这条命，就再无用处了。何况，我的命，是我自己糟蹋的，若是就这么死了，我也无怨无悔，然而若是害死师兄，哪怕我苟且偷生，我也不会有一丁点儿的开心。因此，真的很谢谢你，阿月。"

阿月还是不住地流泪，道："许……许姑娘，你真的是个好人，我……"

"我不是什么好人，我很坏，很恶毒，也很蠢。我这一辈子，干

忆长安

不负

BUFU

过的后悔的事情太多了，这次多亏你，不然我又要后悔痛苦了。阿月，你是一个好姑娘，以后，师兄就麻烦你照顾了。他……他虽然心思缜密，但其实只会照顾别人，不会照顾自己。你一定会好好照顾他的，对吧？"我尽量让自己面带微笑。

阿月难受地说："我……"

"好了，这些事以后有机会再说吧。师兄怕是要醒了，我们先想办法掩饰一下，不能被他看出没有换血。"我拿起刀，递给阿月，"来，先分别将我和师兄的手腕上的血管割开，那个管子也拿来，让管子里有血，我们有伤口就行。"

阿月赶紧照做，我痛得满头是汗，还是忍住没出声，怕吵醒师兄。

一切准备好，阿月包扎了我和师兄的伤口，我道："师兄也一定会怕我醒过来之后看出端倪，他还吩咐你什么吗？"

"有！他说，刚换血之后，两人都会比较虚弱，为了避免你看出他虚弱，一定要给他吃个东西。"阿月点头。

我知道那是什么，我之前也吃过，那个东西，第二天，会痛苦万分。

我道："行了，不用给他吃，你给我。刚好我以后用得上。骗他说他吃了，这个看不出来的。但是你记得，明早你早些起来，摸到他床边，直接给他灌迷魂药，让他昏睡一天，就骗他说，你早上来看他的时候，见他痛苦万分，怕他有事，就给他吃了药，结果弄错了，让他昏迷了。再给他弄些让他虚弱的药，如此一来二去，师兄身体会变差几天。"

阿月将药给了我，又忽然道："啊，庭柯公子还说，这件事瞒不了太久，所以等下带你去和福王谈计划，他说，希望你们能定下计划，他就可以先找借口离开……然后偷偷地死掉。"

我摇了摇头："师兄真是……嗯，我一定会和福王定好计划，然后师兄会带你离开，之后就靠你了，你要想办法，不能让他看出端倪。最好是，骗他说你想回家乡，或者想去什么地方，离京城越远越好，远到哪怕他终于发现不对劲，要赶回来也要一个月的。"

阿月点头："嗯，我会照办！但……但是，许姑娘你……你，你的身子真的就没办法了吗？你一定……"

"我没事。"我对她笑了笑，"你不必担心我，照顾好师兄就行。如果将来哪一天……师兄发现我……你也要记得在他身边，多安慰他一下。师兄和师父一样，从小最疼我，师兄表面看起来聪明，其实是一根筋，你……你一定要陪着他，开导他，让他尽快没事。"

阿月看起来又要哭了："为什么你和交代遗言一样，我……我不想听……"

"你不听也没关系，反正以后真正发生了，你自然而然就会做的。"我笑了起来。

阿月愣愣地说道："你……你还笑得出来……"

那边，师兄似乎微微动了动，我赶紧躺下，之后便听到师兄坐起来的声音。师兄小声道："都弄好了吗？"

阿月紧张地说："嗯……"

师兄道："阿昭没醒来吧？"

"没有。"

"嗯，那就好。你躺下休息吧，装成虚弱的样子就行，这次麻烦你了。"师兄道。

"没事。"

接下来就是阿月躺下去的声音。

没一会儿，师兄轻轻靠近，似乎是想替我把脉，我赶紧慢慢睁眼，做出什么也不知道的样子。

"师兄？换血换好了吗？啊……我头好晕。"

我的虚弱倒真不是装的，刚刚受伤割了那么大口子，我现在身体状况已经很不行了。手上的伤口一时半会儿止不住，血也一直在流，勉强换了几卷布，都让阿月藏起来了，一会儿伺机扔掉，现在手上缠着厚厚的布条，只怕里面也在流着血呢。

师兄笑了笑，道："换好了。刚换完血，头都是会晕的，身子也会很弱。"

阿月因"身子不舒服"而留在医馆，我和师兄则按约定前往福王府邸。

一路上，我虚弱又畏冷，也正好符合刚换完血的样子，缩成一团坐在马车角落里，师兄则远远地坐在另一边。

我合上眼睛装睡，没一会儿便听到师兄的声音，轻轻的，像叹息："阿昭。"

我有点儿想要落泪。

师兄，我的师兄。

终于到了福王府邸，我与师兄如平常一样，装作来替福王看病的太医以及太医身边的丫鬟。

这回也一样，没进去就听见福王下属们惊恐的叫声："福王殿下，您怎么又爬到那么高了！"

甚至还有一个中气十足的女声，喊道："福王殿下，都说过您不是鸟了，不会飞，不能飞！"

越走越近，终于听见福王嬉笑声："谁说我是鸟了？你才是鸟！那么普通的东西，我才不是呢！"

"那您是什么？爬这么高，很危险啊！"

"本王……本王是星星！哈哈哈哈哈！"福王得意地大笑。

其余众人皆晕倒，而后更加惊恐。我微微抬头，就见福王这次果然不只是爬墙了，而是在爬树。

他一边爬，一边道："我是星星，普照大地！我还是月亮，我还是太阳！你……你们都要仰仗我！哈哈哈哈哈哈！我亮不亮！"

几个家丁互相使眼色，一边假意道"亮"，一边偷偷从另一边摸上去，想将福王给拽下来。一个老妈子看到了我和师兄，连忙跑过来，道："太医你可来了！这……福王殿下最近的症状，怎么又忽然加重了啊？他也没受什么刺激啊！"

没受什么刺激？

吴姨身亡，一名绛穆族最有名望的人死了，绛穆族其他族人军心动摇不说，吴姨偷偷带兵起义，损伤也足够让福王痛苦了，受的刺激可大了。

不过他以这样的方式来发泄，未免太好笑了，说自己是太阳，可是大不敬的话，虽然他现在是个疯子，但总归不好。

师兄皱了皱眉头，上前两步，大声对着树上喊："福王殿下！对，您是太阳，可您离得那么远，我们这些凡人怎么能感受到您的光芒呢？如果您愿意下来一下，让我们感受您的光芒，那就再好不过了。"

福王眨了眨眼睛，愣愣地说："你说得对！哈哈哈哈哈，好，我这就下来！"

所有人都拜服地看着师兄。

福王灵巧地爬下树，得意扬扬地叉腰道："怎么样，感受到了没有？"

师兄拉着福王，道："感谢福王殿下的慷慨，只是微臣有一事想禀告，这里人多嘴杂，只怕是不方便在外说，我们不如去屋内如何？"

福王思考片刻，道："好吧，就听你的。不过本王时间有限，你有什么事求本王，可要快快说出来！"

师兄笑了笑，好脾气地道："自然。"

师兄与福王二人双双进屋，我正准备进去，那老妈子却拉着我说："替我谢谢你们家大人，真是有办法，带他进屋看病也能说成有事禀告，呵呵，很厉害！"

她一副真心实意赞叹的样子，我却有些哭笑不得，为什么师兄明明说的是真话，却反而没什么人相信呢？

真真假假，总是自扰。

偌大的屋子中只有我和师兄还有福王三人，福王一进屋，便恢复成正常的样子，脸色自然也并不好看——发生了这么多事情，哪怕是福王，也有点儿笑不出来了。

我抢先开口，道："福王，这次计划是我疏忽，但你怎么也这么马虎，这么不懂变通？我没想到钟尘会有替身，你怎么想不到呢？好吧，就算想不到也是正常，那为什么你不多安排两个人手在钟尘身边？如果是替身，直接杀了就得了，一举多得，不是更好吗？怎么会弄成之后那样子？"

激动地说了一番，却觉得头晕目眩，胸腔里也觉得十分不适，我咳了两声，又赶紧坐下，怕自己一时熬不住要晕过去。

福王看了我一眼，冷笑道："皇后倒是知道先下手为强，先开口先赢的道理，我正准备责问皇后，皇后却反而先来将我骂了一通，真是高明，高明！"

"我所说难道不是句句属实吗？如果不是，你大可以反驳。"

我已不敢太用力说话，语气尽量平缓。

福王站了起来，嘴角微微上扬，眼神却阴毒愤怒至极："皇后，你自己刚刚也说了，如果是替身，就直接杀了。那我倒是想问问，不是替身，为什么不能杀？我早就说过，最快捷、最方便的法子，就是杀了我皇兄。杀了他，自然人心大乱。国不可一日无君，自然只有我登位！这么浅显的道理，皇后你不会不懂！"

"可是……"

"不必'可是'了，和你合作这么多年，我还不知道你的说辞吗？

什么我登位，名不正，言不顺，对吧？可是想要名正言顺有多困难，你也看见了吧？那个天象，我们还没来得及做文章，就被钟尘的人抢先一步，硬是变成了好兆头！我的皇后娘娘啊，你别再那么天真了。如今，就是胜者为王，败者为寇，谁的拳头硬，谁才有说话的资本！"

福王定定地看着我，眼神有些可怕，"之前我念着皇后娘娘与我皇兄多年夫妻恩情，不愿下手，也就算了。现在情况如此危急，如果皇后娘娘还如此优柔寡断……只怕接下去，死的就不止吴姨一个了！"

我紧紧咬住嘴唇，一时间无法辩驳他的话。或者说，事实上，我根本没办法辩驳他的话。

他说的句句属实。

师兄皱眉道："福王，如今事后诸葛亮，已毫无意义。要收拾当前局面，才是最紧要的事情。"

福王道："对，我也这么觉得。行，那之前的事，就先不管了。如今，最紧要的，的确是眼前之事。"

福王见我不说话，又是一笑，道："想来皇后娘娘也认同我的说法喽？这次吴姨起义，真实情况如何，你知我知，皇兄也知。这局势，只怕是千钧一发，朝夕间一切都可能会被触发。"

我道："我和钟尘为这件事吵过，我也想通了很多。"

当我决定复仇的时候，吴姨和师兄，就对我说过，这条路，是不归路，走上了，就无法回头。然而我始终……没有真正下定决心，无论做什么计划，无论进行什么事情，都觉得不杀钟尘，应该也有解决办法的。

我……我总是希望事情能两全，我希望我可以报仇，又希望钟尘不要死。

不负

忆长安
BUFU

然而世间哪里有这么好的事呢？

我什么都想要，最终是落得一场空。

我想到死去的吴姨，我想到死去的师父，我想到……为了我，要献上自己生命的师兄。我想到哭泣的坠儿，还有那个，我已经不知道该如何形容的钟尘。

若我是个男人该多好，恨他，要复仇，干干净净。

为何我是个女人，还是个在什么也不知道的时候，和他深深相爱过的女人？

福王说得没错，我优柔寡断，妇人之仁，我希望仁慈地复仇，最终却残忍地对待了我身边的所有人。

我轻轻地开口："所以，我想，你是对的。我们……还是杀了钟尘吧。"

师兄讶然地看着我，道："阿昭……"

"哈哈哈哈，皇后娘娘果然是干大事的人！"福王却十分开心，一拍掌，"你终于想通了，太好了，哈哈哈！"

师兄道："阿昭，你真的想明白了？"

"嗯。"我点点头，努力让自己看起来轻松一点儿，"师兄，你想啊，我以后还有那么长的命呢，干什么不行，为什么要一直和钟尘这样纠缠呢？我也不希望我身边的人受到伤害了，也不希望我自己受到伤害了，倒不如一了百了，对不对？"

师兄缓缓地点头："如果阿昭你真的这么想，那师兄支持你。"

"嗯。"我笑了笑。

福王道："太好了，那我们现在来商定一下具体的计划！"

我想了想，道："十日之后，是钟尘的生辰。到时候，钟尘应该会请戏班子来唱戏，这也是传统惯例。那一日，是大好的时机。"

福王点头道："没错，就连我这个疯王爷，都有机会可以去皇宫——当然，说是这么说，其实皇兄登基后，我可一次没能进去过。唉，那个地方，我离开得太久，太久了，是时候收回了。"

我道："事情还远远没有成功，你别高兴太早。"

福王道："我辛辛苦苦部署这么多年，加上有绛穆族人，若非皇后你一直不肯杀皇兄，我早就可以达成自己的目标了。"

我懒得与他争论，道："首先戏班子会经过严厉的检查，你在你那些厉害的人中选两三个会唱戏的，到时候直接到钟尘亲自选好的戏班子后台去，敲昏几个，分别取而代之就行。这样比较方便。"

"嗯。"福王点头。

"那三个人到了时机就可以冲下来，制造混乱。然后，你选几个女子，扮作我的宫女，站在我身边，替我端茶、拿暖炉之类的，等三个戏子从前方冲过来，她们离钟尘最近，而且是后方，就可以抢先行刺，在所有人注意力都在前方的时候，从后面，攻其不备。"我认真地道。

福王连连拍手："好！"

"之后，若是运气好，直接杀了钟尘，群龙无首，要方便得多；要是运气不好，没杀掉钟尘，就要直面钟尘那些暗卫明卫，他们是第一拨保护的人。花园不远处，有一些假山和大树，都可以藏人，但是切记不能去得太早。最好是开戏之后，那三个戏子下来之前这段时间，偷偷溜过去藏好，等暗卫明卫出来护驾的时候，他们再登场。人数你应该心里有数吧？你没法在钟尘身边安插人手，起码知道钟尘身边有多少人手吧？"

福王皱眉道："知道是知道，但那些暗卫十分神秘，倒是有些难办。我会尽量在这一环多派点儿人。"

"嗯。"我点点头，"那三个戏子也很重要，一定要准备顶尖的高手。他们毕竟是直接朝钟尘冲过去的，和婢女前后夹击，其实很有可能取到钟尘项上人头。"

我一口气说了如此长的话，赶紧倒了杯热茶，捧在手里喝了两口，才稍稍缓了一些。

福王笑嘻嘻地道："唉，女人啊，我真是一辈子也不懂。之前爱起来嘛，真是缠缠绵绵，凄凄惨惨戚戚，发生什么事，也不肯伤害我皇兄半分，如今下定决心，竟然部署得如此周密，一举一动，都直指我皇兄的命。"

我好笑道："所以，不要惹女人。"

福王道："皇后娘娘，我怎么会惹女人呢？我和我皇兄可不同，对女人，我从来是怜惜都来不及的。"

我道："行了，别油嘴滑舌了。最后是最重要的——两方大军。"

"龙家和江家两个老爷子都被除掉了，如今江家后继无人，一堆废物，想来很多东西，都在福王掌控之中。而龙家，却有那个龙辰。所以福王你要给我一个人，不必多厉害，能打赢龙辰就行。宫中禁军虽然全听钟尘指挥，但其他的军队，却要相应的大帅和龙辰的牌子契合，才能指挥得了。钟尘为了让他的那些将领感觉到皇上对他们的信赖和重用，所以才采取了这个办法，虽然的确很有效，让宇国几乎没打过败仗，但他一定想不到，这会成为他死亡的一个原因。"我又轻轻啜了口茶。

"嗯，这其中有些将领，倒是挺好掌控，只是那个龙辰……"

"龙辰的确有些棘手，总之你先派个武功好过龙辰的人给我，我会再想办法。"我想了想，"其他人便靠你了。"

福王笑了笑，道："自然，皇后娘娘大可以放心。"

忆长安
不负 BUFU

我点点头，正打算说要离开，福王却忽然说道："皇后娘娘不觉得奇怪吗？为什么我们都在讨论该怎么对付皇兄了，我却还是叫你皇后娘娘？"

我道："这有什么好奇怪的？"

福王道："我还叫你皇后娘娘，是因为，哪怕之后当上皇帝的人，是我，只要你愿意，你依然是皇后。唉，像皇后你这么有见识，能运筹帷幄的女子，真是少之又少。更何况，皇后你还长得如此美丽，真是让我倾心不已。皇兄从小什么都比我好，这个妻子，也不例外。"

福王叫我"皇后"的语气，简直像是他已经当上了皇帝，在喊他的皇后一样，我觉得好笑，又觉得荒唐，更觉得有点儿恶心。可眼下是关键时刻，他爱胡思乱想，也就由他去了，反正事成之后，他要我当皇后，也没关系，只要他不介意，一个半死不活的皇后。

对我的病情，福王一无所知，他也没有必要知道。

师兄淡淡道："福王的想法倒是挺好，我替阿昭感谢福王厚爱，不过福王还是先专心研究一下十日之后的事情吧。"

不愧是师兄，和我想到了一块儿去，我道："嗯。正是如此。师兄，我不太舒服，我们先回宫吧？"

师兄点点头。

福王道："说起来，皇后的身子一直不好，可要好好调养。"

"这几日而已，过了这几日，尤其是十日之后，一定不同了。"我笑了笑，道。

师兄也轻轻点了点头。

福王道："那就好。"

可惜，师兄和福王，都以为我是说，我的身体十日之后，会变得很好，但我自己知道……截然相反。

我一直说自己要死，结果到底也拖了两个月，但……再怎么拖，也终归是有个尽头了。

从福王府邸出来，师兄径自带我去了医馆，我隐隐明白了师兄的用意，他……大概是要离开了。

我刚刚和福王制订了那么完整的计划，师兄大概觉得放心了。

果然，我和师兄走进去之后，师兄先是看了一下还躺在床上的阿月的状况，然后一脸担心地对我说："阿昭，师兄想和你商量件事。"

"嗯？"

"阿月原本身子就不太好，换血之后更加虚弱，我希望带她去温暖一点儿的南方小镇休养。"

虽然早有准备，但听到师兄这么说，我心里还是像被轻轻撞击了一下，有点儿疼，又有点儿闷。

但表面上我还是装出大度的模样，道："那挺好的呀，阿月姑娘救了我，的确功不可没，我很感谢她，师兄你就带着她去好好休养吧。"

师兄点了点头，又似乎有点儿放心不下，道："可你与福王的计划，就在十日后进行……"

我明白师兄的犹豫，他是怕我和福王的计划有差错，可是又怕十日后他与我"换血"的事情会被我识破。

我道："师兄，你不必担心，我和福王一定可以成功——就算没成功，你也很了解钟尘，钟尘哪怕是杀了福王，也不会动我一下，我非但不会死，还会好好地继续当皇后呢。"

师兄哭笑不得地说："这倒也是，唉！"

我趁热打铁道："何况师兄你留在这里，也不能帮什么忙呀，对不对？与其如此，倒不如按你说的，和阿月姑娘一起去南边玩玩，陪陪她。何况，阿月姑娘完全是无辜的局外人，师兄，若你不带她走，也会牵连到她呀，倒不如走得远远的，先避开十日后的事情再说，对吧？"

师兄点了点头："嗯。那我与阿月，一会儿收拾好东西便立马启程。"

唉，师兄还真是怕我发现，走得如此匆忙……

师兄啊师兄，你可知道，这是我们……最后相处的一段时光了。

啊，他以为，他自己快死了呢。

我面上还是带着笑意，道："走这么快呀？嗯，也好。明日之后，钟尘的寿辰开始正式准备了，估计进城出城，也都不便利。"

师兄点头："嗯。"

我道："你们先收拾东西吧，我坐在这里看你们，反正回宫也没事。"

"阿昭你不是不舒服吗？"师兄有些担忧。

"到底是第三次换血了，也能适应。"我笑了笑，"多看看你们。"

最后一次了……

师兄，其实我舍不得你。

我脸上还是带着笑容，然而看着师兄一无所知地忙碌，却很想扑到师兄怀里去哭一场。我有任何委屈或者伤心的事情，都要对着师兄哭，然而要和师兄永远分别，如此悲伤的事情，我竟然要对着师兄笑。

天意何其弄人。

我这一生，自我出了如意楼之后，真正笑起来是因为开心的时刻，又有多少呢？

师兄也是简装轻行，没一会儿就和阿月收拾好了。他将包裹放在一旁，坐到我身边，看着我，眼中是满满的不舍："阿昭……"

我道："嗯，师兄，有什么要吩咐的，都吩咐了吧。"

师兄反倒笑了笑，道："阿昭都这么大了，能照顾自己了，我还能吩咐什么？只是阿昭，你要答应师兄，无论将来发生什么，也许很痛苦，也许很残忍，你都要开开心心活下去，知道吗？不管你是不是孤身一人。"

我道："我怎么会是孤身一人呢？我有你，有坠儿呀。"

师兄道："唔，就是这么一说。"

我点头道："嗯，好，我一定会的。既然这样，那同样的话，也送给师兄你，你要答应我，不管以后发生了什么，师兄要永远是那个师兄。"

师兄笑了笑，笑容中却有些苦涩："嗯。我答应你。"

我继续说："师兄，你们要去南边小城对不对？那路上应该会经过岩溪镇吧？替我给师父扫墓上香，说我不孝，这几年，都只祭拜了他的衣冠冢。说……我有机会，会去看他。你还要帮我看看很南边的那种大大的海，帮我去我没去过的地方……有机会，我也会自己去的。"

师兄啊，你一定要替我看，我自己是没有机会了。

师兄点点头："嗯，我会去的。以后师兄不在了，你要好好照顾自己。"

"哎哟，师兄你说得和永别似的，我们以后又不是不会再见，师兄你先好好玩，我一定会找机会去看你的！"我故作爽朗地说。

师兄深深地看着我，忽然伸手抱住我，声音里竟然似乎有些哽咽："嗯，师兄等你去那些地方，师兄等你。"

我的脑袋靠在师兄肩膀上，在他看不到的地方，我终于还是落下

不负 忆长安 BUFU

汩来，之前努力撑出的笑脸再也支持不住。

我赶紧一边用手抹掉，一边道："等我倒不必啦，好好怜惜眼前人，阿月姑娘那么好，你可别怠慢她。"

师兄低低地应了一声。

等我和师兄分开，师兄看起来没什么大碍，只是眼眶微红，我想我大概也是如此。我道："时间不早了，你们要赶路，现在……差不多要上路了吧？"

师兄道："嗯。"

我这才发现阿月已经在旁边哭成泪人了，她道："我……我可不可以和许姑娘说两句？我……我不会说不该说的。"

师兄一愣，点点头，先出去了。

阿月边哭边道："许姑娘，你……我……我真的很难过……"

"行啦，别难过了，你和师兄要好好的，要幸福地一起生活，知道吗？"我拍了拍她的脑袋，"你看起来年纪也不大，以后路还很长，我只是你生命里一个路人而已，师兄才是要陪你一辈子的。你不必对我感到愧疚，相反，你要好好和师兄在一起，就算对我的补偿了。"

阿月哭着点头："嗯……但……但你怎么可以那么轻松说出那些话……庭柯公子他……"

"从小到大，我和师兄师父一起生活，我们三人虽然没有血缘关系，却胜似有血缘关系的人。我爱钟尘，可我更亲师兄，我和师兄师父的感情，是超过了一切的，师兄对我们也是如此。我知道，也许你有点儿误会，又或许，不是误会，但我可以保证，师兄对我，绝非是什么情爱，而是和我一样，是种超越一切关系的疼爱。你看，师兄可以为我而死，而我却不许，我们都把彼此的命看得更重要。以后师兄和你在一起，也许会忘不掉我，但你千万别多想，我是师兄生命中很重要的一个人，非常重要，但……也仅此而已。"

阿月愣愣地看着我，最终哭着道："我……我明白了……"

我笑了笑，和阿月一同出了医馆。阿月一直在哭，最终先上了轿子。我笑了笑，道："阿月真是多愁善感。"

师兄点点头："嗯……"

我道："师兄，刚刚说好的，你一定要替我看那些风景哦。下次再见，我大概也会和你一样轻松吧，四处游医，四处看风景，到时候，我们一起讨论看过的风景。嗯，现在京城里是初春，往南边走，春色就越来越深，一定很美。"

师兄摸了摸我的脑袋："你一定也可以看得到。"

"嗯，那当然！"

师兄笑着点了点头，又抱了抱我，接着上了马车。

马车往城门方向驶去，师兄掀开帘子，回头看着我，我尽力让自己撑住最大的笑脸冲他挥手。

最终马车越来越远，再也看不见。

师兄……师兄，对不起。

这是阿昭第一次骗你，也是最后一次骗你了。

师兄，你一定要，很快乐，很快乐地活下去。

我忽然想起很久以前，我选择了钟尘，师兄第一次和我分离，他给了我一个铃铛，说："天涯海角，只要你摇一摇它，师兄就会出现。"

其实我一直带着。

我从挂着的小香囊里掏出那个小巧的铃铛，将里面塞着的布条扯出来。

丁零，丁零。

小铃铛发出声响。

天涯海角，师兄，我再也见不着你了。

我哭着将铃铛放在医馆内的桌子上，转身离开，看着下人关起了医馆的门。这个医馆，再也不会有那个儒雅的医生了，正如对面的如意楼，再也没有那个手脚麻利的女工了。

然而抬起头，桃树已三三两两开出零星的花苞，正是春来的迹象。

春光还是旧春光。桃花香。李花香。浅白深红，一一斗新妆。惆怅惜花人不见，歌一阕，泪千行。

——秦观《江城子》

第十二章

这是我的最后一日，或是钟尘的最后一日

回宫中的路上，我努力让自己看起来没什么大碍，将眼泪擦干净，还硬要挤出笑脸。一会儿要见到坠儿，她知道吴姨的死讯已经很难过，如果被她发现，原本可以活下来的我，最终还是要死去，她大概会哭得很伤心，对她的打击也会很大。

不过我到了凤栖宫的门口，便惊讶地发现坠儿竟然换回了宫女服，和一个男子坐在角落的小石椅上，两人都背对着我，看不见两人的表情，但坠儿偶尔点头与他交谈，看起来心情已经稍恢复一些。

而那男子，竟是龙辰。

我皱了皱眉头，低下头小步回到凤栖宫里，快速地换回衣服，再施施然地走出凤栖宫。我慢慢走到坠儿与龙辰身后，只听到龙辰道："边塞的星星可与京城不同，到了晚上，星星都是成片的，像一条长长的会发光的缎带，飘在天上。"

坠儿愣愣地说："真的吗？在皇宫里抬头看，只能看到一点点。"

"嗯，边塞的草很高，天很低，仰躺着看天空，仿佛云都要掉下来一般。"龙辰点了点头。

坠儿脸上露出一些向往。

我轻轻地咳了一声。

坠儿一愣，回头看见是我，赶紧行了礼："皇后娘娘，您……您午睡睡醒啦？"

龙辰也转身，僵硬地冲我抱了抱拳，一脸不爽的样子，道："见过皇后娘娘。"

我点点头："怎么龙将军这么好兴致，不操练士兵，跑来和我婢女谈天说地？"

龙辰皱眉道："这是微臣私人的事情。"

"哦？龙将军真是得宠呀，后宫这样的地方，也是你随便入得的？"我好笑道，"不过好歹有点儿长进，至少没带着什么兵器进来。"

龙辰道："微臣向皇上申请过，可以来后宫，但不能进入任何宫殿。"

"哦，那就随你们开心吧。"我摇了摇头，"坠儿，走吧。"

龙辰道："你！"

我本都已经转身了，听到他的话，哭笑不得地回头："我？我怎么了？坠儿是我的婢女，我让她走，她就要走。龙将军有什么异议吗？"

"妖女！"龙辰愤愤地说，又低声对坠儿道，"坠儿，我一定会想办法，让你离开这个妖女的。"

坠儿嗔道："好了，我说过，皇后娘娘是好人。你……你快走吧，下次再说。"

龙辰只好点头："嗯。你保重。"

坠儿点点头："你也是。"

唉，龙辰几乎每天都进宫，他们有必要这么难舍难分吗？

我又想起师兄，心中一声叹息。

龙辰终于离开，坠儿怯生生地走近我："皇后娘娘……"

"进凤栖宫再说。"我抬脚便往凤栖宫中走去，坠儿赶紧跟着我。

关上门，我在椅子上坐下，淡淡道："坠儿，你很好呀。我本担心你会因为吴姨之事痛苦难受，还颇为忧心，想不到，你竟然和龙将军聊得那么开心。还不顾我的吩咐，擅自换回宫女服，如果有人想来见我怎么办？"

坠儿委屈道："皇后娘娘……是……是龙辰下午的时候，忽然过来，说要见我，在外面不肯走。我只好换回宫女服，去见他。他没有恶意，也没有心机的，不然就顺便要求见你了，那就拆穿了……我……我的确不好，光顾着和他聊天，一时间，竟然忘记了难过的事情……"

我叹了口气，道："你能尽快忘记那些事情，尽快开心起来，当然很好，我巴不得如此。可……可你也要看看对方是谁啊。我当初就说过了，龙辰之于钟尘，就像你……不对，就像吴姨之于我！龙辰是钟尘手下的大将，而我们要对付钟尘。我虽然不希望你牵扯太多复仇的事，可你到底不该和龙辰走得这么近啊。"

"我知道，我都知道。"坠儿苦恼地说，"可是皇后娘娘，我真的没办法，不见他，就心心念念的，一直想着他；见了他，我就很开心，烦恼都可以暂时抛之脑后。和他聊起天来，就忘掉时间，聊什么都很愿意，心里欢喜得紧。"

我这一刻，忽然无比地明白当初我坚持要救钟尘，又跟钟尘走的时候，师父和师兄的心情了。

真是女大不中留，恨铁不成钢……

我道："你……唉！"

坠儿赶紧道："龙辰虽然对皇上很忠心，但是我觉得他什么都不知道的。如果他什么都知道，当初也不会来行刺您了。他这么鲁莽，行军打仗他是有一套，可人情世故，他就不懂了，很单纯的。所以皇上一定不会放心让他参与我们之间的事情的。"

"单纯？"我喝了口茶，咳了两声，"你也说他行军打仗有一套，那样怎么会单纯呢？打仗靠的是大智慧，龙辰虽然冲动鲁莽，但看他历年功绩便知道，大事上，他很能忍，只是平日里显得不拘小节而已。坠儿，龙辰是个大将军，他为什么会忽然喜欢上你——一个小小的婢女？你有没有想过这个问题？虽然你我都知道，我和你之间的关系，绝不是主子和下人那样，可龙辰知道吗？至少外人看起来，你就是个下人，那他为什么会喜欢你呢？坠儿，真正单纯的人，是你。"

坠儿看着我，眼里几乎要掉泪。

她摇头道："龙辰……龙辰不是那样的人。"

"唯一的可能，就是他知道你也是我的人——其实这也不难看出来。就像我一直想除掉龙辰一样，少了你，我也少了一个帮手，可是钟尘的方法和我截然不同，他不来硬的，他让龙辰一点点打动你。"

我循循善诱，希望坠儿能明白过来。

坠儿咬着嘴唇："我……我知道了。下次……我会努力不见他。"

"其实……也没几天了。"我叹了口气，"坠儿，十天之后，就是真正决胜负的时候了，到底是钟尘赢还是我赢，就在那一天。那一天之后，无论是谁赢，你都可以和龙辰在一起。"

坠儿道："啊？"

"如果是钟尘赢了，你就乖乖地投降，跟着钟尘他们，如果那时候龙辰还和你在一起，你只管答应了就是；如果我赢了，龙辰又没死，那就把他绑来给你当上门女婿。"我笑了笑。

坠儿似懂非懂地点了点头。

"好了，来帮我处理一下伤口吧。"我一边有些头昏地对她说，一边撩起袖子。

白色的绷带已经全染上红色的血迹，坠儿吓了一跳，道："皇后娘娘，这是怎么回事？"

我摇摇头："没什么，换血而已。你去拿药箱子替我处理一下伤口，再重新绑个带子，血差不多要干了。"

"怎么……怎么流了这么多？为什么，这口子虽然大，可也该止血了啊！"坠儿一边按我的吩咐去拿药箱子，一边慌慌张张地问。

"刚换血，身子虚而已。"我敷衍道。

坠儿拿来药箱，替我解开原本的绷带，然后重新上了些止血药，担心地说："换血？您怎么还能换血呀？您的身子……"

"是别人给我换血，你忘记了？"

坠儿愣了愣，反应过来，高兴地说："原来是这样！那……那皇后娘娘您岂不是以后就没事了？！"

我点点头："嗯。不过我这几天……大概到十天以后吧，身子都会特别虚弱，所以你要好好照顾我，别再去见那个龙辰了，知道吗？"

坠儿小鸡啄米般点头："知道，知道。"

我笑了笑，等坠儿替我换好药，血已经止得差不多了，我人昏昏沉沉的，坠儿替我脱了外衣我便往床上一躺，没一会儿就沉沉入眠。大概是因为失血过多，睡了很久，再醒来竟然已经是第二天清晨。

坠儿伺候我更衣梳洗后，端了碗红枣莲子汤，说是让我多补血。

我笑着吃了，这其实对我来说只是杯水车薪，但到底是坠儿一片心意。

我想了想，道："坠儿，你想不想去京城郊外住？"

坠儿疑惑道："啊？"

"京城的郊外，现在也很好看，花都渐渐开了，夜晚抬头，也有很好看的星星。"我笑着说。

坠儿羞红了脸，道："我……嗯，想。"

"那我们出去住怎么样？"我说，"我师父埋葬的那个山头附近有座寺庙，环境很好，就是每天都要吃素，要打坐念经。吴姨的衣冠冢，也在那里。"

坠儿道："好！"

顿了顿，她又犹豫地说："可是，皇后娘娘您的身体……"

"那里一切都很好，对我的身子更好。"我笑了笑，道。

坠儿拍掌道："那就再好不过啦！不过……皇上会让您出去吗？"

"会吧。"我道，"下午我们就去找他。"

坠儿没在京城郊外住过，更没在寺庙中住过，显得十分兴奋。等到了下午，我便带着她去找钟尘，最近风调雨顺，钟尘的书房门口也空了许多，这次运气比较好，图海在外面，见了我，直接让我进了书房，坠儿则留在外边。

钟尘正在批阅奏折，见我来了，似是有些讶异："阿昭？"

我忽视他的称呼，行了个礼："参见皇上。"

"坐下吧。"他道，"有什么事吗？"

"臣妾……想去京城郊外住住。"

钟尘微微皱眉："为何？我看你脸色并不好。"

"就是身子不适，才想去外面住住，一直在皇宫里，很闷。现在入春了，郊外景色一定很别致。我也不久住，住五天就行，明天出发，一定在皇上寿辰前回来。"我想了想，道，"去京城郊外，也是为了给皇上挑选礼物。"

钟尘一笑，看起来心情不错："阿昭还记得我的寿辰？你要出去倒是可以，只是你身子虚弱，我要多派几个人跟着你，不会打扰你，

不负
忆长安
▼

只是保护你。礼物的话就不必了，你好好养身体就是。不要贪图看景色而着凉，御花园也很美，你爱看可以在御花园里看。"

钟尘的确心情不错。

我不知他是发现了什么，还是发生了什么，竟然如此好说话，当下点点头："臣妾知道。"

钟尘点头，我便行礼告辞打算离开，钟尘却忽然道："阿昭。"

"皇上还有什么事要吩咐？"

"你明日出发吗？"

"嗯。"

"那今夜，我去凤栖宫里过夜。"钟尘道。

我一愣，道："是。我会让下人准备好，但是臣妾这具残躯只怕不能服侍皇上……"

钟尘打断我："只是去过夜，阿昭不必多想。"

"这样便好。"我点点头，转身出了门。

一出去，图海便向我行礼，一边说了几句拍马屁的话。坠儿则紧张地看着我，似乎在询问我结果如何——此地人多，她大概是不敢如私下里一般直接问我话。

我冲她点点头，坠儿立马笑了起来，然后赶紧揉脸装作没事。

我心中好笑，带着坠儿回凤栖宫，顺便嘱咐她带人来整理一下凤栖宫还有床铺。

"什么？"坠儿瞪大了眼，"皇上今晚要来此过夜？这……这……"

"他说了只是过夜，不会做其他事，你别多想。"我道，"他今日心情不错，大概是突然有此想法。上次见面的时候，我和他吵得不可开交，这次我却低声下气，和颜悦色去找他，他大概是觉得我已经服软了。"

——就跟以往每一次一样。

可惜这次，真的不同。

坠儿点头："那就好，您的身子，可禁不起折腾。"

坠儿边说着，自己却先脸红了，转身跑去找其他婢女了。我爱安静，加之如今看起来不受宠，贴身婢女只有坠儿一人，其他人都是需要的时候再由坠儿找来，虽然偶尔麻烦，但长久的清净才喜人。

当夜钟尘果然来了，来得还挺早，与我一同吃了晚饭。

知道钟尘要来，连伙食都好了不少，平日里肉什么的是极少的，菜蔬也少，但我素来没胃口，什么都草草吃两口便吃不下，也就没说什么。这次钟尘来了，菜多了许多，分量和质量都好了不少。

结果钟尘看了菜品之后竟然连连皱眉，还问坠儿："皇后娘娘平日就吃这些？"

坠儿愣了愣，看了我一眼，尴尬地说："回皇上，是的。"

钟尘道："图海，去吩咐御膳房，皇后身子弱，需要大补，菜虽然多，却没几个进补的，皇后从京郊回来后，记得每顿多做些药膳还有滋补汤。"

图海领命，赶紧吩咐了下去。

看来钟尘这是不打算再继续营造我不受宠的样子了。

我能想象五日后回来，我这边将发生什么改变，钟尘一个小小的举动，都可以成为后宫中所有人的风向标。跟红顶白、捧高踩低最熟练的后宫众人，一定会又像以前一样跑到我这边，而那些饭菜，想来又将要变得丰盛而油腻。

不过也无所谓了，是山珍海味，还是清粥小菜，都吃不上几日了。

掌灯时分我便乏了，径自让坠儿替我解衣，隔着屏风沐浴之后准备入眠，钟尘倒也很依我，唤人去备热水，沐浴更衣后，躺在了我身边。

我已经是半睡半醒，心里打定了主意无论钟尘说什么都合眼不管他，谁料钟尘握着我的手，道："阿昭你的手怎么这么凉……"

他一顿，又道："阿昭，为何你指甲上毫无颜色，一片惨白？"

我猛然想起来，最近太忙，忘了让坠儿替我捣花取红汁来抹指甲了。指甲上的鲜红一点点脱落，如今……

我睁眼一看，果然脱落得差不多了。

鲜红褪去，只余惨淡的白色，钟尘这"惨白"二字，用得真是好。

我还来不及解释，钟尘便又摸到我手臂上的伤口，那伤口已不再流血，但摸起来依然可怕。

钟尘一愣，随即道："这伤口，又是怎么回事？"

我道："是我不小心受伤了，才会使得指甲这般颜色。皇上无须担心，休养一段时间，便会没事的。"

怕他不信，我又道："刚换完血那段时间也是这样，后来就好了。"

钟尘不再追问，轻轻地"嗯"了一声，便没再说话。

可他的手却没放开，依然握着我的手。钟尘身子硬朗，现在手也是滚烫的，和我冰凉的手形成了鲜明对比，那温度看似温暖，然而对我来说，却有些太烫了，实在消受不起。

但若我要甩开他的手，也不知道钟尘会是什么个反应……也罢，就由他握着吧，反正也是最后一晚，最后一次了。

我很快再次睡去，临睡前隐约听见钟尘轻轻地唤我的名字，低低的、婉转的，像是岩溪镇那条横穿而过弯弯曲曲的小河。

第二日我醒来时，钟尘已经不在。我看了看天色，估计他是去早

忆长安

不负 BUFU

朝了。我松了口气，让坠儿替我梳洗了一番，梳洗完后坠儿手脚麻利地收拾了行李，一切就绪，我便带着她一同低调地出了宫。

坠儿道："我们是直接去法华寺吗？我还没去过寺庙呢……不过，我想去吴姨坟头看看。我……我都没能送吴姨最后一程。"

说到吴姨，坠儿眼中又泛出泪花。

我道："嗯，我们去法华寺安置之后，就去看看师父和吴姨。"

坠儿轻轻地点了点头。

到了法华寺中，坠儿先去放行李包裹，我则询问接待我们的大师："请问……慧通住持呢？可是外出云游去了？"

以前我在法华寺中住宿之时，慧通住持给予我很多帮助，他是个年纪和师父相仿的长眉毛和尚，头发虽然是没有的，但我始终记得他长长的白色的眉毛，他看起来十分温和慈祥，又有种勘破一切的淡然。

我记得我刚住进来的第一天，便去找慧通主持，我说："慧通主持，我有几个问题想问你。"

慧通住持平和地笑了笑："请说。"

"为何，人要有爱恨情仇？又为何，爱与恨，非但不会对立，甚至难以分清？人，要怎么样，才能彻底地摆脱这些情绪呢？"我叹了口气，"求大师解惑。"

慧通住持笑着摇了摇头："人生在世，爱憎便与之而来，正如哭与笑，也是人与生俱来的本领。哪怕连我，至今都无法彻底舍弃。"

我惊讶道："您也不行？"

慧通住持笑着点头："我看到花儿绽放，会心生欢喜；看见徒弟犯错，会心生惋惜。喜怒哀乐，爱恨憎怨，你只能尽量将一切看得很轻，很轻，只能尽力让心中，留有让人愉悦的心情。好比那花，开了之后，自当欢喜，然而即便花朵颓败，亦不必忧虑。可知万物有命数，万事有因果。"

我似懂非懂: "那, 花开而喜, 花落而悲, 本是寻常之事, 却为何有悲喜交加, 有爱恨纠缠? 若这些对立的心情混于一处, 我又该怎么办? "

慧通住持道: "花开之后, 是极美的, 若有人伸手去摘, 花儿自当枯萎。你因花盛开而欣喜, 然而却因为你的怜惜, 花兀自凋零, 那么你的喜悦中, 必当掺杂了痛苦、遗憾、惋惜。爱恨并非对立, 只是两种极端, 若是走上了极端, 自会因此爱恨交杂, 难以分清。"

我点头: "那, 如何才能分清呢? "

"这如何分得清? "慧通住持笑了笑, "你若执意要分清, 便会更加难以看透你内心真实的想法。究竟是爱是恨, 本无答案, 若非要寻出一个胜负, 那又怎会是最初的决定? "

"可……可我不能让自己这样, "我那时很犹豫, "我总要想出一个办法, 让自己做出决定。不论是对是错, 以后是不是会后悔。"

慧通住持道: "你既然已经这么说了, 可见心中其实早有答案。如今既然是在寺庙中修身养性, 便暂且抛开这些纷扰吧。待回到红尘中, 自是有方法找寻最后的道路。遵从内心的指引做出的判断, 你不会做错, 亦不会后悔。"

我那时虽然不是很懂, 但却隐隐明白了一些, 看着慧通住持的笑容, 我说了声谢谢就转身要走, 然而慧通主持却喊住我, 似是有些迟疑地给了我一句赠言。

"你若实在不愿爱恨交加, 唯有一个方法。爱与恨不是对立, 然而爱恨与无谓, 却是对立。"

"无谓? "

"一切皆无所谓。爱恨俱散, 情仇皆湮。不知生离之苦, 不畏死

忆长安 不负 BUFU

别之痛。"

爱恨俱散，情仇皆湮。不知生离之苦，不畏死别之痛。

我记住了这句话，然而却没能做到。我匆匆忙忙回宫，为的就是被宁王刺杀的钟尘，之后我替他换血，义无反顾，才想起慧通住持说的，遵从内心指引做出的判断，不会错，亦不会后悔。

我本来，是没有后悔的。

但如今回想，若是我能做到无谓该多好，那我如今，才会是真正的不会后悔。

那位大师愣了愣，道："皇后娘娘，慧通住持他……已圆寂。"

我一愣，道："这……这是什么时候的事情？那，新的住持是谁呢？"

那大师轻道了声阿弥陀佛，道："是一个月之前的事情，住持在讲完早课后，溘然长逝。新的住持是慧通住持的师弟慧嗔住持。"

我一时间不知道该说什么，好半天，才缓缓道："那……那慧通住持的遗体……"

"已按照住持的意思，焚为灰烬，撒于山林湖泊间，无拘无束，淡然自处。"那大师微微鞠了个躬。

我点头："无拘无束，淡然自处……"

坠儿那边已经放完行李，她走过来，疑惑地问道："娘娘，您怎么了？"

我摇摇头："没什么。"

"谢谢大师。"我对那位大师鞠了个躬，他也回了我一个礼而后离开。我对坠儿道，"本想让你见一见这里原先的住持，可惜，他一个月前圆寂了。"

坠儿遗憾地说："是吗？唉，就连得道高僧，也无法逃脱生死因果啊。"

我道："却也未必。那位住持的尸首，竟没入土为安，而是焚为灰烬，散于天地间，真是恣然快活，叫人羡慕。"

坠儿道："听起来是很好，但……如果是我，我还是希望自己埋进土里，以后万一别人要拜祭我，好歹有个地方让人拜祭。"

我失笑："你……也罢，我们去吴姨和师父的墓前看看吧。"

坠儿点头："嗯。"

我与坠儿步行往山头走，钟尘派来保护我们的侍卫忠心地跟着我们，保持着不远不近的距离。待到师父和吴姨衣冠冢边上，坠儿从包裹里拿出祭拜之物，我与她并排跪着，分别冲师父和吴姨磕了三个头，再直起腰时，坠儿已经泣不成声。

"吴姨，我是坠儿，我来看您了。吴姨，我好难过啊，为什么您那么冲动，您为什么只想着报仇之事，却没想过我呢……我……我知道我这么说很任性，但是我真的好难过啊……呜，吴姨，您若是到了地府，千万别再想着复仇之事了，好不好？您如今和皇后娘娘的师父葬得这么近，您应该很开心吧？记得，要抓着他一起过桥，下辈子，你们一定要在一起，一起开心，一起快乐幸福……"

坠儿哭得声音都变了，却还絮絮叨叨地说着，我听着也不自觉地流出泪来，我用手帕揩了揩眼角，轻轻拍了拍坠儿的肩。

坠儿大哭一声，扑进我怀里。

虽然我与坠儿关系很好，但坠儿总是很讲礼仪，平日叫我，从来都是皇后娘娘，也不敢有什么僭越，如今却扑进我怀里，可见是伤心到了深处。我心下哀愁，轻轻地拍着她的背，坠儿就像个小孩儿一样，一抽一抽地哽咽着。

忆长安

不负

祭拜完师父与吴姨，天色已暗，我和坠儿往寺庙方向走去，结果半路忽然冒出个人来，我和坠儿都吓了一跳，那几个侍卫也纷纷拔刀，然而看清来人，又都将刀放下，一一行礼，道："参见龙将军！"

我十分无语，龙辰竟然找到了这里来？！

龙辰将手背在身后，难得有了大将军的样子，道："嗯，都起来吧。我奉皇上之命，来保护皇后娘娘。"

钟尘让龙辰来保护我们，一是为了监视我，二嘛……我皱了皱眉，看向坠儿，却见坠儿已经愣住了，有点儿哭肿的眼睛愣愣地盯着龙辰看。

龙辰向我行了个礼，就很快走到坠儿身边去了。他与坠儿都在我身后走着，两人一个是保护我的，一个是我贴身婢女，在我身后并肩而行并没有什么不妥，只是我不用看也知道，他们二人……一定离得很近。

果然，没一会儿就听见龙辰的声音："你……眼睛都肿了。"

坠儿闷闷地"嗯"了声。

龙辰又道："给你手帕。"

坠儿道："你现在给我手帕干吗……我又没哭，难道你的手帕还能消肿？"

龙辰："……"

我听着实在是哭笑不得。

其实坠儿这性子，和龙辰倒是很相配，若他们……唉！

龙辰道："庙里都要吃素菜，岂不是很无趣？"

坠儿疑惑道："应该还好吧。"

龙辰道："在乡下你可是无肉不欢……咳，我偷偷带了只叫花鸡来，等会儿趁热我们找个地方去吃。"

"你！这里是佛门净地，你……你居然带叫花鸡来吃！"

"我是为了你啊，我怕你光吃素会受不了的。"

"我才没那么娇贵，我小时候可是吃一个月草根都能挺过来的，跟你这种大少爷可不同。"

"砰"的一下重物落地声，紧接着是龙辰愤然的声音："我才不是什么娇贵大少爷！你不吃，那就丢掉算了。"

龙辰显然是想讨好坠儿，结果坠儿更加愤怒了："你有没有搞错，这么浪费！果然是大少爷……"

龙辰："……"

我实在忍不住，笑着回头："坠儿，好了，这也不行，那也不行，你也真是的。"

其余几个侍卫也显然忍笑忍得脸都扭曲了。

龙辰道："不许笑！"而后闷闷道，"不需要你多管闲事。"接着，小声地说了句"妖女"。

坠儿瞪大了眼睛："我说过多少次了，不能污蔑皇后娘娘！"言罢，狠狠打了龙辰手臂一下，坚定地站到了我的身边，搀扶着我往山下走。

龙辰郁闷地揉着手臂，道："不喊就不喊了……"

虽然龙辰和坠儿实在闹腾，他们之间的关系也的确令我头痛，但不得不说，他们的交谈言行，的确很好笑。两人都年轻，又看起来都很无知，一举一动都让人想笑出来。

显然坠儿也因为龙辰的关系，没有再保持开始那种悲伤的心情。

也许对坠儿来说，龙辰是个好的存在吧。

到了寺庙之后，坠儿跟着我进了房间，我发现房间的墙上挂着一副对联，行云流水的笔迹，透着自然朴拙的气韵——不知生离之苦，不畏死别之痛。

底下署名是慧通住持。

坠儿也看见了，道："咦，这副对联开始没有的呀……怎么看起来这么不吉利呀？"

我一愣，直接推门而出，随手拦住路过的小沙弥，道："我房间墙上那副对联是怎么回事？"

那小沙弥也愣了愣，道："哦，那是慧通住持的遗言，如果哪一天皇后您又来了法华寺，就将这副对联送去你房间里挂着。"

我点点头："是这样啊，谢谢。"

那小沙弥双手合十行了礼就离开了。

坠儿疑惑道："这对联到底是什么意思？呃，不管怎么看，都觉得不是好意思。"

"是好的意思。"我笑着摇了摇头，"生离之苦不知，死别之痛又不畏，能达到这样的境界，就太好了。"

坠儿道："那岂不是无欲无求、无悲无喜？"

我道："是呀。"

"那有什么好的呢……"坠儿叹气道，"没有痛苦，也就不知道快乐的重要了。"

我道："我宁愿不知道。"

坠儿愣了愣，看向我，又丧气地低下头："也对。"

当夜。

龙辰千呼万唤，坠儿终于缓缓出了房间，脸色还是不怎么样。

"干吗？"

龙辰道："你们下午的谈话，我……都听到了。"

坠儿道："你偷听我们谈话？！"

忆长安

不负 BUFU

龙辰道："不是，就……就是想去叫你出来，结果就听到了一点儿。"

"什么？"

"那妖……"

"嗯？"

"皇……皇后。"

"嗯。"

"皇后又在给你灌输什么莫名其妙的想法了？什么无悲无喜，那样还是人吗？你可别信她。"龙辰愤愤不满地说。

坠儿道："得了……我知道，只是有时候的确难免会那么想嘛。唉，皇后娘娘真是不容易。"

"她？我看皇上才不容易！"

"嘁，话不投机，半句多！"坠儿转身就要走。

龙辰拉住她，道："哎哎哎，那我们不谈这个了。你抬头看看。"

坠儿愣了愣，抬起头，只见满天星斗犹如仙人撒下的绸缎熠熠生辉，星光散乱而灿烂地在寺庙周围的花草上洒下银辉。

坠儿呆呆地道："真好看……"

龙辰一笑，偷偷拉住她的手，道："塞外的比这个还好看，说好的，以后一定带你去看。"

坠儿的嘴角不易察觉地微微上扬："嗯，说话算话哦。"

"当然算话！"

当夜我本来已经快要睡下，龙辰却在外边一直发出各种声响偷偷地呼唤坠儿，我颇感好笑，还是让坠儿出去了。过了很久坠儿也没有回来，我本想和她说说话，但无奈太乏，径自先睡了。第二日起来，我更衣后便往大厅里去，跟着众僧人及信徒一同听早课，吃斋饭。

早课上坠儿就跪坐在我旁边，哈欠连连，下了早课后，我问道："你昨夜很晚才睡？"

坠儿道："嗯……"

"和龙辰就有那么多话要说吗？"我叹了口气。

坠儿道："我……我也不知道。的确，就好像有无穷无尽的话可以说，怎么说也觉得说不完，哪怕是反复听过的问题，也不会觉得厌倦。"

她说的这种情况我倒是很能体谅，我叹气点了点头："坠儿，我想我已明白你对龙辰的心意。此事既然不能更改，那就不必更改了。"

坠儿先是愣了半天，而后开心地道："皇后娘娘，您的意思是……允许我和他……"

我道："是。但有一件事你要答应我，今后和复仇有关之事，你绝不能再插手。"

坠儿惊道："可……可是……"

"其实你的性子如此直率，本也不宜做这些事情，吴姨总希望你能完成她的想法，却没想过适合不适合。如今你既然已和龙辰相恋，而他却是钟尘的得力下属，我已不愿阻碍你们，只能想办法成全你们。而唯一的办法，就是你们两个中的一个，离开所属的势力。龙辰不会离开钟尘，但你……"

坠儿道："我也不想离开您啊，皇后娘娘。何况，吴姨已死，我更不能辜负吴姨。"

坠儿神情恳切，激动之下甚至伸手抓住我的手臂，我十分为难地看着坠儿。我知道，让她离开这个复仇计划，是件再好不过的事情，师兄已经离开，我放心很多，坠儿若也能离开该多好。可她这样看着

忆长安

不负

我，实在让我无法说出拒绝的话语。

我想了想，道："那……这样吧，你且附耳来。"

坠儿连忙靠近我，我悄声在坠儿耳边说了几句话。

坠儿听了之后，连连点头："好！我愿意！这样太好了。"

我道："嗯，这样，你既出了力，也可以防止龙辰和你对立，还可以保证你与龙辰的安危。"

坠儿道："多谢娘娘！"

她脸颊都泛了红色，可见真心高兴，我摇头笑了笑，转身出了寺庙。

坠儿高兴地跟着我，一路上嘀嘀咕咕，往下走了没多久，坠儿惊喜地道："梅花！"

果然，山腰上梅花成片成片地绽放，开得正盛，来时在轿子中，我和坠儿都没看到，如今却见到山涧中有小溪潺潺，似是初初融化，带着寒意蜿蜒而下。两岸开着灿烂美丽的梅花，再远处青山耸立，山峦重叠，在我和坠儿所在的位置看去，宛若一幅绵延的画卷缓缓在我们眼前铺展开来。

我喃喃道："真美。"

坠儿道："是啊！"

坠儿回头望了一眼："想不到宫中梅花都凋谢得差不多了，这里的梅花，却开得这么好。"

"'人间四月芳菲尽，山寺桃花始盛开。'如果我们能在寺里多住一段时日，也许梅花也该一点点凋谢了。"

坠儿道："还好我们住不了那么久。"

我笑着点点头。

坠儿左看看右看看，忽然靠近我："皇后娘娘，您刚刚说的是真的吗？十日之后，就是最后决胜负的日子？"

"嗯。"

"唉，虽然我知道，最后我差不多是置身事外的，但还是很紧张。希望娘娘您能胜利，我知道您一直舍不得杀害皇上的，皇上也舍不得动您，嘿嘿。"坠儿边说，边露出一个会心的笑容。

我只告诉坠儿，十日之后，我和福王会有所动作，可能要和钟尘彻底一战，却未告诉她，这计划本身，就是在杀害钟尘的基础上展开的。

这些事，我想坠儿现在不必知道，最好……是永远也别知道。

在寺庙中的日子平静无波，仿若一口枯井，没有一丝波澜，就连我心里都没什么起伏。虽然决定生死的日子越来越近，我却一点儿也不慌张，也没有什么惧怕或者遗憾。

有时候迈出第一步，之后的千万步就都显得很容易了。

我甚至可以让自己，不去怀念和钟尘的过往了，那些曾让我欢乐、让我痛苦的记忆，我居然可以抛之脑后，一点儿不去想它们了。

只是我时常会想起师兄，想起师兄的木讷、师兄的精明、师兄的体贴，还有师兄最后什么也不知道，离开的样子。

也不知道他现在怎么样了，过得好不好？

希望阿月姑娘好好照顾他，也别让他太快看出马脚。

我有些怕，怕十日之后，万一我真的死了，那怎么办？不对，应该说，我一定会死，那怎么办？师兄知道了，会不会很难过？

我叫来坠儿，让她替我研磨，提笔写下"师兄，展信安"后，却不知道该写些什么，我有很多话想对师兄说，结果一个字都说不出来。

最后我让几个侍卫抬着小桌子，带着笔墨纸砚去了山腰，清晨土地有些湿润，风软软地吹到脸上，我觉得很冷，然而望着山腰上的梅花，却又觉得很惬意，对着那一山腰的梅花静静作画。

坠儿也坐在我身边，托着下巴，一会儿看看梅花，一会儿看看我的画，嘴里问道："娘娘，您这是画给庭柯大人的吗？"

我道："不是，怎么了？"

"咦，刚刚您不是要给庭柯大人写信吗？"坠儿疑惑道。

"可惜不知道该写什么。何况这次写了，以后要是不写，更让人难受。"我笑着摇了摇头。

坠儿道："嗯？为什么以后不写呢？可以一直写下去呀。"

我笑了笑，没说什么，继续画梅花，坠儿也不再说话，坐在我身边，安静地看着山腰上的风景。

我画得入迷，待画了一半有些头昏脑涨后活动了一下手腕，想让坠儿继续研磨，却发现她不知何时，双手抱着膝盖睡着了。

外面寒气和湿气都挺重，我怕她这样会着凉，正想伸手推一推她将她摇醒，龙辰却忽然不知从哪里冒了出来，将自己的披风轻轻给坠儿披上。

我看向龙辰，他有点儿尴尬地收回手，又对我比了个噤声的手势。

我啼笑皆非，点头轻声道："你带她回去吧。"

"皇后娘娘，我可以问你一个问题吗？"龙辰别别扭扭地说。

"什么？"

"你这画……是给谁的？"龙辰怀疑地道，"给皇上的？"

我点点头："嗯。马上是皇上寿辰，我不知道该送什么，随意画幅画，聊表心意。"

龙辰看起来有一点儿高兴，道："只要是你画的，想必皇上都会喜欢。若皇后你能早这样多好，皇上待你那么好，为何却总要辜负他？如今前尘旧事都过去，我也不会再念念不忘之前的过节，只愿皇后能好好善待皇上，夫妻和睦，才是我宇国之福。"

龙辰竟然一本正经地说了这么多，我道："你对我有这样的期望，我又何尝对你不是有这样的期望呢？"

　　"我和皇上？"龙辰一副目瞪口呆的样子。

　　刚以为他聪明了点儿，结果却这么荒唐……我叹了口气，道："我是说你和坠儿。坠儿秉性纯良，年幼无知，但她很执着，如今她既然已经认定你，恐怕就不会更改，只愿你好好待她，千万不要辜负她。"

　　龙辰坚定地道："我当然不会辜负她！"

　　我道："那如果坠儿和你的皇上，站在了对立面呢？"

　　"只要皇后不与皇上对立，坠儿就不会与我对立。"龙辰冷冷地道，"我们这些下人的生死之事，全由你们决定，这件事也不例外，只愿皇后娘娘大发慈悲，别让我和坠儿痛苦才好。"

　　我笑了笑："你带坠儿回去吧。"

　　龙辰也不再说什么，弯腰抱起坠儿，往寺庙的方向走去，坠儿睡得很熟，无知无觉，嘴里还喃喃着不知什么梦话。

　　龙辰与坠儿离开之后，我用手帕捂着嘴微微咳了几声，偷偷展开看，果然见里面丝丝血迹。我面不改色地将手帕收好，唤来一名侍卫替我研墨，继续画起这些开得如此旺盛，却不知何时会颓败的梅花。

　　山中无日月，只是这样平淡闲散、恍若无觉地就过了四天。

　　最后一天，坠儿一边依依不舍地收拾行李，一边道："就要走了，真舍不得。"

　　"以后也不是没有机会，你带着龙辰来就是了。"

　　坠儿羞红了脸，道："我和他来这里做什么。"

　　我笑了笑，没说什么。

　　门外忽然有个小沙弥，道："皇后，有人来找您。"

坠儿停住收衣服的动作，道："这种时候，怎么会有人来？"

我也愣住了，心中第一个蹦出的，竟然是师兄的脸。莫非是师兄知道了？他知道了，然后跑回来找我？甚至跑到法华寺里来了？

我不希望这样的事情发生，一点儿也不希望，可我的心里却不可避免地有了这样的期待，这很可耻，我却无法抑制。

小沙弥领着我进了一间房间，我推开门，却见是一个女子的背影，衣着华丽，窈窕纤细。

她微微转头，竟然……是曲魅。

我关上门："你来这里做什么？"

曲魅冲我神秘莫测地笑了笑，递给我一封信。

我迟疑地接过信，那信倒很有些分量，抽出来摊开一看，每一张纸上写着的，居然都是钟尘身边侍卫和暗卫的分布还有那些人的弱点。

我愣住，将信折叠起来，看向曲魅："你这是什么意思？"

曲魅又递给我一张纸，上面是娟秀的字体：

皇后，你不必怀疑我。我这样做，并不是想害皇上，只是我知道，皇上寿辰即将来临，你一定会有所动作，既然如此，我愿助你一臂之力，早些解决你和皇上之间的问题。只要解决了，皇上就不会再为你操心，只会一心一意来照顾我了。

我冷冷地说："你倒是想得挺好。但你有没有想过，你给了我这些东西，你的皇上只怕就要没命了。"

曲魅笑了笑，提笔写了几个字，又递给我：我相信他。

我也不懂此刻我心中是什么情绪，只是看她那一副温婉却又有些可怕的模样，心中十分不快。我道："既然如此，我就先谢谢梅妃你了。只愿这东西，能有一点儿真的。"

曲魅写道：皇后大可放心，里面每一句，皆为真实。若有一点儿虚假，我愿天打雷劈永世不得超生。

我笑道："这里可是寺庙，说这种话，佛祖可是听得见的。梅妃都说得如此决绝了，那我怎么能不信呢？就先谢过梅妃了。"

曲魅朝我笑了笑，竟然起身还毕恭毕敬地行了礼，才转身出门离开。

我手中握着那封信，皱了皱眉头。

第二日，回程路上，才下山，我便道："龙将军，劳烦你让车夫转个方向。"

龙辰疑惑道："皇后娘娘有什么事吗？"

"送我去福王府邸。"

龙辰的脸顿时黑了："皇后娘娘去见福王做什么？"

"我怎么说，也是福王的大嫂，可是这些年，一直没怎么见他，刚刚忽然想起隔壁那条街似乎就是福王府邸，既然如此，去看望一下又有何妨？"我道。

龙辰道："可是……"

他明显很不情愿带我去，可是眼下没有什么反驳我的理由。

我道："何况现在天色尚早，去一去也无妨。"

龙辰道："难怪娘娘那么早就说要回宫，我以为皇后是思念皇上，才急急忙忙要回宫，谁知道是为了这一茬。"

对龙辰的讽刺一笑置之，我道："转头吧。"

龙辰不满地对车夫道："还不掉头？"

那车夫立马掉了个头，龙辰骑着马也掉了个头跟在旁边，没一会儿就到了福王府邸，龙辰想跟着进来，我道："坠儿陪着我就行了，

不负
忆长安
BUFU

福王毕竟是皇上的弟弟，如今什么光景，你也不是不知道。让你们这些臣子看了那副荒唐的样子，只怕不好。"

龙辰愤愤地道："那请皇后娘娘尽快出来！"

"嗯。"

我领着坠儿进了福王府。

福王府里竟然四下平静，福王既没有爬墙，也没有爬树，倒是让人有些吃惊。

坠儿清了清嗓子，道："皇后驾到！"

福王府里仅剩的几个下人立马行了礼，道："皇后娘娘怎么会来这里？"

"福王呢？"我皱了皱眉头。

"福王殿下最近迷上了喝酒，一喝就醉一整天。"那几个下人尴尬地说道，"眼下……大概也还在房里睡着吧。"

我点点头："你们先下去。"

我轻车熟路地走到福王房间前，周围竟然一个下人都没有，我径直推开门。福王房间里果然静悄悄的，只是一股酒味蔓延，我转头对坠儿道："坠儿，你在外面看着，替我把风。"

坠儿点点头，顺手关上了门。我往房里走了几步，道："福王？"

"你怎么来了？"福王的声音忽然响起，我吓了一跳，转身一看，福王竟然躲在屏风之后，人还半仰着，脸上红晕未退，看起来真的像醉酒一般。

不过他眼神无比清醒，一对上就知道，此人没醉，更没疯。

我道："你最近做了什么？一直往外跑？不然怎么要假装醉酒在睡觉。"

福王道："唉，还不是为了四天后的事情。"

我点点头，将袖子里的信递给福王："这个你好好看看，是钟尘身边侍卫尤其是暗卫的分布，还有那些人的弱点。"

　　福王一边赶紧拿过信，一边奇道："你怎么弄到这个的？"

　　"梅妃给我的。"

　　福王无比惊讶："梅妃也是绛穆族的人？我的好皇兄，居然找了两个仇人。"

　　我道："当然不是。我也不知道她在想什么，但我看过那些东西了。的确，基本上和我们所知道的消息差不多吻合，看起来不像假的，她说她这么做，不是想害钟尘，只是希望我与钟尘快些结束。而且听起来，自信满满。"

　　福王道："那这东西到底能不能信？"

　　"大部分是正确的，可以信吧。不过我后来发现了一点儿问题，就是她隐瞒了几个暗卫的存在，比如方谷，那可是个可以轻易以一挑十的狠角色。这大概就是她的用意吧，想让我们放松警惕。总之，你就按这上面的吩咐下去，顺便多派点儿人手对付那些更暗处的人，保险一点儿。"

　　福王点点头："嗯。时间紧迫，我一会儿就吩咐下去。"

　　我道："行，龙辰还在外面，我不宜久留，我先走了，四日之后再见。"

　　福王道："哎，等等，皇后，你不是去法华寺休养了吗？怎么我瞧你似乎脸色更差了？"

　　"你看错了。"

　　我懒得和他多说其他的事情，转身就要走，福王却又道："皇后，四日之后，若是你我能再见，想必是已经成功。可若是失败，那可就再没有相见的可能了。"

他看着我，似是有些怅然："若是那样，这次可就是最后一次见面了。"

"没错。所以福王你就加把劲，努力点儿吧。"我冲他敷衍地笑了笑。

还没做就想着失败，怎么可能成功呢？这个福王真是……难怪当初又是被母亲控制，又是被钟尘赶下皇位的。

出了房门，坠儿跟在我身后，道："娘娘是去和福王商讨皇上寿辰的事情吗？"

"嗯。"

"呜，我还是很紧张。"坠儿道，"还有四天，我就这么紧张了，真是不知道到时候真的要我做，我会怎么样。"

我笑道："又不是让你去杀人，只是做件你自己想做的事情，有什么难的？"

坠儿握拳道："也对，我一定会成功的。"

我笑了笑，没再说什么。外边龙辰大概等得有点儿心急，见我和坠儿终于出来，没好气地说道："皇后请上轿吧。"

顿了顿，他又道："福王殿下怎么样？"

"还不就是那样。"我敷衍地笑了笑，坐进轿子里。

终于回宫，从轿子进宫的那一刻起，我便知道，这是我最后一次离开，也是我最后一次回来。

各地的藩王还有别国的使节都纷纷来了，宫中看起来热闹不少，钟尘大概也忙于接待那些人，无暇顾及我，这让我不免松了口气。

而一直在京郊外吹风的我，也终于可以在暖气满满的凤栖宫中好好休养两日了。宫中上下一派繁忙景象，都是为了钟尘寿辰，这些是台面上的，而暗地里，为了钟尘这寿辰忙碌的，想必也不在少数。

我刚回宫就有人替我量身裁体，说是要连夜赶制衣服，好在钟尘寿宴上穿，裁缝态度之恭敬，量体之严谨，都可见是钟尘亲自吩咐下去的。我不解地问了几句，为何我也要穿新衣，那几个裁缝愣了半晌，道："因为……您和皇上同心同体啊。皇上的喜事，也是您的喜事呀。"

我哭笑不得，也就随他们去了。

待到钟尘寿辰前一日，衣服才送来，三日的赶制时间，竟然做出了一件无比富丽奢华的衣服。整件衣服以红黑为底色，以金色丝线绣出凤纹，中间夹着深青色的轮花，袖口衣襟都镶着红色的边，上织云龙纹，其余衣带、玉佩、凤冠等物也是一样华丽而繁杂。

我惊讶不已："你们三日就赶出了这么多？"

裁缝赶紧回道："其他东西都是很早就开始准备的，只是衣服最后要等娘娘您来了后，为您量体裁衣而已。"

我披上华衣，戴上凤冠。

坠儿替我系上玉带玉佩，连连道："真好看……"

那几个裁缝也连连拍马屁，坠儿瞥了他们一眼，抬起头看我，又忧心忡忡地道："好看是好看，可这衣服、这凤冠，都太华丽了，如今夜里都熠熠生辉，明日白天，太阳一照，真是教人睁不开眼，却更衬得您脸色难看了。"

我道："不碍事，明日我会好些的。何况还有你巧手替我梳妆……啊，不对，明日要换人。"

坠儿点点头。

我让坠儿给几个裁缝打了赏，让他们离开，又吩咐道："坠儿，明日之事，你千万不能出差错。龙辰的生死，其实是掌握在你手里的。"

坠儿紧张地说："嗯，我知道。"

我拍了拍她的手背："没事儿，别太担心，一切都会顺利的。只是，你千万记得，不要心软，也不要相信龙辰的任何一句话。过了这个坎，以后什么都会好，这一次你只要下定决心，这是为你好，也是为他好。这个道理，你不止明天要记着，以后也要一直记得，知道吗？"

坠儿一边点头，一边怀疑地说："娘娘，您干吗忽然和我说这些？什么以后……我怎么……我怎么听了觉得很不安……"

"你想太多了。"我笑了笑，道，"你先去休息吧，明日记得早点儿起来做点心给龙辰送去……药已经给你了。"

坠儿道："嗯。"

坠儿又站起来，道："娘娘，我明日一定会好好做的，您放心。您也早点儿休息吧。"

言罢，她恭恭敬敬地行了个礼，转身出了凤栖宫。

我看着她的背影，叹了口气，从枕下的小盒子中拿出一颗药丸。

这还是那种，吃了可以保证身子情况良好的药，师兄担心我乱吃，一直计着量给我，我本不会有，幸好换血的时候，师兄给阿月姑娘的那颗被我要来了。

如今，便是它派上用场的时候。

推开窗户，孤月悬挂于空，我穿着华服，手握药丸，一夜无眠。

第二日天刚亮，竟然下起了雪，春天已经来了，这大概是宇国的最后一场雪了吧。

我吃下药丸，之后让人替我梳洗，稍稍吃了点儿东西，就上了停在外面的轿子，去宸宫见钟尘。

这是我的最后一日，或是钟尘的最后一日？

最终章

我与他，再也不要相遇

坠儿捧着食盒，十分忐忑地站在龙辰府邸外等待，细雪霏霏，落在她附近。没一会儿大门打开，竟然是龙辰亲自出来开门，见了坠儿，他惊喜道："坠儿，你怎么来了？这一大早的……"说完，又瞪了几个目瞪口呆的家丁一眼，"你们记着这位姑娘的长相，以后若是她来，不准让她在外面等着，直接让她进来。"

坠儿道："没事儿，通报是必需的，唔，我们先进去？"

龙辰道："嗯。"

龙辰带着坠儿走进自己府邸，替她撑着伞，一路上兴高采烈地向坠儿介绍自家风景和建筑。

坠儿努力想让自己听进去，奈何时不时就走神，龙辰渐渐也发现坠儿的心不在焉，道："坠儿，你来找我有什么事吗？奇怪了，今日是皇上寿辰，我也马上要入宫，你不用伺候你的皇后娘娘吗？"

坠儿吓了一跳："哦，是……是皇后娘娘说今日她要去参加寿辰，所以让我出来……出来玩。我就来找你了。"

龙辰道："是吗……可我一会儿也要入宫……干脆你和我一起去吧。"

"好，好啊。"坠儿笑了笑，道，"对了，我……我学会了做一种点心，你要不要尝尝看？"

龙辰一愣，道："好。那我们先去屋里坐坐吧。"

坠儿神情恍惚地点了点头。

"皇后，多吃些。"钟尘带着温和的笑意，当着众人的面替我夹了菜。底下众人表情各异，倒是很好笑。

钟尘另一边坐着曲魅，这是上次法华寺之后，我第一次与她见面，她看起来一如往常，但脸上气色却很差，而我因为服药的关系，精神很好，大概别人乍一看，会以为她才是重病之人。

钟尘频频对我示好，恩爱至极，她竟然也没有任何反应，我越来越搞不懂她了。

我笑了笑，道："谢谢皇上。"

"皇后今日很好看，"钟尘道，"精神看起来也好多了，看来在法华寺的休养，还是有效果的。"

"法华寺山好水好，自然养人。"我笑了笑，让身后侍女上前一些，拿过她手中捧着的锦盒，递给钟尘。

"我在法华寺的时候，看见山腰上的梅花非但没有凋零，反而开得极其茂盛，所以画下来，想送给皇上，聊表心意。可惜画技不够好，不能表现那处梅花之美，只堪堪描个外形。"

钟尘怔了怔，笑着接过画，道："皇后有此心意，已经足以让朕感动。"

他展开画卷，墨梅一点点显露。待到全部展开，钟尘缓缓念出画卷角下的诗句，道："珍重多情关伊令，直和根拨送春来……"

他看了我一眼，笑道："皇后的情谊，朕都知晓，也感受到了。"

忆长安

不负 BUFU

我看着钟尘，我知道他是真的开心，他明明知道，我这幅画的用意。

很多年前，他送我一大束凌寒绽放的梅花，让我感动而倾心。

如今，我回他一纸墨梅，梅虽绽放，然而花期却已到了尽头，正如我那份感情，跌宕起伏，终于还是耗尽。

然而钟尘却依然表现得很开心，他明明都知道，却还要装傻。

旁人看来，似是觉得我与他恩爱无比、心有灵犀，只有我们明白，这究竟代表什么。

吃过饭，众人便集体往御花园走去，各地最好的戏班都在此汇聚，早早便有下人搭好台子。钟尘坐在正中间，我与曲魅一左一右坐在他身边，曲魅竟然还趁着没人看我们的时候冲我笑了笑，我也回她一个敷衍的笑，而后端正坐好，看着戏台。

钟尘忽然道："咦，龙将军呢？"

我顺着钟尘的方向看去，顾翰林身边本该坐着龙辰的位置上，空空如也。

顾翰林道："回皇上，这……龙将军他一向马虎，大概是记错时间，估计很快就会来了。"

"这个龙辰。"钟尘笑着摇了摇头。

坠儿紧张地看着龙辰，龙辰低头打开那盒糕点，道："看起来很好吃。"

"是……是吗？"坠儿道，"那你别光看啊，吃一口尝尝吧。"

龙辰深深地看了一眼坠儿，点头道："好。"

而后拿起一块梅花糕，正欲放入嘴中，忽然有人冲出来，道："等等！"

坠儿吓了一跳，看向那人，却见是个小厮打扮的人。

龙辰皱眉，道："阿眺，咋咋呼呼的干什么？"

那阿眺道："将军，这个丫头不是那个皇后身边的婢女吗？！她大清早送东西来，肯定没好事！我来替您先尝尝试毒！"说罢，伸手拿了块糕点往嘴里丢去。

龙辰却猛然站起来，狠狠地拍打了一下阿眺的背部。阿眺重重咳嗽一声，糕点全吐了出来，道："将军……你干吗？"

龙辰道："糕点有毒，别吃！"

坠儿瞪大了眼睛看着龙辰，那阿眺更是不可置信道："什么？您知道有毒？那您还吃？"

"龙……龙辰……"坠儿颤颤巍巍地开口。

龙辰却打断她，叹了口气："我知道你有使命，我也不愿你为难。"

他又笑了笑，道："你给我做的吃的，不管里面有什么，我都吃。"

言罢，居然真的拿起糕点要吃，阿眺吓得半死，正要阻止龙辰，坠儿却已经站起来，拍掉龙辰手上的糕点，道："你这是什么意思？你以为我要下毒害你？"

龙辰道："那……那你……"

坠儿已经泣不成声："我怎么可能会害你？我在你心里就是这样的？好，我告诉你，糕点里的，只是迷药！你不信的话，我吃给你看！"

坠儿竟然真的伸手拿起一块糕点丢进嘴里，狠狠地咀嚼了两口然后吃下去，示威般地瞪着龙辰。

龙辰惊道："坠儿……"

"我说过，我不会害你！"坠儿怒视着他，却渐渐有点儿四肢无力，她扶着脑袋，"我……我头昏。"

龙辰道："因为你糕点里……有迷药啊……"

坠儿："我怎么忘了这茬……龙辰……你等会儿别走好不好……

忆长安

不负
BU FU

陪着我……你不要去寿宴，不要参与这件事……不管最后结果如何，你都不会有事，不会受伤不会死，也不用和我站在对立面……"

龙辰看着坠儿，似是叹息："坠儿，你先好好休息吧。我不走，乖，你好好休息吧。"

坠儿沉沉睡去，龙辰将坠儿横抱起，放在床上，放下床帷，道："阿眺，准备出发了。"

阿眺啧啧称奇："将军，您怎么知道她会吃？"

"我还没那么神机妙算。只是听通报说坠儿这么早来找我，我就知道她肯定有事所以提前吩咐你假意冲进来，我再阻拦你，表现出我愿意为她赴汤蹈火的假象。我知道依照坠儿的性子，必然会说出一切……倒是没想到她竟然自己吃下了。"龙辰哭笑不得，"也好，她就好好在这里休息，等事情办完，我再来安抚她，坠儿到底是单纯可爱的，和她主子一点儿也不同。"

忆长安
不负
BUFU
▼
202

阿眺道："将军，你好像真的挺喜欢这个坠儿呀？"

龙辰笑了笑，道："嗯。这次最好让那个心狠手辣的皇后彻底绝了报仇之心，安安分分跟着皇上，之后再向皇上讨来坠儿，让她别去想什么复仇不复仇的，乖乖当将军夫人。"

阿眺似懂非懂地点头："唔，那我们先走吧。"

龙辰和阿眺两人正欲出门，屋顶上就蹦出个刺客，招招狠戾，直刺龙辰致命之处。

阿眺惊恐道："怎么回事？"

龙辰一边对付刺客，一边抽空道："定是那妖女知道坠儿性格，以防万一，还派人来刺杀我！若是坠儿没迷昏我，我就得死！"

阿眺愤怒地说道："那女人真狠！"

龙辰冷笑一声，然而那刺客功力深厚，龙辰与阿眺两人合力都有些不支，龙辰大喊："方谷！你这时候不出来，还等什么时候？你可别把我当成那妖女了！"

御花园本就景色极美，此刻白雪纷纷，更添美感。

台上戏子们咿咿呀呀地表演，台下我却无心欣赏，偶尔众人发出雷鸣般的掌声时，我都会忍不住一颤。

钟尘注意到了，道："皇后不舒服？要不要先回凤栖宫休息？"

"不……不必。"我摇了摇头，"你们替我揉揉肩吧。"

我回头，冲那三个假扮宫女的杀手使了个眼色，她们纷纷点头，替我捶腿揉肩。

一支曲目结束，有几个大臣趁机送礼，我闭目养神，盘算着下场差不多就是福王手下上台了，却忽然听到一个有点儿耳熟的女声："皇上万岁，福王托老奴送来一份厚礼，以贺吾皇寿辰。"

我猛然睁开眼睛，见那人肥肥胖胖，是个中年女子，却正是每次去福王府上，都可以看见的那名老妈子。

怎么会这样？

我眼睛死死地盯着她手中捧着的盒子，有种很不好的预感，她笑盈盈地打开盒子，却见盒子里赫然是福王的人头！

四周一片尖叫慌乱，侍卫们纷纷拔剑，但钟尘面无表情道："有人杀害福王，抓住这些反贼！"

那些侍卫却并未去抓那个老妈子，而是掉头抓住了我身边的三个婢女，我大惊，道："皇上这是什么意思？"

"这三人，都是反贼安排的奸细，皇后不要惊慌。"钟尘嘴角竟然隐隐有笑意，"保护好皇后。"

几个侍卫团团将我围住，看似保护，实为监视。

不负忆长安 BUFU ▼

而那老妈子却带着笑意掀开脸上的面具，赫然是个妙龄少女。她甜甜一笑，反手掏出个短匕首，道："哎呀，功成身退，剩下的你们努力哦。我们都是反贼，要来反福王和皇上的，我们要杀了皇上和皇后，大家记得哦。"

言罢，一个轻功飞腾而走，却竟然没有任何人阻止。

我瞬间都懂了，钟尘知道这场叛乱不能阻止，干脆派人在外面先我们一步发动了一场"叛乱"，刚刚那个女孩儿说的话，完全是说给在场不知情的人听的！别人会以为真的是反贼谋反，哪里会想到是皇后和福王联手来对付钟尘！

那三个婢女立马纵身反抗，我大喊："戏台上的那几个！还愣着干吗？快下来！"

言罢，台上三两个戏子立马脱了厚重的戏服，露出里面的黑色夜行衣，手持长剑一跃而下，这下周围不止有尖叫，还有许多向我投来的怀疑和惊恐的目光。钟尘冷冷看了我一眼，道："皇后身子不舒服，乱说胡话了。"

此刻我方杀手不到十人，而钟尘的侍卫却极多，由于我们知道钟尘暗卫们的身手，暂时没有人死，但估计也撑不了多久了。下一刻，许多福王的手下拥入，双方混战，现在最关键的就是外围了。

外围福王的军队和绛穆的人应该在努力冲入皇宫，禁军个个厉害，却较为分散，逐一击破并不难，龙辰被拖着，不能带大军支援……只要福王军队打入皇宫，杀掉那些禁军，就可以来把这些侍卫暗卫一起拿下了。

我紧张得不得了，在几个侍卫的保护圈中张望着外面，不远处的宫门似乎有千军万马相互杀戮之声，马蹄声震天。

来了！

我紧紧地盯着周遭一切，福王这边的人优势较少，然而……真是多亏了曲魅那封信，他们还可以继续支撑，甚至不少暗卫都受伤或身死。

我不解地看了眼曲魅，她和我离得挺近，也是被保护着的，只是曲魅看起来没我这么紧张，她只是保持着害怕的表情，一直看着外面，又时不时担忧地看向钟尘。

我还是搞不懂，曲魅到底想做什么？

钟尘身边的守卫接二连三地受伤，我身边的几个暗卫蠢蠢欲动，想过去帮助钟尘，包围我的圆圈逐渐有些松散，我正欲趁机逃出去，却忽然听得铁蹄声作响，一大队军队声势浩大地入了皇宫，离御花园越来越近。

太好了！

我死死盯着御花园入口，不一会儿，一匹汗血宝马飞速地冲在最前面，后面跟着浩浩荡荡的骑兵和步兵，然而那马上之人，却不是别人，而是……龙辰？！

我瞪大了眼睛，不可置信地看着龙辰身着银甲，手执长剑，虎虎生威，冲入重围，一路斩杀敌军，如今这阵势他犹有余力，在钟尘面前单膝跪下，抱拳道："末将救驾来迟，望皇上赎罪，宫外宵小已除尽！"

福王的军队？

我大惊，几乎要咯出血来，脑中一片昏沉。

钟尘微微一笑："龙将军请起。"

两人相视一笑，竟是一副自信满满的模样，龙辰下一刻站起来，手举一块完整的令牌："众将士听令，保护皇上！剿杀反贼！"

那些侍卫听到命令，已经冲入人群。

怎么会这样？！

我知道钟尘相信龙辰，但没想到，他会相信到直接给了龙辰完整的令牌。龙辰可以操控的军队，远远超出想象之外。

何况，我派了坠儿去拉住龙辰，担心坠儿出意外，我还让福王给了我一个身手极好的人此刻去伏击龙辰。为什么？

我忽然瞥见龙辰身后一袭黑衣的方谷，刹那间什么都明白了。

是，我机关算尽，我事事小心，可我想到的每一点，钟尘也想到了，不止想到，还做出了最好的对应方法。

一切都是白费，一切都是白费！

我看着胸有成竹、嘴角带笑的钟尘，还有他周围已经死伤得差不多了的福王下属，我周围几个本该保护我的侍卫都开心而悠闲地散开了。我随时可以离开，然而却已经无力回天了。

鲜血早已染红御花园的白雪。

忽然钟尘转头，盯着我，喊道："阿昭！"

他手中飞快弹出一个酒杯，我听见"叮"的一声，随后腰上一阵剧痛，竟然是一把匕首，刺入了我的腰间。

我眼前一阵一阵地发花，软软倒下，只听见曲魅的笑声在我耳边响起，冥冥之中我仿佛听到有人在说话：

"许碧昭，我给你那些东西，保护你的人才能紧张得无法注意你，我才能接近你。

"我虽然不会武功，但我知道，怎么样可以让人死得最痛苦。

"可惜……皇上他为什么要阻挡我？

"他永远不爱我，他不爱我……那我就让他恨我……哈哈哈哈哈哈……"

我感觉到有人抱起我，我知道是钟尘，暖暖的、厚实的胸膛，还有滴落在我脸上滚烫的泪滴。我似乎还出现了幻觉，我听到坠儿的声音，她大声哭着，喊着："皇后娘娘……"

然而我终究是什么都不知道了。

龙辰正得意地看着周围敌军死伤大半，快要全军覆没，却忽然听见那边皇上撕心裂肺的吼声，一看竟然是曲魅刺杀了那妖女皇后。龙辰说不清自己心里什么感觉，他第一时间想到的竟然是坠儿，他想，怎么会这样，坠儿那么喜欢那个妖女皇后，她死了的话，坠儿会不会很伤心，会不会怪自己？

然而角落里却忽然响起坠儿的声音，龙辰本以为是自己的幻觉，一看，却正是那一抹粉红色的身影往皇后那里奔去，坠儿不知何时醒了，竟趁乱混进了宫中。那几个守卫皇后的侍卫本正心虚着，见一个莫名其妙的人跑来，连忙搭箭射去。

龙辰瞳孔剧烈收缩，大吼："她不是刺客！"

然而箭已发出，如何止得住？那抹粉红色的身影已颓然倒下，宛如随着雪花，凋零一地的梅花花瓣。

龙辰疯狂地怒吼了一声，冲到坠儿身边，保护皇后的侍卫都是准头极好的，坠儿胸口一支羽箭，堪堪穿过她的心脏。

龙辰颤声道："坠儿，坠儿……你醒醒，你醒醒！太医呢？！"

他一把抱起坠儿就要往太医院方向走去，坠儿双眼紧闭，呼吸却越来越慢。过了一会儿，坠儿缓缓睁眼，艰涩地道："龙辰……"

"别说话！"龙辰道，"你会没事的。"

坠儿道："你骗我……"

"我知道，是我不好，你活下来，以后要杀要剐都随你，你活下

忆长安

不负
BUFU

来。”

“我想去看……你说的……草原的星星……”坠儿的气息越来越微弱。

龙辰道：“好，你活着，你再撑一会儿……你活着，我带你去看星星，不然我就带别人去。”

坠儿眼中落下一滴泪，蜿蜿蜒蜒顺着脸滴落在地上，她看起来怅然极了，声音又小又细：“你骗我，我不怪你……你伤害我，我不怪你……你带别人去看星星，我也不会怪你……龙辰，我不怪你……”

冰雪落在她的脸上，化作水珠，点点滴滴，像是眼泪一般。

龙辰自懂事以来，便没有哭过，然而这一次，他已经泣不成声：“坠儿，别说了，你活下来，我不会带别人去看星星，我只会带你去，我宁愿一个人，我也不会带别人。坠儿，我求你，你活下来。”

坠儿笑了笑，轻轻地道：“你这人……怎么这么傻……”

这是她留在世界上的最后一个表情，嘴角微微地上扬，脸颊上有一个小小的不明显的酒窝，就像她每一次开心时的表情一样，带着笑意，懵懵懂懂的。

很久之前，龙辰跪在凤栖宫门口，狂风暴雨，坠儿撑着伞走出来，粉红色的宫女服极其晃眼，她替龙辰打着伞，嘟囔道：“你这人怎么这么傻？”

那时候她噘着嘴，看起来可爱极了，而他跪在雨中，狼狈得不得了。

可是，直到今天，他才知道，真正傻的人是谁。

她说，我不怪你。

我不怪你。

"皇上不必心急，多亏您丢的那个瓷杯，匕首只是刺入腰间，而且刺得很浅，皇后娘娘应该没事！"

这是我昏迷前，听到的最后一句话。

然而我再次因为寒冷而稍微清醒一点儿的时候，我听到的是钟尘的怒吼，我听到他说："一群废物，不是说没事吗？"

"回……回皇上，不知道为什么，娘娘的血一直止不住，而且娘娘的身子，实在虚弱得不正常……原本这状态，肯定是缠绵病榻难以行动，可开始娘娘气色却很好……大概是服用了一些不同寻常的药物，这……这对身子损害更大啊！"

"别叽叽歪歪了，先给皇后止住血！"钟尘似乎已经接近崩溃的边缘。

倒是难得……听他这么嘶吼地说话。

我意识越来越模糊，却想同钟尘说两句话，我本来应该告诉他，我止不住血，都是因为他让我给曲魅换血，但我……我想，我说不出口了。

钟尘到底是赢家。

他赢了战争，也赢了我，我想我终其一生，也没有办法打败他。

好在我这没用的一生，也即将终结。

可惜，周围又变得嘈杂，我听到钟尘说："先把她带下去，收押天牢，如果皇后有三长两短，朕也要她血流尽而死！"

而后是曲魅的声音——那大概不能称之为声音。她舌头被割，只能发出那种嘶哑、可怕的声音。但我知道，她还是在笑，笑得那么得意，尽管那声音恐怖至极，但依然可以听出她的喜悦和得意。

"把她给朕带下去！"

钟尘似乎已经被逼到了崩溃边缘。

这个曲魅……真是讨人厌……

我动了动手指，下一刻马上有人握住我的手，轻轻喊我的名字："阿昭，阿昭……你醒醒……"

我微微睁开眼睛，这点儿小小的动作，就几乎费尽我全身力气。

钟尘看起来有点儿狼狈，发丝散乱，眼睛还有点儿红，像只被逼到绝处的野兽，死死地看着我这根救命稻草。

我忽然很难过："钟尘……"

钟尘道："不要说话，你的伤口还在流血，等一下血止住了你就没事了。"

我道："止不住的……"

"止得住，一定止得住。"他拼命摇头，"阿昭，我求你，你别灰心，一定要撑下去。"

"你听我说……"我很努力想把话说完，可是力气渐渐流逝，我很怕，我说不完就要离开。

"好，你说。"他闭了闭眼，道。

"我……很恨你……"

钟尘又一次红了眼眶："对，你是该恨我，我也恨我自己。"

"但是……我爱你……钟尘……"我慢慢落下泪来，"钟尘，离我近一点儿……"

钟尘咬着牙，靠近我，说："阿昭……我也爱你，我求你，你一定要活下来……你是我的皇后，你要一直陪着我……"

"对不起，陪不了你了……这一辈子……遇见你……爱你……恨你……回想起来，像一场很长的梦……如今，梦要醒了……"我难受地咳了两声，道，"但我，现在想来，并不后悔……我不后悔和你在一起……痛是真的，可欢乐，也是真的……"

钟尘紧紧地抱着我："阿昭，我求你不要死，我求你活下来，我保证，以后只给你欢乐，不让你痛苦。从前我做错了太多，我骄傲自满，觉得凡事都在掌控之内，阿昭，是我太混账，我只求你活下来。在遇见你之前，我的人生一直是孤零零一个人，遇见你之后，即使我们之间充满了矛盾和怀疑，我也未曾觉得后悔。我只希望你永远地陪着我，我想把你留在我身边，却用错了方式。

"阿昭，我知道你其实最心软了，你就再原谅我一次，活下来好不好？不要让我孤家寡人过完这漫长的一生，阿昭，我求你……"

钟尘的眼泪汹涌而下，我几乎要被他的眼泪烫伤。

我道："对不起……这辈子，我不能陪着你了。虽然我不曾后悔，只是……如果有下辈子，我希望，能不要这么痛苦地过……我要当一只鸟，一棵树，一尾鱼……但是不要再当人了，好累……爱也不能爱，恨也……不能恨。就算……不得已，还是要当人……我也……一定一定，不要再碰见你了。"

我终于说完了我要说的话，我觉得很满足。

我充满遗憾地过了最后的一段人生，到了末尾，终于不再有遗憾，我满足地沉沉睡去。

最后在我耳边响起的，是钟尘撕心裂肺的吼声，那声音像是穿越了无数光年，带着那个我最爱的钟尘的模样，来到我的身边。

我竟然又有一些不舍。

我想，死前我终于能够明白，我到底是爱他胜过恨他。我能感受到他的痛苦和绝望，而这也让我痛苦。

如他所言，人生如此漫长，他失去了我，并将永远寻不得我，想

不负 忆长安

来便让人觉得泪水涟涟。

有人说，百年修得同船渡，千年修得共枕眠。

我不知道我和钟尘曾修了多少年。

但我祈求，四海八荒，亘古流长的时光里，我与钟尘的缘分，这一生，永永远远耗尽吧。

从此以后，无论是千山崩塌或是江海枯涸、沧海桑田，我与他，再也不要相遇。

窗外的雪不知何时停住了，云破日出，暖暖的阳光洒了下来，融化了薄薄的积雪。

宇国的最后一场雪消失了。

而宇国这一年的春天，终于来临了。

番外一

生前炉歌舞，死后同灰尘

大约是六岁的时候，我被卖去宫里当宫女，那时正是福王被赶下皇位，太后被撵出宫的时候，他翩然而至，坐在了最显赫的位置上。

那时候我在宫里跟着嬷嬷们学习技能，初进宫的时候，我常常很想家，整整整夜地哭啼，开始嬷嬷还会哄我，后来便干脆拿巴掌扇我。我终于明白这里到底和家里不同了，以前在家里，虽然穷，但父母总是宠我的，别说扇巴掌，就是重话也不怎么说。

若非哥哥生重病要治，他们大概也不会狠下心来卖掉我。

可该发生的事情究竟是发生了，我捂着脸呆呆地看着嬷嬷，她年老的脸上露出不耐的怨憎："哭哭哭，就知道哭！世上就你一个人受了委屈？要不是你笨手笨脚，烧个水都要耽误时间，我能被娘娘打吗？！"

她边说边露出满是伤痕的手臂，真是触目惊心。

我吓了一跳，下意识地想往后躲，然而她却拽住我，把手递到我眼前来："你自己看清楚，全是因为你！"

她扇我巴掌我没有哭，然而那一刻我却实实在在被吓哭了。

我明白过来，每日差使我的嬷嬷不是最大的，嬷嬷要堆着笑讨好的杨公公也不是最大的，那上头还有娘娘，还有皇上。

她说得对——世上就你一个人受了委屈？！

不，每个人都在受委屈。我不是最惨的，也绝不是最委屈的。

从此之后，我收起了我那些从家中带来的小性子，勤勤恳恳，不愿让自己被打，也不想害嬷嬷们被打。

不过那时候，正是他带着兵围住这冰冷高墙的时候，所以当初的太后才会那么暴躁——这是我在某夜起床如厕时，听见嬷嬷们说的。

她们说，那个人要攻来了，说福王估计皇位不保了，说太后最近老了十岁，说完之后，又担惊受怕地四处打量，生怕有人偷听到她们的谈话。

我悄悄地躲在墙角，听着她们的话，疑惑地思考。

那个人是谁？

他会杀掉那个可怕的太后和无所事事的福王吗？

他会像爹娘跟我说的神话故事那样，像天神降落吗？

我不得而知。

那时候，我甚至不知道他的名字，然而他的形象在我的心里，却已经蓦地光辉起来。

后来一夜骚乱，宫中兵戈铁蹄之声随着熊熊烈火蔓延开来，我和嬷嬷们缩在屋子里，远远地看着那些主子住的地方一片兵荒马乱。我们都很害怕，嬷嬷在发抖，然而她们谁也料不到，我是在偷笑的，我想，那个人终于来了。

他会影响我的生命的。

我那时候才六岁，什么也不懂，却为自己今后的命运，做了一个最完美的注解。

他登基，一切从新来过，可对我而言，却似乎没有什么改变。

直到我七岁时，师父受他的命令，过来挑选女孩子，我初听这件事，以为是他竟然要在我们这群地位卑微的女子中选妃子，很是兴奋，甚至努力想将自己打扮得好看一些。

然而后来才明白，师父要选的，全是今后得跟着他学习武功，为皇帝卖命的女子。

男子固然身体强壮，可有的时候，女子才有出其不意的效果，十指纤纤，随时可能化为索命利爪。

——这都是师父后来告诉我的。

我师父是当时跟他身边的暗卫侍卫长，叫方谷，平淡无奇的名字、平淡无奇的长相，整个人就是不刻意隐藏，也很少会有人注意到他。这说起来似乎有些可悲，但事实上，这正是我们暗卫需要的本事。

也因为这样，师父立功极多，他年纪其实也并不算太大，与皇上差不多，可看起来却老成很多。我只知道，那次至关重要的战役中，他的功劳极高，皇上也极为信赖他。

之后，师父相中了我，还有另外几个丫头。那几个丫头我已经记不得名字了，她们欢天喜地地接受了挑选，却在不久后因受不了可怕的训练而逃离，她们当然没法逃出去，而我也再没有见过她们。

师父用她们的生命，教会我们这些留下来的人一个道理：只有死，没有逃。

事实上，真正待下来的女孩子很少，而我甚至连她们也见不到，大家从小训练就是分开的。我学了一年的鞭法，还学了琴棋书画，之后师父发现我准头好，改而让我练习箭术，这是个明智的决定，我爱羽箭，它们也伴随着我度过了我和我的整个杀手生涯。

我知道师父对我很满意，他总说我上进肯学，以后必然能为陛下分忧解难。

他一定想不到，我这么努力拼命，就是为了他口中的陛下。

我想要接近他，用我唯一力所能及的方式。

牺牲一点儿，又有什么关系呢？

我十岁的时候第一次动手打人，那是个妄图潜入宫中的刺客。我一箭射中了刺客，他鲜血流淌，我站在围墙上看着，竟然并不觉得害怕，只觉得兴奋。

我想的，全是我干了这件事，他会怎么样嘉奖我。

别的我也不稀罕，我只求能见上他一面，不需要多近，只要能远远地瞧上那么一眼，我就知足了。

而上天大概是怜悯我，师父竟然真的带我去见他。

而且，那么近，我就跪在他的脚边，周围是好闻的沉香香气，据说这样的沉香，只在极南之处有，价值千金，这给他用是极为相配的，也只能是他用得。

师父禀报了我做的事。他开口，声音很冷清，却带着笑意："才十岁？真是不得了，何况还是个小女孩儿。一个十岁的小姑娘，却杀了一个刺客……方谷，你真是有本事。"

师父低头道："是这孩子自己有本事。"

他似乎笑了笑，说："嗯，她叫什么名字？"

我已经忘记师父是怎么回答的了，因为到了如今，我已然忘记我原本的姓名。

我最初有个名字，后来进宫时，换了一次，被师父选去时，又换了一次。

如今，我叫曲魅。

我只记得当年他说："平身吧。"

而后我和师父站起来，我终于有机会看见他。

他比我所能想象的最好看的样子，还要更加好看。

我叫什么，又有什么关系呢？

他要我是谁，我便是谁。

即便很久之后，我才知道那个名字的含义。

曲魅，娶梅。

他竟用我的名字，纪念他真正爱的那个人。

她喜欢梅花，他也曾给她送去一大束梅花，那都是我还战战兢兢在宫中嬷嬷手下做事的时候发生的事情，他的过去我不曾参与，就连未来都难以入侵，只因为她。

许碧昭。

见过他之后，我的动力越来越足，只希望自己能有更多立功的机会，可惜我年纪到底是太小了，还是必须跟着师父学武功。

师父心思聪敏，一下便看出我的想法，他像个父亲一样和蔼地问我："你喜欢皇上？"

我那时羞涩得不得了，如每一个情窦初开的少女一般点头："嗯！"

然而师父却给了我一巴掌。

"世间任何一个女子，最不该喜欢上的，便是皇上。何况，你还是皇上的暗卫！"师父之前虽然也严厉，却是第一次露出那样吓人的模样。

我愣愣地看着师父，一时间一句话也说不出来。

师父却自己缓下脾气："你要记住，你绝不能再喜欢皇上。若你还要命，若你还想要保护皇上。"

我很是不解，我喜欢皇上，与我保护皇上，有什么冲突？难道不是我喜欢上皇上，才会更努力地去保护皇上吗？

我那时虽然疑惑，却碍于师父看起来太过可怕，只能假装答应。

但我的喜欢，怎么可能说没有就没有呢？

从此之后，我越发刻苦，也频繁立功，终于，我可以去他附近，虽然只是在屋外，在离他有些远的地方，但也比之前好太多太多。

我在屋子外的时候，能想象他在书房内与别人谈事情的模样，一定认真又严肃，就像嘉奖我的那次一样，威严，但柔和。他有与生俱来让人惧怕的气质，可他的外表却偏偏看起来是个很温柔的人。

什么时候，我才能看见他真正温柔的那面呢？

我总是这样想着，想象他柔和地一笑，会是何种模样。

然而我没想到，很快我就看到了，但竟然是他对着另一个女子。

我知道，他有一个皇后，是他从民间带来的，因为这个女子，皇上甚至被一些大臣说了很多次闲话。我听说这些事的时候，就想，他约莫是爱那个女人的，不然也不会忍着压力带她回来，还封她为皇后。

但……帝王不都是多情，且不长情的吗？

他不是都快要纳妃了么？

他与皇后之间都这么多年了，难道不该彼此冷淡得不行吗？

可我没想到我全部猜错了。

皇后不怎么出门，终于有一次她出席那年的琼林宴，穿着正式的长袍，脸上带着微微的笑容。我一点儿也看不出她的年纪，她就像个小姑娘那样，在皇上的身边坐下。皇上表面上没有看她，却轻轻地握住了她衣摆下的手，她好笑地看了一眼皇上，默不作声地回握，两人嘴角都带着若有若无的笑意，却不是为那一夜满庭灯火，不是为那一年俊朗的龙状元、顾状元，而是为了彼此。

为了那交握的一双手，我第一次恨自己因为师父的训练能看到那么远那么清楚。

而后是敬酒，皇上与皇后依次和两位状元和百官碰杯，皇上却马上又斟满酒，微微侧头，向皇后举杯，眼睛看着皇后，眼神比身后那汪映着星光的湖水更温柔。

皇后一笑，也斟酒，随即一饮而尽。

两人之间默契十足，好得似乎谁也插不进去，我光是看着，就觉得心里一阵阵地作痛，我爱的人和别人恩爱无比，而我却不得不眼睁睁地看着——甚至，他也许根本不记得我的存在，不知道我的心意那么炙热。

我注意到皇后的手，十指纤纤，一看便是锦衣玉食娇生惯养地被皇上养着，而我呢？

我看着自己手上厚厚的老茧，还有手背的疤痕，连笑都笑不出来。

她长得也好看，不是什么倾国倾城的容貌，但那双眼睛亮晶晶的，一点儿看不出年纪，仿佛只是个懵懵懂懂刚入世的少女，一尘不染，笑起来的时候，眯成一条弯弯的月牙儿，光是看着就让人心情变好。

而经历过那么多杀戮、那么多鲜血的我……早就知道自己的双眸看起来是怎样沧桑又可悲。

她的皮肤很白，说肤如凝脂一点儿也不夸张，而我经过日晒雨淋，皮肤黑而粗糙。

我一样一样地比较我和她，心越来越冷，那种嫉妒的感觉，也越来越强烈。

凭什么我拼了命想要得到的东西，她随随便便就都拥有了？

我想要皇上看我一眼，要耗尽力气，冒着生命危险。

而她，她什么都没做，只是坐在那里津津有味地看着戏台上的人群，皇上的视线就从未从她身上挪开过！

我不甘心。

我从没那么明确地感受过"嫉妒"这种感情的存在，像一根刺，深深地刺入我的心里，我的眼中。

凭什么？

到底凭什么？！

我死死地盯着那个女人，手也握得紧紧的，下一刻，有人敲了我的脑袋一下，而后是师父淡淡的声音："又没有危险，你这么紧张做什么，刚刚你的头发差点儿要竖起来了。"

我吓了一跳，看向师父。我自认为武功已经好了许多，然而师父悄无声息地走到我的身边，我竟然一点儿感觉也没有，师父的武功实在……深不可测。

"师父。"我低下头。

师父看了我一眼，微微叹气："我说过，不要喜欢你不该喜欢的人。"

我没有答话。

为什么？

为什么她可以这样堂而皇之地坐在他身边，喜欢他，也被他喜欢着？

而我，却连喜欢的权利，都没有？

我原本以为，能照顾皇上，就是最大的荣耀。谁料却并非如此，当我战功赫赫，名字仅次于师父之下后，我被派去保护皇后。

我不可置信。

然而师父却告诉我，当初皇上甚至数次想让师父去保护皇后，只是毕竟男女有别，实在不便。所以皇上才会让师父在小宫女中挑选一些女性暗卫。如今我是最优秀的，所以要去保护皇后。

我忽然很想笑。

原来，连我引以为傲的本领，日益显赫的身份，也都是因为那个女人？

我存在的意义，我日复一日辛苦的练习，我尝尽生死后的优秀……并非像我自己以为的那样，是为了他。

而是为了皇后？

那一刻我甚至很想哭，我想问问上天，如果真的有神明，为何神明要折磨我至此地步？

我一而再再而三地被迫认清我的渺小。

可即便那么痛苦，他的命令，我还是不得不去执行，我开始保护那个我最讨厌、最恨的女人。我巴不得她立马就死掉，偏偏我要保护她，不能让她伤到一根头发。

太可笑了，天意弄人不是吗？

我偏不乖乖地顺从天意！

开始保护皇后没多久，我就想到，其实这样对我来说，未尝不是一件好事。

我离她最近，知己知彼，百战不殆，总有一天，我可以把她拖下这个后位，也将她赶出皇上的心。

而且……皇上与她十分亲密，我能看到皇上的机会，也大大增多。虽然他们都常常在殿内，而我只能在外面，无论日晒还是雨淋。但他进出的那一些时刻，就是我最幸福的时候。

221

不负 忆长安 BUFU

皇后几乎毫无破绽，她看起来懒懒散散的，也不怎么出门，偶尔会与皇上一同出宫去宫外逛逛，去得最多的地方是如意楼，两个人可以在那里一坐一下午。

皇后会医术，小院子里种着些不知名的草药，我发现她会医术之后，不知出于什么心理，也开始学医术。我想，如果皇上喜欢她那样的人，是不是我越接近她，被皇上喜欢的可能性就越大？

我要努力变成我讨厌的人，这实在有点儿可笑，但……如果是为了我喜欢的人，又有何不可呢？

自我开始保护皇后以来，师父常常与我谈心，谈的无非是什么要像保护皇上一样保护皇后，什么不要因为自己的私心看到皇后受伤后故意不出来解救。他说如果皇后受伤，我绝对没有好日子过。

忆长安
不负
BU FU

222

我虽然表面嫌师父烦，但其实师父每一句话都说在了我心坎上，我是希望她死去的，这样我……我的机会就会大很多。

我拜入师父名下后，师父的表情很少。师父在我看来，总是飘忽不定的，有时候会忽然发火，有时候忽然很高兴，明明和皇上年纪差不多，可大概是因为暗卫太辛苦，他看起来要比皇上老一些。师父的五官平淡无奇，身材中等，他站在树边，就像另一棵树；游在水中，就像一尾鱼；缩在墙角，便像一块砖瓦。

只有小的时候，我才对师父充满崇拜，大了之后，并没有太多的感情。我知道师父对我其实是很好的，他的耳提面命、絮絮叨叨，也只是为了让我小心，一片好心，我却只觉得烦。

我躲在墙上看皇上的时候，他总会悄无声息地蹦到我背后来，说些要注意的事情，我总是敷衍地应着，甚至连头也不会回。

只要皇上在前方，那我一定不会回头，永远，不会回头。

真正的改变，是有一次皇后从如意楼回来之后开始的。

她一直看起来恍恍惚惚的，一个人坐着的时候，眉头紧锁，唉声叹气的。

我不知道她这么幸福，还有什么好烦恼的，心里充满了鄙视和不屑。

终于有一天，在皇后与皇上都在殿中的时候，我悄悄躲在外面偷看，但又害怕被发现，只能稍稍看一眼。然而这一眼，就让我的心跌至谷底——他们两个紧紧地拥抱着，仿佛此生都不要再放开彼此一般。

我不甘心地想要再看清楚一点儿，却被不知从哪里冒出来的师父拎走，狠狠地骂了一顿。我漫不经心地听着师父的教训，心里想的全是刚刚他们拥抱的画面。

本以为他们这么如胶似漆，皇后肯定又要一直待在宫中了，谁知没几天，皇后忽然要外出，而且这回不如以往去如意楼，而是去有些远的岩溪镇，一个我根本没听过的小镇。

那里是皇后的师父所在之地。

我也必须跟着皇后去，但我当时真是百般不愿，总觉得那样看到皇上的机会又大大减少了。然而多年后回忆起来，才发现那便是我人生的转折点，在岩溪镇，我杀了第一个任务之外的人，还是一个垂垂老矣、怀念往事的老人，他几乎没有任何威胁性。这使我终生难忘，说不上是愧疚还是单纯的难以遗忘。

而也是这一次，让我有了变成梅妃的机会，我终于如愿以偿，接近他。

那次，原本我照例在屋顶上看着四周动静保护皇后，皇后师父家是普通的江南民宅，那些瓦片稍微用力就可以揭开，我忽然很想知道皇后和她师父是如何相处，又想到我自己的师父是个严厉的师父，如果她的师父和蔼可亲，那岂不是连师父也比我好？

越想越不开心，我还是忍不住偷偷揭开瓦片，窥探和皇后有关的事情，让我竟然生出一些兴奋。

然而，之后我听到的话却让我错愕无比。

绛穆族？吴姨？公主？

复仇……

我竟然听到了这么大这么可怕的秘密。

震惊之后，我脑中迅速形成一个计划，我死死地咬住自己的嘴唇，拿出羽箭，紧紧地握在手上。

等皇后以及皇后的师父出了房子，朝院中走去后，我拉开弓弦，羽箭瞄准皇后的师父。

即便我满手满脸是汗，也改变不了我的计划，即便一向沉稳不惊的我，浑身都在打战。

这是我唯一的机会了！只有放手一搏！

"啪"的一声，羽箭一个眨眼便射中了皇后的师父，皇后和她师兄迅速朝我看来，我一个转身，如那支被我射出去的羽箭一样快速地逃开。

他们没有追上来，我却还是一路跑，汗水几乎模糊了我的视线，伏天里，我却浑身发冷。

我成功了，我成功了。

我一直安慰自己，努力平复情绪。过了一会儿，我又偷偷溜回他们屋顶，偷听他们的对话。那个吴姨坚称是皇上派来的人，她倒是说对了一半，我的确是皇上派来的，可是却是来保护他们的。

但无论如何，我成功了，我看到皇后那一向无忧无虑的脸上，出

不负

忆长安 BUFU

▼

224

现了痛苦和愤怒的表情，她伏在她师父的尸体边哭泣，模样如我当年被嬷嬷打了之后一个人趴在床上哭一样。

我竟然有种报复的快感，她终于体会到和我一样的痛苦。

确定她充满仇恨，甚至决定复仇之后，我立刻快马加鞭，回到皇宫。师父见了我大吃一惊，只问我皇后怎么没回来，我不理师父，一直要求见皇上，师父拗不过我，只好带我去见皇上。

再次这样站在他面前，我风尘仆仆，浑身臭汗，我却不觉得窘迫。

我直接跪下，道："皇上，属下死罪。"

皇上冷声道："皇后呢？"

他果然只知道担心皇后！

我道："属下杀了皇后的师父。"

皇上和师父同时沉默。

片刻，皇上似乎在努力抑制让自己不动怒，道："为何？"

"因为……因为属下忍不住偷听了皇后与皇后的师父的谈话。我听到他们说，皇后是绛穆的公主，皇后的师父一直知道这件事，他故意让皇后与皇上相爱，成为皇后，就是为的能报仇。"我毕恭毕敬地说。

皇上没有说话，我拿不准他相信不相信，但我知道，我绝不能说皇后的坏话，不然他绝对不信的。

我只好继续道："但皇后似乎一直不知情，得知这件事之后十分痛苦，说不想报仇，但皇后师父咄咄逼人，一直逼她复仇……我……我不忍见皇后痛苦挣扎，一时冲动，竟……"

我等了很久，终于听到皇上的声音："你的确冲动。既然如此，领死吧。"

什么？

我瞪大了眼睛。

死？！

竟然因为我杀了皇后的师父，就让我死？而且皇后的师父已经被我说成那样有威胁的存在……为什么？！

我不可置信地看着皇上，皇上却冷冷道："不知道为什么要你死？皇后与她师父情同父女，你却贸然杀死皇后师父，这是其一。皇后还在岩溪镇，你却一个人快马加鞭回来，这是其二。"

居然是因为这？

我以为我几乎完美的计划，简直就像一场笑话。

忽然有人跪在我身边，竟然是师父，他重重地磕了三个响头道："皇上，她到底年纪太小，不懂事。属下为皇上您效忠十余年，只求皇上此次网开一面，给她一条活路。"

皇上道："朕还没有说你——你教出来的最得意的徒弟，竟然如此莽撞冒失！"

师父道："是，属下该死，要怎么惩罚属下都可以！她此次的确犯错，但也是一心念念为了皇上，为了宇国啊。如果您就这样赐她死，难免不会让其他暗卫心寒。"

我知道师父对皇上有多忠心。

皇上沉默片刻，终于还是道："你们先退下吧。"

我知道我不用死了。

师父领着我离开，一路沉默，离书房很远，他才回头，看着我，眼神如寒冰："你为什么要这么做？"

师父一直对我严厉，但这样冰冷的口气，的确是第一次。

我咬咬牙："因为我喜欢皇上。"

师父道："跪下。"

我跪在冰冷的地上，师父的鞭子下一刻便抽上来，我根本不觉得

不负
忆长安
▼

痛，我已经回过神来，想到我离成功迈进了许多步，不由得想笑。

师父还在说："我说过，不要喜欢不该喜欢的人！"

"那什么人是该喜欢的，什么人是不该喜欢的呢？！"我咬牙道。

师父道："皇上，就是你不该喜欢的！"

是吗？我才不这么觉得。

我生来就是该喜欢他的。

我一边等待着皇后从岩溪镇归来，一边拜托另一个女暗卫替我带来一些药材。

她与我是同批训练出来的，但她和我不同，她武功并不好，可却有一手出神入化的易容的本事，我要想完成我的目标，必须得依靠她。

从我确定我的计划之后，我就有意地去观察皇后的模样，甚至她的言行。不过她挺普通的，除了喜欢笑和发呆，总是看起来懒懒散散的，这个并不难。

皇后回岩溪镇之后，我毫不犹豫地冒着生命危险去偷听，然而与我预料的差不多，皇上并不愿意责备这个眼前对他来说，已经要背叛他的皇后，哪怕事实上皇后并不想背叛他，我都还是觉得十分嫉妒。而皇后认定是皇上主使，百般责怪，皇上却因为不想与皇后多说这件事情，没有听出皇后的意思，也根本不去解释——大概放过我，他就懒得提起我。何况这时候，皇上大概并不知道，只要说出他毫不知情，皇后就一定会信。

此刻面对皇后，皇后的指责和控诉，加上我之前的话，皇上一定会认为皇后因被发现计划而慌张。

我的能力当然不足以让他们之间产生裂缝，但是，国仇家恨，这么大的事情，他们之间要产生问题，实在不难。

我的计划，终于到了最后一步。

我悄悄地搬到山间一个小屋子里去，彻底地改造自己。褪去自己那些布满伤痕和老茧的皮肤，我在浴桶中痛得昏过去又活活痛醒的时候，想，这世上大概没什么能比这个痛苦了。然而一想到这样之后，我的收获是什么，又变成甜蜜的折磨了。

换皮，换脸，之后只剩下武功，当我再次出现在师父面前时，他先是下意识想行礼，又忽然顿住，难以置信地看着我。

我到底有点儿感动，道："师父，这样你也认得出我？"

老实说，有时候我照镜子，都会有那么几个瞬间，以为我是皇后娘娘。

师父咬紧牙关，道："你这是做什么？你消失这么久，就是为了这个？"

我道："是。我要变成他喜欢的模样。师父，皇后不会武功，求您，废了我的武功！"

师父道："废了你的武功？我干脆杀了你！"

师父的剑应声而落，却最终停在我的脖子上，只划出浅浅的一道血口。

他果然不忍心。

我不知道师父对我，究竟是什么样的感情，是纯粹的师徒之情，或是掺杂了其他的情感……但我只知道，我对师父的感情，远远不及我对皇上的情谊。为了皇上，我只能辜负师父，这件事虽然抱歉，但也无可奈何。

师父到底是满足了我的心意，废去我的武功，抱着虚弱的我进了皇上的书房。

我很累，很想睡，但依然坚持着，想看看皇上看到我，会是怎么样的反应。

他先是蓦然睁眼，然而瞬间，又皱起眉头："这是谁？"

他比师父，还快地发现我不是皇后，然而师父是认出我，他却是因为对皇后太过熟悉。

我有点儿心冷，但还是强撑着，说："皇上，属下是那个该死的暗卫。"

皇上道："你将自己折腾成这样做什么？"

我艰涩地道："为皇上分忧。属下知道皇上与皇后的矛盾不可调和，但皇上……始终不肯与皇后摊开来说，对不对？但您也不能就由着皇后胡来吧？唯一的办法，就是我。皇上可以以我为借口，责备皇后；可以以我，来牵制皇后……我知道皇上对皇后一往情深，大概不愿看其他女人一眼，所以，将自己弄得和皇后……几乎一模一样。皇上可满意？"

我听见我自己的声音，轻轻的、卑微的。

他沉默片刻，大概是对我的提议有点儿心动。

最终，他道："可你的声音与皇后一点儿也不像。你退下吧，好好休养，让你师父照顾你。"

是啊……我的声音，这么嘶哑，哪怕是平常，也是冷冰冰的，和皇后的嗓音截然不同。

然而这有什么难的？

我用尽最后的力气，掏出腰间匕首，狠狠地朝自己舌头一割。

我直接痛昏过去。

可再醒来，我睡在富丽堂皇的大殿中，身下的床垫，软得如美梦一般不真实。

不负

忆长安 BUFU

而我朝思暮想的那个人，坐在我身边，可他并未在看我，他看着窗外，眼神淡然，不知道在想什么。

窗外是含苞待放的寒梅。

他宁愿看梅花，也不愿意……看我？看一个为他改变如此之多的我？

我终于在那一刻，感觉到了深深的沮丧。

而在他告诉我，我叫曲魅，将要被封为梅妃的时候，我想，也许我的计划，从一开始就是错的。

之后的日子，我始终恍惚，我得到了我要的，却更加迷惘和失落。

我是梅妃，是六宫之中，最得宠的妃子，皇上每晚都要来我这里过夜。我生日，他为我操办；我生病，他召集所有太医；我被下毒，他命令许碧昭给我换血。

我看过所有羡慕或妒忌的眼神，我听遍所有阿谀与奉承。

然而，只有我知道，皇上每晚来我这里过夜，却从来没有碰过我，他只是埋首改公文，累了乏了，也不会与我同床而眠。我生日，他为我操办，然而那根本不是我生日，只是因为前一天，是许碧昭的生日。我知道，他去许碧昭的宫殿附近转了很久，他甚至准备了礼物——一些还没开放的寒梅。

但他到底没送出去，全部捧了回来，很不开心的样子。他甚至难得主动地对我说话，他说，他送了，许碧昭也一定不会收，说不定还会丢掉，与其这样，不如他自己养起来。

他也有这样无可奈何的神色啊。

为何，从不是对我，从不是为我？

我被下毒，也是他的意思，为了牵制许碧昭，让许碧昭身体虚弱，

不负
忆长安
BUFU

许碧昭看起来多可怜啊，多无辜啊，然而我呢？那毒药不是假的啊，虽然没有我表现得那么痛苦，但我身子到底不比从前，我在床上痛得打滚，他从来不知道。

师父偶尔会露个面。因为我的原因，他从侍卫长变成了一个普通的暗卫，他自己倒并不觉得有什么不好，等终于肯和我说话的时候，他说，普通的暗卫反倒能更多地调控自己的时间。

而他调控时间的方式，就是常常在我身边。

"你现在是宠妃了，需要保护。"师父淡淡地说。

但事实如何，我与他都心知肚明。

我因毒药和冷落痛苦的时候，他看着我，冷冷地说："活该。"

我几乎要笑出眼泪。

对，我的确是活该。

可既然是我自己的选择，那怎么办？我不后悔，我不允许自己后悔。

只能说，我高估了我对他的爱，也低估了他对许碧昭的爱。我原以为我可以一直等，一直忍，等到千帆过尽，他终究会对我有点儿感情。可是我还是错了。

如果这就是爱情……

为何，这就是爱情？

许碧昭与皇上之间，我与皇上之间，师父与我之间。

为何没有一个人开心快乐？

我最终逐渐想开，偶尔思及许碧昭的师父，竟然十分难安，终于在许碧昭师父的忌日那一天，我决定去祭拜一下许碧昭的师父。然而我居然碰上许碧昭，还被她发现端倪，甚至……她也许看到，我口中没有舌头。

当初她第一次看到我，眼中有许多讶然，却没有一丝警惕和防备。她从不把我放在眼中，若说我和她之间有什么竞争，从一开头我就是输家。

而那一次，更加透彻地将我的失败摆在她的眼前。

怎么会有我这样的坏人？

辛辛苦苦，费尽思量，却落得那么凄凉。

我想我到底是心灰意冷了，许碧昭大概可以猜到我的真实身份，也许还会想杀我，我就那样麻木地等待着皇上赐我死。

好在大概是皇上觉得我这枚棋子还有用，始终没有让我死去，当然，我想……也许和师父，也有点儿关系。

我的心一点点沉坠，爱意逐日减少，只剩下无尽的哀愁与怨恨。我还没有二十岁，然而却老得好像快要死去一般，这都是我自己的选择，更加让我觉得可笑。

既然皇上不会爱上我，那么，就让他恨我吧。

至少，恨我，也不会让他这样冷漠地对我，随时可以抛弃我，随时可以遗忘我。

那就恨我吧。

抱着这样的想法，我联系了许碧昭。

我给她暗卫的分布图和弱点，她怀疑地看着我，但她一定想不出，我的真实意图。

等那一日，终于来临，我伺机靠近她，然后想将匕首刺入她的身体，可皇上竟然连那样的时刻都能分心去看她，一个杯子打过来，我的匕首只浅浅地刺入了许碧昭的腰。

可我看到她的血，一直在流，一直在流，我还是得意地笑了起来，我看见皇上愤怒而痛苦的脸，我看到他看我，再也不是那样的冷漠、那样的无情，而是深深的恨。

这样也好，这样多好……

我只能努力让自己，不去看皇上后面，师父那张不可置信的脸，我并不觉得我做错了，可看着师父，我却忽然觉得有点儿丢脸，有点儿难受。

这一次，他没有再为我求情，他只是沉默地跟着我，看着我被押到皇上面前，任由我做出那些加倍激怒皇上的举动，然后冷静地看着我被押入大牢。

他站在外面，和我隔着一扇门。

师父伸手，往里面丢了一颗黑色的药丸。

我拿起来看了一眼，知道那是剧毒的毒药，好处是吃了就死，不会痛苦。

师父看着我，脸上居然是淡淡的笑意。

他说："乖，吃吧，师父不愿你痛苦，不愿看你被皇上折磨。"

我呆呆地看着师父。

师父继续道："我知道你对皇上的心意，我都知道。我会替你保护好皇上。也许哪一天，师父失手了，就下去陪你。"

我看着他，张了张嘴，却忽然想起来，我不能说话。

从没有一刻，我这么恨我自己不会说话。

但师父像是看出了我的心意，他做了个手势，意思是："师父听得懂。"

他永远是这样，毫无保留地包容我。

我也比起手势。

我说，师父，对不起。

师父笑着摇了摇头，他看起来儒雅极了，又很英俊。

我想，为什么我不喜欢他呢？要是我喜欢他，那多好。

我看着师父，缓缓地将药丸送入嘴里。师父也静静地看着我，但是，师父，别装了，我看到你眼睛红了。

师父，对不起，对不起。

我倒下去的那一刻，忽然想起很多事情。

我叫曲魅，是梅妃。

然而刚生下来的时候，我叫王笑笑。

后来进了宫，师父收了我，他说，你叫什么名字？

我讷讷地说：王笑笑。

师父道，这名字……嗬，行了，你以后跟我姓，名字……就叫小小吧。

方小小。

我终于在这一刻，记起我的名字，还有那年初春，梅花凋零，宫中角落依稀绽放的小花小草。

番外二
她和他和他和他

爹爹和娘说要带我和姐姐去宇国的时候，我正抓着姐姐追问她到底喜欢哪个人。阿岚虽然是我姐姐，却和我长得不大像，说老实话，我真恨我自己和阿岚长得不像。

阿岚是整个草原上最出名的美人，她的皮肤像雪一样白，她的头发像泥土一样黑而光亮。她的脸红润，轮廓深邃，眼珠是和草原一样美丽的绿色。她常常穿着极长的裙子，修饰出纤细的腰肢和动人的胸脯，她的裙子裙摆大大的，每当过节或是她高兴了，她就会在众人的呼声中优雅而热情地起舞，飞扬的裙摆与黑亮的头发能让羊儿也忘记吃草。

而我就不同了，我瘦瘦小小的，干瘪得像根柴火，完全没有阿岚的丰腴。光这样倒没什么，可我长得也远没有阿岚好看，我的长相，完全继承了母亲，却没有母亲美。母亲是中原人，我看起来，也就是个再普通不过的中原人。

阿岚她们总安慰我，说这都是因为我才十四岁，唉，我知道阿岚是好心。可事实上，十四岁已经不小了，隔壁的朵尤十四岁的时候，孩子都能走路了……阿岚十四岁的时候，也早就出名了。

阿岚永远是人群的中心，她走到哪里，人们的目光就凝聚在她的身上，喜欢她的人可以从草原的最北边一直排到到宇国城门那里去，真是数也数不清。阿岚已经十七岁了，爹爹和娘本都希望她快点儿安定下来，爹爹是草原的王，而姐姐是王的女儿，她的夫婿，一定要是草原上最勇猛的勇士。但每年选出的勇士，姐姐却都一个也看不上。

没人知道阿岚究竟喜欢谁，我也不知道，阿岚偷偷告诉过我，她觉得这些男人都配不上她，她就算对谁好，也只是敷衍而已。

唉，我是永远不能懂阿岚这样的女孩子的心境的，人人都喜爱她，她却玩弄别人，我希望找个真心的人，却没有人追求我，我是王的小女儿，本该受宠无限，可惜我是阿岚的妹妹，别人永远只会看到阿岚。

但我想，那个会和我在一起的人，此刻一定也在世界上的某处静静等着我，想到这点，我便又充满了勇气和希望。

忆长安

不负
BUFU

236

不过，无论如何，我也没想到，爹爹和娘要带我们去宇国。

我们和宇国总是发生小规模的战争，族中总有人去骚扰宇国的边境小镇，抢些丝绸、大米之类的东西回来，不过爹爹也默许这样的行为，当双方交手，我们就跑去草原深处，如此来来往往。

让人奇怪的是，宇国的皇帝似乎脾气很好，他从不追究这些事情，每次我们和边镇上的士兵交手后，就会很害怕地跑远，但他们却从不深入草原来追我们。

爹爹为此十分高兴，派人尝试着去和宇国谈条件，我们给他们牛羊，他们给我们大米丝绸，本来爹爹以为对方不会同意，谁料宇国很快答应，虽然这对他们其实没有什么好处。

后来我们才知道，宇国的皇帝不止对我们这么好，对其他的游牧民族，也都这么和善。爹爹说宇国的皇帝是个好皇帝，十分想去见见他，可惜，我们附近有个大狼族，十分之讨厌，动不动就来骚扰我们，想抢夺我们的地盘。

上周他们用了坏心的计谋，害得我们丧失了一大块土地和一大群牛羊，还有几个男人为了保卫家园而战死。全族人都很伤心，爹爹思考了一周，希望祈求宇国皇帝的帮助，可是宇国的皇帝……却拒绝了。

他似乎很讨厌战争，我也不知道为什么。

本以为爹爹要放弃这条路，谁知道爹爹还是决定去宇国，而且，要带上我和姐姐。

我高兴得跳起来，说："好！我老想去宇国看看，可你们一直不同意，太好了，这次终于可以去看看了！"

阿岚却没我那么兴奋，她站起来："爹爹，为什么您要带我和阿昭去宇国见那皇帝？"

爹爹愣了愣，随即叹了一口气："我想宇国皇帝不会那么轻易答应，就算我去也一样……但，若是我的女儿，成为他的妃子，那就不一样了。"

阿岚生气地说："您怎么可以这样对我们？您怎么可以这样？"

爹爹难受地道："阿岚，你冷静些，可……你要想，这不是为了爹爹，这是为了全族人啊。若是能和宇国结亲，我们不但不用受其他游牧民族的骚扰，连其他国家，也轻易不敢动我们，这难道不好吗？牺牲一个人，换来大家的平安幸福……多好啊。"

我虽然开始也被吓到了，但听爹爹这么说，还是接受了。我点点头："这样的话，也的确没办法……"

阿岚却气冲冲地瞪了我一眼，道："你当然这么说了！我和你一起去，那个皇帝又不会选你！"

我嗫嚅道："虽然的确是这样，但阿岚你也不用说得这么明白吧……我会伤心的……"

阿岚不屑道："伤心什么！难道你想嫁给那个皇帝吗？他已经四十多了，就比爹爹年轻一点儿而已！"

阿岚用食指和大拇指比了个缝隙出来。

我道："呀，那是年纪挺大了……"

我看了爹爹一眼，道："那个皇帝，也有和爹爹一样的长长的胡子吗？"

阿岚翻了个白眼，道："唉，不提了，越提越伤心！早知道，我就先嫁了。"

我道："阿岚，你别这么想，万一……万一那个皇帝很帅呢？男人四十，一枝花哎。而且，宇国环境那么好，能当上皇妃，应该是锦衣玉食吧。嫁给我们族里哪个男人能有那样的待遇呀，听说宇国皇宫用的都是上好的丝绸，唉，我们平日得到的，不过是劣质，都那么好看，若是皇宫里的，天啊，我都不敢想象了。"

说到后面，我都有点儿羡慕了。

阿岚一顿，道："哼，最好是这样。"

阿岚似乎是被说服了，我赶紧道："那阿岚，你以后当了皇妃，记得给我送一点儿什么好看的丝绸呀首饰呀，这样，我虽然长得不好看，但打扮一下，也就好看啦。人家不是说，三分长相，七分打扮吗？"

阿岚笑了起来，捏了捏我的脸："我的好妹妹，我说过，你长得很可爱，什么不好看呀，你想太多啦。"

唉，阿岚安慰我的技术，还是那么那么的差。

收拾好行李和包袱后，我们便去往宇国。

因为路途有些遥远，所以只有我和阿岚还有爹爹和娘四个人，连下人都没带，只有两个轮流赶车的车夫。爹爹说，反正我们是去求别人的，要那些排场也没用，我深以为然，主要是，我们的车子坐四个人，已经不宽松了，再坐个下人，应该会挤死……

宇国和我们接壤的地方是个小镇，名唤紫柳镇。

这个名字让我十分兴奋，可我找了一圈，也没找到任何紫色的柳树，又不免很垂头丧气。阿岚知道后，好好地嘲笑了我一番，她其实也没来过宇国，但她看起来，可比我胸有成竹得多，一副轻车熟路的样子，在她的比较下，我显得就像个什么都不知道的笨蛋。

唉，真是愁死人了。

不过阿岚的优势也没保持太久，我们的马车隆隆地跑过紫柳镇，踏过柳溪，穿过垦山，到达一个叫岩溪镇的地方之后，阿岚因为水土不服，病倒了。

我们不得不停下前行的脚步，找了家客栈，在岩溪镇住下，毕竟一路颠簸了一个月，实在有点儿吃不消，宇国太大了，实在是……太大了。

但，我有点儿感谢阿岚的生病，因为岩溪镇，实在是太美了。

现在是宇国的夏季，岩溪镇的景致，也是我从未见过的。

青石板的小路弯弯曲曲地蔓延着，流过的小溪上搭着弯弯的石桥，站在石桥上张望，可见荷花盛放。两岸是低垂的杨柳，若是去了百花园，更是百花争艳、花香袭人的惊人景致。

这里和草原是那样的不同，若说草原是一个奔放热情的少女，张扬着自己的青春，那岩溪镇就是美丽而内敛的女子，仅仅一个低头，就能让人陶醉万分。

阿岚以后嫁给皇帝，每天都能看到这样的景致吗？

我生平第一次，有点儿嫉妒阿岚了。

在岩溪镇住下后，阿岚开始时病情还好，只是头晕目眩，后来却居然加重，茶饭不进，时不时呕吐。我只好自告奋勇去找大夫。一路上医馆倒是挺多，可惜不知道哪家比较好，只好抓来一个路人询问最好的医馆在哪里，那人道："最好的医馆？当然是庭柯大夫啦。"

我求他给我指了路，跑着去了那家医馆，果然一路分花拂柳，就见一家医馆坐落在栽满竹子的庭院之后，这里的风景真是别致，别说是一家医馆了，若说是一家顶好的茶馆，我也会信的。

不过这里可不是很安静，一直人来人往，可见果然这家医馆十分有名。

我定了定神，往里走去，门口有个女子背对着我，在替一位老奶奶把脉。

我道："请问……"

"不好意思，庭柯大夫正在替人治病，请找个位置坐下排队，若是有急事请说。"那女子头都不回，显然十分熟练了，我尴尬地说道："呃，不算急事，我先去坐着等。"

她替老奶奶把完脉，起身就走了进去，然后端着一盆水走出来，她走出来的时候，目光和我撞上，接着她竟然手一松，那盆子发出"哐嘟"一声，水也全泼了。

咦，她这么惊讶做什么？

我……我怎么了吗？

我有点儿紧张地看着她，想来宇国规矩多，难道我冒犯了什么？

屋内传出一个男子的声音："阿月，怎么了？"

那声音淡淡的，却似乎和这周围的竹子一样，带着特有的清香，让人听了便感叹，果然是一方水土养一方人，我们草原上的男子，哪里会有这么好听这么醉人的声音。

被叫作阿月的女子看起来年纪并不大，三十岁出头的样子，她看着我，一动不动。

我被看得发毛，道："呃……我……我怎么了吗？"

阿月道了句"没事"，算是同时回答我和屋内的男子，接着，她拾起盆子，大步走到我身边。

我被她严肃的模样吓了一跳，尴尬地说："怎么了？"

她看着我，眼中竟然快要落泪，她道："许姑娘？"

原来是认错人了！

我道："呃，我……我不姓许，我……我甚至不是宇国人……我叫艾卓宁昭，呃，我的朋友都叫我阿昭。"

"不可能……太像了……"她不可置信地看着我，听我说"阿昭"的时候，又是一震。

她深吸一口气，拉起我，道："你和我去看庭柯大夫。"

"啊？"我目瞪口呆，被她拉着进了竹屋。

屋内不算大，却收拾得十分干净，还带着淡淡的药材香。

屏风外的病人疑惑地看着我和阿月，而大概是听见我和阿月的脚步声，那位庭柯大夫隔着屏风，道："阿月？"

阿月没有答话，只拉着我绕过屏风，直接走到了那位庭柯大夫面前。

那位庭柯大夫……哇，真是人如其声，一袭青色长衫，眉目如画，大概四十来岁的样子，儒雅得让人拜服。

我不得不再次说一遍，宇国的男子真是和我们草原男子太不同啦。这位庭柯大夫，真是好看得不得了。而且不知道为什么，我看到他的时候，心就忽然变得很软很软，就像我第一次吃到糖葫芦那样，觉得好想抱一抱他或者蹭一蹭他的袖子，好像，我和他很熟悉，很熟悉一样。

可这明明是我们第一次见面啊。

嗳，艾卓宁昭，你是不是把"矜持"这两个字混在糖葫芦里一起吃掉了？

庭柯大夫有些疑惑地将视线转到我的身上，却也如阿月一样，露出惊讶的表情。

呃，也觉得我像某个人吗？

我尴尬地道："庭柯大夫，你好，我，我是来替我姐姐找大夫的……"

庭柯大夫却缓缓地站了起来，他看起来那么儒雅，结果似乎比阿月还激动，他的眼睛都泛红了！他……他哭什么呀？！

我道："庭柯大夫？"

庭柯大夫缓缓道："阿昭？"

我惊讶道："你怎么知道我叫阿昭？"

庭柯大夫一愣，随即道："阿昭……你真的是阿昭……"

阿月伸手拉了拉他的衣袖："如果真是许姑娘，怎么可能年纪这么小，何况十四年前她的确是……"

庭柯大夫似是回神，冲阿月点点头，又看向我："你说，你叫阿昭？你今年多少岁了？来自哪里？"

"呃，我全名是艾卓宁昭，只是朋友都叫我阿昭……我今年十四了，是拓嗒族的人。"我有些尴尬地解释着我的来历。

庭柯大夫听到十四岁的时候，似是十分震惊，但接着他却笑了笑，道："拓嗒族？看来你就是不肯生在宇国。"

我道："啊？你在说什么？"

我顿了顿，道："你们说的那个阿昭，和我很像吗？"

我指着自己的眼睛："是眼睛像，"手往下一点儿，"还是鼻子像？"再往下一点儿，"还是嘴巴像？"

阿月笑着摇了摇头："不，你的确和她长得很像，但……性子和她不像。你比她活泼。"

那庭柯大夫却道："阿昭以前也是这样的。"

阿月惊讶道："是吗？"

庭柯怀念地笑了笑："嗯。她……和阿昭真的太像了，简直就是十四岁的阿昭，或者说，阿昭到进宫前，都是这样的。"

阿月难受地道："可是后来……哎，不说这个了。"

我听他们的谈话，听得一头雾水，我只知道我很像一个人，名字也一样，那个人以前性格也和我一样，后来却似乎变得很沉默，呃，进宫前……难道，那个人，是什么宫女之类的？

我疑惑地问："那……请问，那个'阿昭'，现在在哪里呢？我很想看一看，和我长得那么相像的人是什么样子。"

庭柯大夫一愣，随即摇了摇头："她……十四年前就死了。"

"啊？！"我吓了一跳。

见庭柯大夫神色十分哀伤，我赶紧道："不好意思，不好意思，我……我不知道……"

呜，早知道我就不问了！

真是坏事的好奇心。

庭柯大夫却摇摇头，道："没什么。人死不能复生，当初难以接受，如今十多年转身即逝，现在……也能心平气和地提起来了。"

是吗？

可他看到我的时候，明明差点儿哭出来呢。

我愣愣地看着他。

庭柯大夫看了我一眼，笑道："怎么了？"

我摇摇头，道："呃，没什么，不过……既然这样，我可不可以再冒昧地问一下，她……她是做什么的呀？她……她为什么会死呢？呃，如果你不想回答，可以不回答。"

庭柯大夫笑了笑，并不介意似的道："你是来替你姐姐找大夫的是吗？"

"啊，对！"我拍了拍自己的脑袋，"我姐姐她水土不服病得很厉害。"

庭柯道："嗯，你先坐在这里等一下，我给这位病人看完病，就和你一起去你姐姐那里。"

我这才发现，还有个可怜的病人，被晾在屏风外很久……呃，真是不好意思……

不负
忆长安
BUFU

庭柯大夫很快看好病，跟着我往客栈走去。这里原来离客栈并不远，只是之前我一直乱绕路，反而远了很多。

庭柯大夫和我去了客栈之后，母亲很担心地说："怎么这么久才回来？"

我还没想好措辞，庭柯大夫就替我答道："不好意思，是在下替其他人看病，所以才耽搁了。"

母亲点点头，让庭柯大夫为姐姐看病。

庭柯大夫说姐姐没什么大碍，他开了几味药，说服药后很快就能好。

于是，我再次自告奋勇，跟着去抓药。

路上庭柯大夫主动告诉我另一个阿昭，原来她很年轻的时候就死了，而且是得病死的，真是太可惜了。

我道："那庭柯大夫，你医术这么高明，为什么不救她呢？我感觉，你很重视她呀。"

庭柯大夫笑了笑，然而看起来却很怅然："我想救她，可惜……她不让。"

"啊？"我更不能理解了，为什么有人能活下来却不肯让别人施救呢？

不过庭柯大夫显然不想就这个问题多说，我只好道："庭柯大夫，她是你什么人呀？"

"我的师妹。"

"啊？"我更加不能理解了，那个阿昭也是大夫？为什么她不救治自己呢？

当然，我还是很识相地没有问这个问题。

庭柯大夫笑了笑，问："你们从拓嗒族地区来岩溪镇，这么长的路途，来做什么呢？"

"唔，其实不瞒你说，我的爹爹，是我们拓嗒族的王，只是大狼族来骚扰我们，爹爹希望宇国的皇帝帮忙，但是，宇国的皇帝似乎不喜欢打仗。"我摇了摇头。

庭柯大夫道："嗯，他原本很爱侵略和杀戮，可是……现在，他一点儿也不喜欢了。"

"哎？那位皇帝，曾经喜欢打仗？"我吃惊地问，"那他是为什么改变的呢？"

庭柯大夫笑了笑，道："你以后会知道的。那么，你们这次来，是来求他帮忙？"

"是呀，爹爹带着我和姐姐，希望我或姐姐中的一个，能被那位皇帝看中，然后嫁给他！这样的话，那位皇帝就会帮我们了，别的人也不敢再骚扰我们拓嗒族了。不过，你刚刚也看到了，我姐姐那么漂亮，皇上一定会选她。"我笑呵呵地说。

庭柯大夫却停下脚步，说："嫁给他？"

我说："是呀，怎么了？"

庭柯大夫看着我："如果我说，你和你姐姐去见他，他一定会选你，那么你想去京城，想去当妃子吗？"

我疑惑地说："一定会选我？怎么可能呀，姐姐比我好看那么多……"

"不，他一定会选你。"庭柯大夫叹气，"何况，你比你姐姐好看。"

我看着庭柯大夫，十分不解："难道，你们宇国人的审美，跟我们拓嗒族的审美，不同？"

不负
忆长安
BUFU

庭柯大夫笑着摇头，道："你怎么想呢？你愿不愿意去当妃子？如果你不想，你可以求你父母，不要去。你也可以留在我这里，我可以教你医术，怎么样都行，就是希望你不要做你不想做的事情。"

庭柯大夫虽然是笑着说的，但我听出了他的哀伤和坚定，似乎如果我要做不情愿的事情，他会为此拼上所有，只为了让我做自己想做的事情。

我似乎明白了什么。

我说："那位阿昭姐姐，做了很多她不愿意的事情吗？"

"嗯，她最后几年的人生，都在那样的日子中度过。她……也因此而死。"庭柯大夫闭了闭眼睛，"所以，我不希望你重蹈覆辙。"

我想了想，说："我没什么愿不愿意的，如果那个皇帝真的会选我，嫁给他，能让族人平安美满地度过，我觉得未尝不可。何况宇国这么美，我愿意留在这里，当然，我要经常回拓嗒。"

庭柯大夫看着我，静静地道："你和她真是一模一样。"

我说："啊？她也是和亲的吗？"

庭柯大夫摇了摇头："她和你一样，为族人做了很多事情，可惜，最后都失败了。"

我大吃一惊："她也是游牧民族？哎呀，我和她的确太相像了。"

庭柯大夫道："嗯，我可以告诉你，你会被皇帝选中，也是因为她。"

我似懂非懂："这样啊……唔，那我问你，如果只有姐姐一个人去，他会选姐姐吗？"

"应该不会。"庭柯大夫摇了摇头，"你不知道吗？这十多年来，皇帝都没有纳妃。"

"是……因为那个阿昭吗？"

"嗯。"

我想了想："不管怎么样，我想先去看看，我希望，能帮助族人。而且……不知道为什么，听你这么说，我很想去看看那个皇帝……"

庭柯大夫并没有阻止我，他笑了笑："嗯，去吧。这大概……也是注定的。我一直在岩溪镇，若是哪天你有事，可以托人送信，我一定立马去京城。若是你要离开，来我这里，我随时接待你。"

我受宠若惊："谢谢。呃，那我可以冒昧地问你最后一个问题吗？"

"嗯？"

"你……是不是也喜欢那位阿昭姑娘？"

庭柯大夫笑着道："不是喜欢。"

"啊？"

"我和阿昭的感情，不是喜欢或者爱能够概括的。她……是我最重要的人。"庭柯大夫看起来有点儿惆怅。

不过，他很快笑了笑："但现在，我身边最重要的人，是阿月。"

"啊……"

"我曾经什么也不知道，失去了阿昭。但是我后来想明白了，那是她自己的选择，她也希望我好好活下去，不要活在她的阴影中，我很努力地去做，并且和阿月一起生活，大概是我做得不错，所以你出现了。"他对我笑了笑，"我对阿昭的感情，的确很难说清楚，但是，对你……嗯，你就像我女儿一样。"

我无语地道："哪有人乱认女儿的！何况你年纪又不大，什么女儿啦……最多，最多是……唔，我叫你师父怎么样？你不是说，可以教我学医吗？以后要是有机会，我来找你学医！"

庭柯大夫愣了愣，随即很开心地笑起来："好，师父就师父。"

不负
忆长安
BUFU

我离开岩溪镇的时候，庭柯师父站在镇外，目送我们离开，我从帘子那里探头，对他挥手："师父！再见！我一定会回来看你的！"

"嗯，师父等着你。"他笑着说。

咦，为什么，我感觉有点儿熟悉？

仿佛某一刻，某个地方，我也曾像庭柯师父那样，站在原地，目送自己很重要的人离开。

我们重新上路，终于顺利地抵达京城，原本以为在京城很快就能看见那位皇帝，谁知道宇国的那位皇帝，虽然看似平易近人，却并不喜欢召见他人。

我们在驿站里等了好久，等到阿岚都开始发脾气，才终于得以入宫面圣。

这段日子里，很多人知道我们的来意，都来看我们，他们见了我和阿岚，纷纷选择讨好阿岚。

我倒并不失望，只能说看来宇国的人和我们拓嗒族的人审美是一样一样的，只是庭柯师父和那位阿昭姐姐关系不同，所以才觉得我比阿岚漂亮。

阿岚收到了很多小礼物，都是我们从未见过的，她偶尔借我玩一下。私底下时，她偶尔气派地说，要是以后她当上皇后，这些东西我想要多少有多少。

阿岚真是很有当皇后的架势，我看着阿岚，内心涌起一些羡慕。

终于到了面圣那一日，我们被领着进了宇国皇宫。

宇国的皇宫实在是很气派，雕梁画栋，红墙朱瓦，像是豪气万丈的画卷，能住在这样的地方，并且掌控宇国的人，真的很厉害。

我想到庭柯师父说的话，内心不免有些忐忑，再看阿岚，她果然也被这样的景致给震撼了，小心翼翼地东看西看，又很内敛地不肯表现出来。

我们在皇帝的书房门口等了一会儿，皇上的贴身侍卫，一个叫图海的公公出来迎接我们，他带着笑意和父王寒暄了几句，眼神从阿岚和我身上扫过，而后猛然停住目光，不可置信地看着我，嘴里喃喃："像，真是太像了……"

父王他们都不明所以，只有我明白他在说什么，好在这只是个插曲，我们很快被带进了书房。

我们进宫之前，父王就嘱咐了许多问题，首先就是，一进去立马得跪下，恭恭敬敬地低着头，要皇帝说平身，我们才能起来。

于是我随时铭记着这一点，书房门一打开，我们朝里走了几步，我正准备跪下，却像是受了蛊惑一般，偷偷地抬着头往书桌后面看了一眼。

逆着光，我看见一个一身明黄色衣服的男子坐在那里，他手里捧着奏折，眉头微微皱着，五官英俊而硬朗。

他没有父王那样长长的胡子，他甚至根本不像阿岚说的那样那么大的年纪。

是，他和我们拓嗒族那些年轻力壮的勇士截然不同，只消看他一眼，你就能感觉到，他似乎经历了许多许多的风霜，然而他并未被这击垮，只是在漫长时间的沉淀中，显得越发忧郁而有韵味。

我没有见过这样的男人，他……他比庭柯师父还好看，不，他和庭柯师父，是截然不同的人。

然而我看着他，也觉得有一点儿熟悉，那种熟悉，并不是对庭柯师父那样，想扑到他怀里撒娇的熟悉，而是……有一点儿心疼，有一点儿犹豫，又有点儿微微的爱意。

那……是爱意吗？

那种情不自禁想一直看着他，想伸手抚平他皱起的眉头，想坐在他身边，静静地替他磨墨。

大概任何人被这样看着都会有感觉，原本正在看奏折的他微微抬了抬头，目光正好和我对上。

然后我发现，他也愣住了，手中的奏折轻轻落下，发出微微的声响。

父王他们早就跪好，发现我迟迟没有跪下，不停地在拉我的裙摆。

我回过神来，低下头，打算跪下，然而那位皇帝，已经站了起来，绕过大大的书桌，走到我的跟前。

我仰起头，看着这个比我高不少的男人，他像山一样伟岸，和有大大肚子的父王一点儿也不一样。

我看着他的眼睛，一点儿也不害怕，即使他看起来是那么激动，甚至已经双眼泛红。

我不害怕，我就是不害怕，我知道，他不会伤害我。

然后，他忽然伸出手，轻轻抱住了我。

那是怎样一个拥抱呀，和他的外形一点儿也不符合，他那么小心，那么害怕，仿佛一用力，我就会没了似的。

我竟然笑了起来，他比我大好多，但不知道为什么，我感觉他很

不负

忆长安
BUFU

委屈很委屈，像是一个小孩子一样。

我也轻轻抱住了他，这其实挺让人害羞的，可我一点儿也不这么觉得，仿佛这件事我已经做过很多遍了一样。

阿岚不可置信地看着我和他，仿佛没明白过来怎么一见面我和皇上就抱在一起了。她道："阿昭！"

阿岚这一叫，让皇上彻彻底底地愣住了。他深深吸了口气，放开我，双手却依然握着我的手臂："你叫阿昭？"

"我叫艾卓宁昭，小名是阿昭。"我眨了眨眼睛，老实地回答。

他继续问我："你多少岁了？"

"十四。"

他闭了闭眼，道："十四……的确是十四年了……"

他忽然放开我，转身对爹爹说："拓嗒王，这是你的女儿？"

"回皇上，这是我的小女儿……"

"好，很好，朕感谢你。你需要朕的援助，打败大狼族，对吗？朕一会儿就安排兵马——只是，阿昭她……"

爹爹立刻反应过来："我的小女儿能让皇上看中，实乃她的福气。如果皇上愿意，便可纳入后宫。"

爹爹看了我一眼，眼神很是不舍。

皇上却摇了摇头："我……不强迫阿昭。"

我惊讶地看着皇上，他也看向我，竟然露出一个浅浅的笑："你先在皇宫住下来好不好？我不会强迫你任何事情，只要陪着我就好。如果哪天你愿意了……我就娶你。"

我愣愣地看着他，说："为什么你对我说话，不用'朕'？"

他竟然又笑了，说："一模一样的问题，你以后就会知道了。"

皇上留我在后宫住下，爹爹和阿娘自然是同意的，阿岚似乎很生气，看着我的眼神都充满了怨怼。

不过这种情况下，我也不知道该对阿岚说什么，似乎说什么都是错的。

于是我只好沉默，一回头，就见皇上依然一直看着我，眼神好温柔好温柔，像是要滴出水来。

可是，他是在透过我，看另一个阿昭啊，对不对？

不知道为什么，我有点儿小小的心酸。

那天之后，我就在皇宫住下来，精美的衣物、华丽的首饰，还有独特的宇国风光，之前我想过的，皇上都源源不断地送给我，他总是看着我，只要我露出笑容，他就也会很开心。

我总是忍不住想，阿岚以前也是被其他的男孩子这样宠着的吧？原来真的有人也会这样对我，我曾经说过，只要一想到这个世界上大概有人在等我，我就充满了勇气。

而如今，我总算遇见了这个人……虽然他喜欢的，是另一个阿昭，但……也算吧？

我没有忍住，还是问了他关于那个阿昭的事情。

我说："皇上……"

他打断我："我说过，你可以叫我钟尘或者阿尘。"

我想了想，说："钟尘……我可不可以问你一个问题呀？"

"嗯？"

"你可以说说，那个阿昭的事情吗？"

他似乎有点儿惊讶："那个阿昭？"

"嗯，其实我这次来宇国，路过岩溪镇的时候，认识了一个人，叫庭柯。"我观察着他的表情，果然他很惊讶。

我继续道："然后，他告诉了我一些事。我知道我和另一个叫阿昭的姐姐长得很像很像，他也对我说过，如果你看见我，一定会选择我，因为那个阿昭。对吗？"

皇上……不对，是钟尘，他看着我，没有说话。

我有点儿尴尬，道："呃，如果你不想说，那就算了。"

每个人都有自己的故事和不愿提及的过去吧。

然而钟尘却道："没什么，我可以告诉你。阿昭……她是一个很好的女孩子，也是曾经的皇后。"

我吓了一跳，道："皇后？"

"嗯。"他笑了笑，"我和她很相爱，可惜后来有了很多矛盾和误会，最后她因为我的疏忽，而死了。"

尽管他的语气是那么云淡风轻，尽管这件事已经过去了十四年，然而我看着钟尘，他低着头，说着这样的话，我心里就觉得很痛很痛。

我说："你很难过，对不对？"

他抬头，看着我："阿昭死前说，如果有下辈子，她不希望再遇见我。她说她上辈子不后悔，却希望下辈子不要那样过。"

"你觉得，我是她吗？"我静静地看着他，说不清楚我希望怎样的回答。

钟尘摇摇头："你说是就是，你说不是，就不是。"

我却犹豫了。

我自己也不知道，我到底是怎么想的。

于是我道："你可以多跟我讲讲你们的故事吗？"

钟尘答应下来。

自从我住进皇宫之后，钟尘大部分时间都陪着我，除去看奏折处理国事，他几乎都陪在我身边，也因此，没多久我就知道了钟尘和那位叫许碧昭的姐姐的故事。

这个故事，开头很浪漫，像我最期待的爱情那样发生，中间却开始急转直下，到结局，让人伤心不已。

钟尘说起她，总是用一种很怀念的语气，我并不觉得有什么，毕竟如果经历了那么多，无论如何也会难以忘怀的吧。他的眼泪为她而流，他的皱纹因她而生，因为她，他有了太多太多的改变。

我想，如果我不是许碧昭，那我也永远比不过许碧昭。

可我只是这样住在皇宫里，钟尘陪着我，我居然就很满足了。

我偶尔会对许碧昭有点儿小小的羡慕，就像我以前羡慕阿岚那样，但我并不嫉妒，因为我知道，很多事情，一开始就是注定好的，再嫉妒，也嫉妒不来。

我原本以为日子会一直这样过下去，直到我遇见一个人——从边塞回来的大将军——龙辰。

那日我学着宇国的女孩子，绣了一个荷包，兴冲冲地跑去书房想找钟尘，结果正好碰见了从书房出来的一个将军。他原本看也没看我一眼，直接从我身边掠过，我虽然不知道他是谁，但也没多管，忽然，他转身，不可置信地拉住我的手。

我吓了一跳，看见他的眼神，内心惶恐，想，不会吧，这个许碧昭真是的，难道这个人也是喜欢她？

那位将军死死地盯着我，说："妖女？"

我："啊？"

他松了手，紧闭双眼，像是在深呼吸一样，半晌，说："不可能，你不是她，她十四年前就死了。"

我道："你是说许碧昭吗？我的确不是她。"

他不再看我，转身就离开了。

我不解地进了书房，将荷包送给钟尘，他看起来很开心，摸了摸我的脑袋，我喜欢他摸我脑袋，很宠溺的感觉。接着，我向他说了刚刚的事情，问他那个人是谁。

钟尘沉默了片刻，说："他叫龙辰，现在是边远大将军，当年他和阿昭的侍女相恋。"

"那……那个侍女呢？"

"和阿昭在同一天死了，而且……"

钟尘打住话题，似乎颇为愧疚："当初是我授意让他和阿昭的那位侍女在一起，最后却害得龙辰难过伤心。"

"你们一个是九五之尊，一个是大将军，都是在众生之上的人。可是，为什么，你们都不开心？如果只是想要在一起，你爱我，我爱你，不就可以了吗？为什么会变得那么复杂呢？"我皱着眉头，不解地说。

钟尘笑了笑，道："嗯，的确不该变得太复杂，你一直这样就行了，很多事情，不需要去想太多。"

不负
忆长安
▼

我点头："那……那个龙将军，他是不是以后就回京城了？"

钟尘摇摇头："过几日他又要出发去边塞。"

"哇，真辛苦。"

"我希望他留下来，可是他执意要去边塞待着。"

"为什么？"我疑惑道，"边塞的环境，必然比京城艰苦很多。"

钟尘想了想，道："看星星。"

我说："啊？"

他笑了笑，道："我陪你去御花园走走吧，你上次不是说，没见过牡丹吗？这几日该开花了。"

我立马被吸引了注意力，连连说好。

后来在龙将军离开之前，我又碰到了他一次。

我忍不住拦住他，问："皇上说你每次都自动请缨去驻守边塞，除了保家卫国，还是为了……看星星？那个，我有点儿搞不懂啊，京城里，没有星星吗？"

龙将军看了我一眼，道："我在等一个人。"

我说："啊？"

龙将军却忽然笑了，那是我第一次看他笑，他之前看着我，都是一副臭脸，仿佛我欠了他很多很多钱。

他说："皇上已经等到了你，我想，她一定很快也会出现。"

我愣了愣，道："你也觉得我是许碧昭？"

"很重要吗？"他居然反问我。

我大惑不解："那……那，不重要吗？"

龙将军叹了口气，道："你喜欢皇上吗？"

我不知道该怎么回答。

钟尘是我从没见过的男性，他坚毅而儒雅，对我又非常非常好，见到他的第一眼的时候，我就很喜欢这个人，之后的相处，水到渠成，他温柔，他体贴，他什么都好。

老实说，我怎么可能不喜欢这样的人呢？

哪怕事实上，这些都不是他给我的。

哪怕他看着我的时候，想着的依然是许碧昭。

我说："当然喜欢。可是他喜欢的，是许碧昭。"

龙将军道："无论你是不是许碧昭，许碧昭都已经死了。整整十四年，你觉得很短吗？"

我尴尬地提醒他："我才十四岁。"

"十四年，实在是太漫长了。"他叹了口气，"你与其纠结你到底是不是许碧昭，皇上爱的是不是你，倒不如好好遵从自己的内心。很多事情，错过一下子，就是一辈子了。"

说完这些，龙将军就头也不回地离开了。

他的背影看起来很落寞。

我惆怅地进了书房，静静地坐在钟尘旁边。

他见我来了，伸手摸了摸我的脑袋，而后一只手握着我的手，另一只手翻着奏折，我不言不语，乖乖地陪着他，看着他认真翻阅奏折的样子，想着刚刚龙辰说的话。

我是不是许碧昭，很重要吗？

不重要吗？

我忍不住开口："钟尘。"

不负
BUFU
忆长安
▼

他看向我，静静地等待着我开口。

我说："你之前说过，我说我是许碧昭，我就是许碧昭，对不对？"

钟尘面带惊讶。

"那……我现在说，我是许碧昭，行不行？不管事实上，我是不是她，我……我就是许碧昭，可以吗？你对许碧昭的爱，对许碧昭的怀念，对许碧昭的愧疚……都给我，行吗？我什么也不知道，那些事情，我也都没有和你一起经历，但是……你看，你这么帅，身子这么好，以后一定可以活很久很久，这么长的人生，我陪着你，行不行？"

我一股脑儿说完，几乎不敢去看钟尘。

然而下一刻，钟尘就把我拥入怀中，他的身子竟然在微微颤抖。

他说，好，阿昭。

我伸手，轻轻地环上他的腰。

我来自拓嗒族，住在这个陌生，却又熟悉的宇国皇宫中。

在宇国，我经历了太多事情，我知道我和一个死去的女子很相似，从名字，到长相，甚至性格。我知道她有一个很好的师兄，我知道她曾和钟尘相爱。

这些是我知道的，并且我愿意将此承载下去。

而我不知道的是，为什么龙将军要去边塞看星星，为什么许碧昭的侍女会死去，还有最大的问题——我，究竟是不是许碧昭呢？

可是，其实这些我知不知道，都没有关系了。

259

不负

忆长安 BUFU

▼

此时此刻，在钟尘怀中的，的的确确是我。

我叫阿昭，是艾卓宁昭，也是许碧昭。

我被爱着，被宠着，被需要着。

与君再世相逢日，玉树临风一少年。

许碧昭死后的十四年钟尘是怎样度过的，只有钟尘自己晓得。

皇后入葬，举国缟素，皇上看起来憔悴了许多，穿着丧服上了三个月的早朝。

仅此而已。

大家都纷纷感叹皇上对皇后十分深情，但也有人想，仅此而已。

至于一脸倦容的皇上是怎么想的，没有人知道，也没有人敢问。

只是之后的那十四年里，后宫始终空空荡荡，无论多少臣子温言进谏，或以死相逼，皇上始终没有要扩充后宫的意思。他的理由倒也很充分，政务繁忙，边镇多战，作为一国之君，他得以身作则，断不能沉溺在后宫之中。

这借口冠冕堂皇却让人哭笑不得，政务再繁忙，也总得睡觉吧？！

只有图海晓得，皇上还真是不怎么睡觉的！

凤栖宫在皇后死了之后便空了下来，每日都会有人扫洒，而皇上只有在每天夜里，才会去凤栖宫待着。

图海最开始想，凤栖宫空空荡荡，一个人也没有，皇上在里头待着又有什么意思呢？无非是睹物思人，徒增伤心罢了。

直到某一天，皇上病了，必须要人照顾，图海便也留在了凤栖宫里头，就睡在侧殿暗房里，如果皇上有什么不适，随时可以去照应。

半夜的时候，图海听见皇上在喃喃低语，一时间以为他在喊自己，便慢慢走去寝房。

推开门，图海惊愕地发现，皇上并没有睡在床上，那张干净整洁的床，丝毫没有被人碰过，而皇上则睡在一旁的软榻之上，从他的角度看去，则刚好是床铺，仿佛是为了自己一睁眼，就能看见那张床一样。

可这空荡荡的床，有什么好看的？

再怎么看，皇后也不会像以前一样，躺在上面休息。

图海凑近了一些，发现皇上发烧严重了一些，他拿了冷毛巾为皇上敷上，又听见皇上仍在梦呓。

图海本觉得，皇上大约是在喊皇后的小名，然而他仔细侧耳去听，却发现皇上并没有在喊阿昭，而是在说什么徭役、边镇之类的事情，图海不禁哑然失笑。

过了几天，皇上的病好了，下了早朝，又直接去了文德殿跟大臣们议事，出来的时候已经是傍晚。

图海看他辛苦，忍不住用轻巧的方式提醒他："皇上前几日生病的时候，做梦都在处理政事呢。"

皇上一顿，说："在凤栖宫里？"

图海点点头，皇上哑然失笑："阿昭最不喜欢我在私底下也一直说政事，如果她听到的话，一定会不高兴的。"

图海心想，皇后娘娘怎么会听得到呢？但面上也只能赔着一笑，见皇上罕见地主动提起皇后，便也笑着说："老奴还以为皇上住在凤

不负
忆长安
BUFU

栖宫里，肯定会梦到皇后娘娘呢。"

皇上一愣，半晌才说："怎么可能呢？"

图海不解其意，茫然地望着他，而他却看着前方，叹了口气："在梦里，阿昭也不会见我的。"

钟尘从来没有梦到过许碧昭。

许碧昭刚死的时候，停灵乾清宫整整一个月，繁复镶金的棺木外放着层层厚冰，稍融便更换，以保证尸身不朽。

钟尘每日会与他的"阿昭"说上一些话，虽然晓得绝不会有回应，但也觉得心满意足了。

他隐隐期盼着，能够在梦中和许碧昭说上话，他晓得自己现在停灵在乾清宫里，许碧昭每天都看到他，必然是十分不喜的，于是就在等她托梦不许他继续停灵了。

可一个月里，什么也没有，古人云日有所思夜有所梦，也未见是这样。

钟尘懂了，便也不强求了，将她葬在了皇陵，身旁空着的位置，则是自己将来死了之后要躺进去的。

彼时正值开春，冬季沉寂了许久的边牧小族都纷纷心思活络起来，毕竟一整个冬天，游牧民族们不便贸然进犯，只能待在水源边，囤积了一整年的食物和资源都消耗完了，天气一暖和，他们就纷纷集结起来，骚扰宇国边镇。

宇国乃是大国，然而对这样的骚扰一阵就跑的几乎和捣乱没区别的小族们向来也不是特别有办法，强硬一点儿也不是不行，和他们硬拼就好。龙辰性子烈，最烦这种事情，最夸张的一次，有个得呗族的二王子带人扰了边镇云城，抢了不少丝绸和茶叶，龙辰正好在附近，便领着自己的龙家军一路追击，竟然追进了草原深处。得呗族最后吓得临时与大狼族结亲，大狼族派兵来堵截龙辰，龙辰这才带兵撤回。

自从许碧昭死了之后，钟尘的命令就稍微改了。

原本宇国是绝不开市贸的，后来钟尘不怎么喜欢边镇动不动就有战事，便开了三座城为贸易城。外族人需商人资格，便可以前来贸易，用他们精壮的马匹、肥硕的羔羊来换取宇国华美的绸缎与美味的食物。

这个决定最大的好处便是，能拿到商人资格的部落与人有限，除了最大的大狼族有稳定的贸易名额之外，为了争夺这些资格，各个部落之间反而经常爆发小型战争。他们彼此内耗，最后反而更加没有精力来骚扰宇国。

龙辰很明白，钟尘因为许碧昭而厌恶战争，却更加明白这个世界上不可能没有战争，于是他选择眼不见为净，只要与宇国无关，怎样的腥风血雨都无所谓。

他做到了他能做到的事情，其他怎么样，他一点儿也不关心，这是他给许碧昭一个人的改变，也是他身为天子的高高在上的冷漠。

龙辰在边镇待着，除非有大事，并不喜欢回京。边镇风沙大，八月便飞雪，六月炎日灼人，而京城安乐舒适，即便如此，他也不愿意回京城，因为伤心之地，不必久留。

只是龙辰没想到，钟尘居然也有这样的念头。

在许碧昭死去后的第六个年头的春天，宇国在钟尘心无旁骛的治理下越发歌舞升平，在位者谋其政，百姓安居乐业，经济发达，民风开放自由。在这样的情况下，钟尘决定给自己"放个假"，微服私访，

忆长安 BUFU 不负

一般的皇帝必然是要往富庶的江南去的，可钟尘偏不，他来了云城。

龙辰知道钟尘要来云城的时候真是惊愕万分，云城是如今三个开放的贸易边镇中的一个，固定居民并不多，满街几乎都是客栈与商铺，看起来十分繁华。然而毕竟地处西北，风沙极大，且有倒春寒，偶尔还会忽然下一场雪，龙辰住的将军府也是尽可能地简单，除了防御极严，勉强算安全之外，他觉得实在是很不适合让钟尘来住。

钟尘来的那天，龙辰与他对饮。

小小的洗尘宴上，只有钟尘与龙辰还有个图海。

龙辰对钟尘素来只是敬重但并不畏惧，微醺之后更是口无遮拦，将自己的想法给说了。

钟尘听了却觉好笑道："我第一次经过云城，是十五岁，第二次又经过云城，是十六岁。"

龙辰年纪并不大，对于钟尘当年那些宫廷斗争中的血腥过往也略有耳闻，晓得他身为皇子，却差点儿死在宫里，却又忽然消失，最后王者归来，重新登基。而辅佐他的几位，包括龙辰自己的长辈，也是因此而手握重权，得到皇上的信任，但这些事说出来毕竟不太让人愉悦，所以龙辰知之甚少。

钟尘也避开了那些事，只说自己在云城的事情："十五岁之前我在宫内，锦衣玉食，天冷了便有地龛暖炉，饿了便有百道菜肴，除了练武偶尔辛苦之外，不晓得所谓饥寒交迫到底是什么。等过了云城，出了雁门关……才知道世上竟然还有这样的地方……那些边塞诗里写的、大臣们嘴里说的，都远不如自己亲眼所见来得震撼。"

龙辰说："第一次，一定是您第一次出兵的时候，我听爷爷随口提过。"

他对十五岁的皇子将军的经历很感兴趣，有意让钟尘多听一些，然而钟尘只是说："嗯。但第二次，就是逃命了。"

龙辰听得好奇："然后呢？皇上你住在了哪儿？过了雁门关，多是游牧民族了。"

钟尘低头饮了口酒，扯了扯嘴角："是啊，狼狈到被追到雁门关外才安全，那也是头一回……好在遇见了好心人。"

龙辰看着钟尘的表情，居然瞬间就知道了那个"好心人"是谁，他没有再接话，也低头喝了一口酒。

钟尘同样没有继续这个话题，而是问他："你就打算在这里待一辈子了？战功赫赫却连京城也不肯回……也不打算成亲了？"

龙辰没想到他会说这个，顿了顿，有些不悦地放下酒杯："不成亲。"

钟尘宽容地看着他："龙老将军必然还是希望龙家有后的。"

龙辰道："皇上您别用我爷爷来压我，他都死了六年多了，就算龙家有后他也看不到了……何况，您也不是不知道，我心里有人，不想娶其他人了。"

钟尘颔首："你还年轻，不必这么早妄下定论。"

"别的不说，我待在边镇，每天带着兵巡逻，偶尔打几场小仗，连个女人都看不到，怎么可能会有新的意中人？"龙辰没有说起坠儿，也似乎不必说，他和钟尘，这点儿心照不宣的默契还是有的。

钟尘道："即便你不回京，想要让我给你赐婚的折子和富贵之家适婚女子的画像都不断送上来，只要你肯回京，随便答应参加个什么春日宴，想必就能看见许许多多的女子了。"

龙辰其实早就经历过这样的状况，想到那时候就头疼。

"还真是不必了，多谢皇上美意，不过依我看，那些女子的画像，也未必是只给我的吧？劝皇上您纳妃的折子，想必是比这儿的雪花片还多呢。"

钟尘笑了笑，没有反驳。

龙辰便也用他开始的话来回击他："何况皇上，您若无后，将来可不知道有多少人要为了这位置打得头破血流。"

钟尘淡淡道："鲁王之子当可胜任。"

龙辰万万没料到他还真把人选给想好了，当即一僵，觉得自己知道了不得了的大事，然而钟尘的表情云淡风轻，好像自己不再娶妻，不立太子，也并不是什么大事。只是不晓得这话给京城内那些老古板听了去，要磕多少个头求皇上"万万不可"了。

两人对饮至半夜，钟尘走前留下一句半醉半醒的话："你与我是不同的，我与阿昭……相识相知相伴，整整十三载，而你……还有无限可能。"

这话说得悲凉又让龙辰不爽：难道十三年的爱让许碧昭在他心中无可挽回，他与坠儿几个月的感情就可以轻松覆盖吗？

虽然坠儿的样子，确实已经越来越模糊了，但……

龙辰醉醺醺地走到屋外，抬头看去，星光耀目，似某年他许诺过的那句——我会带你去看塞外的星星的。

云是低垂的，星星是触手可及的，有花有草，平安喜乐……

第二天龙辰睡到日上三竿才醒来，结果发现钟尘已经在院子里打完一套拳，沐浴更衣完毕在吃早饭了。虽贵为天子，他倒也很入乡随俗，拿着个大饼随意地吃着。

龙辰打了个哈欠，佩服万分："皇上，昨天你也不比我睡得早，听下人说，你天没亮就起来了……微臣惭愧惭愧。"

钟尘反而说："年纪大了，睡不着，醒得早，你年轻人，自然没有这样的烦恼。"

龙辰心中一动，一瞬间便明白钟尘这睡不着醒得早绝非是因为他年纪大了，至于是因为什么不言而喻。

从昨天到现在，钟尘看起来精神不错，甚至比以前看起来宽和许多，脸上笑容只多不少，提都没提过那个人，然而，龙辰却觉得那个人无处不在，在钟尘的每一句话里，每一个似有若无的微笑里，在他昨日饮下的一杯又一杯烈酒中。

龙辰并不喜欢这样的感觉，伸了个懒腰，道："皇上今天打算做什么？"

钟尘道："你不去操练士兵？"

龙辰满不在乎地摇头："那群小崽子自己会练，反正被我发现体能不如上一次那就一顿暴揍没商量！"

钟尘大笑不已："我在云城先随处逛逛吧。"

于是龙辰让人牵了匹马，两人换了套衣服，打扮成宇国商人的模样在云城里四处闲逛。

熙攘的人群里，各色口音混杂，实在言语不大相通，也打着手势努力完成每一单交易，南方运来的新鲜蔬果、黏糊糊的桂花糕有、北方新鲜的羊奶和皮草也有，眼花缭乱，目不暇接。

钟尘一副欣慰的样子："不错。"

龙辰敷衍地拍了个马屁："还是皇……还是黄老爷您厉害，这个法子好啊！打仗打得少了，平日那群小崽子就练练兵，种种田，两边百姓也不必担惊受怕……英明英明。"

钟尘好笑地摇摇头，没有接话。云城如今虽然繁华，但毕竟不大，到中午就走完了。

吃过午饭，钟尘索性牵着马朝着城门外的方向走。

龙辰觉得大事不好："黄老爷，您这是要出城？！"

钟尘说："你不是才夸过一通云城附近很安全？"

龙辰叫苦不迭："安全是安全，但你……你出去，哪怕伤着一根头发，我肯定也要没命！"

钟尘直接上了马，策马离了城，龙辰也只好骑上自己的马追在后头，两人一同出了云城。

云城内的繁华往城外延续了一段路，隐约可见一些没能拿到入城资格的小摊贩随意沿着官道在摆摊，再行一段路，便是大片辽阔的草原，此时刚入春不久，冰霜初解，嫩绿新生，两人策马奔腾了一阵，到了云河边上。

龙辰说："黄老爷，过了云河可就不算宇国的地盘了。这边有扎罗族、拓嗒族那些个小族，现在云河解冻，他们就过来放牧，偶尔来偷偷抢一波东西就跑……再过去就是大狼族了，大狼族野心勃勃，我没记错的话，您还和他们之前的王见过面，您可千万不能过去了，万一正好撞见……"

钟尘举目远眺，毡包一个一个像白色的云朵落在草地上。

他点头："不过去。"

龙辰松了口气，两人下了马，在云河边慢慢散步。

钟尘看着河对岸，也不知道在想什么。

龙辰看他的样子，心又提了起来，生怕他涉水而过，只好咳了声："黄老爷爷您一直看那边，在想什么呀？"

天意向来高深难测，然而龙辰是个武夫，没规矩惯了，听他这么问，钟尘倒也回答干脆："我在想……那边曾经有个叫绛穆的地方。"

龙辰明白过来，连同昨日钟尘他避开的那个，第一次出征大获全胜的经历一起，龙辰都明白了，十五岁的皇子出征绛穆，挣足了威信与荣耀，哪里能想到后来的事情呢？

两人在河边站了一会儿，不远处有歌声传来。

"不住金瓦屋，不睡银丝被，我的家在草原上，天似苍穹盖……"

龙辰说："您后悔了？"

钟尘说："发生过的事情，后悔并没有任何意义。"

龙辰点点头。

"何况……当时的绛穆就是现在的大狼族，不断吞并周围的小部落，一门心思要侵犯宇国，每一次瞅着空隙就来抢掠一番，被逮住了又连连致歉，族长装作什么都不晓得的样子，实际上却十分鼓励手下的骚扰。当宇国对这骚扰习以为常的时候，他们就可以一举进犯，打我们个措手不及了，当时他们从边镇的几个认钱不认人的混账手里偷买宇国武器和地图，意图就已经十分明显了……"

钟尘无奈地摇摇头："战争迟早要爆发，我们先他们一步，比他们强，所以他们输了，宇国仍是最强大的。但如果我们不出手，迟早会变得跟前朝一样，被这群人闹得鸡犬不宁，内忧外患不断，最后一步步走向毁灭。"

龙辰静静地看着他，见他仍然望着隔河的部落，一个看起来十来岁的年轻女子正好经过，她生得很美丽，腰肢纤细，乌黑的长发绑成一根粗亮的麻花辫垂在身后，明眸高鼻，两颊被太阳晒得通红。她远远地好奇地看着龙辰和钟尘，一步步朝着他们走来，裙子的下摆宛如绽开的雀屏。

龙辰一愣，正要说话，却见钟尘平静地收回了目光，说："我只是有些遗憾……她，从小也没体会过这样平和恣意的生活……"

"我还以为你是看上那个女孩子了，结果是在替人羡慕她……"龙辰低声道，"那姑娘看着你，眼睛都直了。以为你也在看她，脸也红了。"

钟尘好笑地瞥了他一眼，转身要走，身后却传来一个女子的声音，那声音豪爽又动听，刚刚的歌也是她唱的。

龙辰停住脚步，回头看去，见那女子果然只盯着钟尘，便故意说："怎么啦，美丽的姑娘？"

她一点儿不害羞，说："你们是宇国人？"

"是啊。"龙辰大声回应。

那女子还想说话，另一边又有个男人急急忙忙跑了过来："阿岚，阿岚，原来你在这儿！"

龙辰心想，原来这女子叫阿岚，名字有点儿像宇国人的。

阿岚看见那男人，猛地皱起眉头："你还追来干什么？不是跟你说了吗，我不喜欢你，我不喜欢你！"

那男子却紧追不舍："阿岚，我真的很喜欢你，你必须得嫁给我，我晓得葛而查也喜欢你，你昨天还戴了他送的手镯，我也可以送你的，我明日就去云城买个最漂亮的给你……"

钟尘见龙辰完全没有要走的意思，只好走到他身边："你在做什么？"

龙辰说："看热闹……他们可真有意思，比咱们有意思多了，不像咱们，喜欢或者不喜欢，都压在心里，宁愿憋死也不愿爽快地开口……你看，他们将这些事情都直接摆上台面说的，连旁边有人都没关系。"

结果话音刚落，对面的局势就有点儿不对劲，那个男人拉着阿岚，见阿岚很直接地拒绝了自己，整个人像是疯了一般，竟直接把她给扑在了地上。

那人不知道是在自言自语还是在低声对阿岚说什么，隔着一条河，这边的钟尘和龙辰是什么也听不清，但阿岚的声音却很清晰，她一边奋力推着那个男人，一边喊着："救命，你别过来，救命！"

然而偌大草原上四下无人，她的呼喊声显然不足以帮她喊来能帮忙的人，于是她不断地朝着河这边看来，似乎是期盼这边的"宇国人"解救自己。

龙辰素来是看不惯这些的，哪怕是别国的事情也一样，但他怕钟尘嫌自己多管闲事，便停在那儿有些犹豫。

钟尘朝那边看了一眼，没有说什么，只直接从马边挂着的袋子下拿出一把藏在里头的弯弓，掏出一支羽箭，开弓，拉弦，动作一气呵成——最后那羽箭稳稳地钉入了那男人的左肩之上。

男人发出一声号叫，猛地将箭拔出来，气愤又痛苦地冲着这边怒吼："你们是什么人？"

阿岚则慌慌张张地坐了起来，双脸涨红地看着他们。

龙辰道："快走吧，阿岚姑娘——"

阿岚不知道在想什么，随手把地上还带着血的箭给捡了起来，然后跌跌撞撞地跑远了。

隔着一条河，那男人过不来，也追不上阿岚，只气得不断怒吼，叫嚣要他们过来单挑。

钟尘看也没看那人，转身上了马。

龙辰见状也松了口气。

两人策马回了云城，龙辰还不住调侃他："黄老爷宝刀未老啊，这一招英雄救美，估计那位阿岚姑娘从此是忘不掉您了。"

钟尘视若罔闻，根本不理他。

之后几天倒是平平顺顺，钟尘也不能久留，便回了京城，这段插曲谁也没真正放在心上。

又过了八年，这开放贸易边镇的绝妙效果越发显著，部落之间战争不断，野心勃勃的大狼族更是开始逐步吞并周围的小部落。拓嗒族的族长走投无路之下，竟亲自带着两个女儿来了京城，希望那位自皇后仙逝后，再未纳妃的皇上能看上自己草原之花般的大女儿，得到宇国的帮助。

这事儿来得突然，钟尘虽毫无兴致，但他本就有意扶植一个小部落来抗衡大狼族，免得大狼族一方独大，最后还是要来进犯宇国，只是族长联姻心切，居然还把两个女儿一起带进了宫里。

钟尘看着如花似玉的大公主丝毫没有反应，公事公办地又看了眼那位不怎么被特别介绍的二公主。

这一眼，钟尘便愣在原地。

她与许碧昭实在是太像了。

眉眼、身材，甚至神态，都有许多相似之处，她有些好奇却并不胆怯地看着钟尘。那个瞬间，时光仿佛倒流了二十七年，那一年，十四岁的许碧昭，也是这样看着十六岁的钟尘，在风雪中走近了自己。

见钟尘看着她，族长连忙说道："这是臣的二女儿，今年十四了。"

钟尘闻言更是一怔："十四？"

族长连连点头，钟尘没有再说话。

艾卓宁昭留在了宫内，钟尘让人帮她安排了一处住所，每日锦衣玉食源源不断送去。

艾卓宁昭毕竟只有十四岁，之前在草原上生活，看见这些东西觉得都很新奇，但显然也十分喜欢。她性格开朗，和下人关系也都不错，钟尘得空便会去看看她，并不和她说话，只远远地看着，甚至很多时候，艾卓宁昭并不知道他在。

钟尘唯一跟艾卓宁昭说过的一句话，是某次艾卓宁昭怯生生地喊皇上的时候，告诉她，可以喊自己钟尘或者阿尘。然而艾卓宁昭憋了半天什么也没能喊出来，钟尘也不勉强，转身走了。

他在补偿什么，连他自己都不愿去想。

如此过了大半个月，艾卓宁昭终于发现这位皇帝时常会来看自己，她鼓起勇气，主动开了口，胆大至极地问起了许碧昭的事情。

原来她见过庭柯。

庭柯这个名字，对钟尘来说都有些遥远了，听她提起，甚至有些

不负
忆长安
bufu

恍神，于是告诉了艾卓宁昭一些许碧昭的事情，他说得很简单，其中太多细节，并不足为外人道，而艾卓宁昭却直截了当地问他——你觉得，我是她吗？

连他自己都没有想过的问题，却被艾卓宁昭给提了出来，最终钟尘只给了个模棱两可的答案——你觉得是，就是，你觉得不是，那就不是。

钟尘是个果断的人，然而和许碧昭扯上关系的任何事情，他都会迟疑起来，以前是，现在竟然也丝毫没有长进。

钟尘后宫里多了个外族女子的事情很快就传开了，让人意外的是大臣们倒也不反对，心思也很明显——只要皇上开了个纳妃的先例，之后上折子请皇上扩充后宫便容易许多。

只是皇上并没有要给人家封妃的意思，这让大家都有些摸不着头脑，只能静观其变。至少，从宫里的消息来看，这个女子还是很受宠的，皇上常跟她待在一起，虽然两人交谈得并不多，皇上甚至从没在她那儿过过夜。

这事情到龙辰回来稍微有些变化，龙辰和钟尘的关系在君臣之外，多了几分微妙的如朋友般的关系，所以他看见了艾卓宁昭后，直接抓着人问了一通，最后见她一问三不知，索性直接问了钟尘。

"皇上，您觉得她是妖……是皇后？"
钟尘皱眉，没有回答。
龙辰说："太像了……几乎一模一样，皇上，您不觉得，您这是等到了她吗？"

想了想，他又有些愤愤不平地说："这世上怎么会有这样的事情呢？"

钟尘放下奏折，叹了口气，龙辰又说："皇上，不管怎么样……老实说，臣还是希望您能有新生活的，八年前在云城，您还记得吗？您说，我还年轻，应该有新的生活……这话今天还给您，您也才四十三，还有半辈子呢，如果能找个人陪着自己，也总是好的……好过孤家寡人。"

图海在一旁听着，连连点头，总觉得比起当初那个每日躺在乾清宫里孤苦伶仃的皇上，眼下这个皇上多了些生气。

即便图海总觉得，皇上和艾卓宁昭的相处模式让人有些摸不着头脑，皇上对艾卓宁昭当然很好，至于跟当年对皇后的好比起来，却是两种截然不同的感觉。

一定要说的话，那就是皇后一点儿也不怕皇上，而艾卓宁昭是怕皇上的。

开始的时候，图海总觉得艾卓宁昭年纪小，又初来皇宫不久，会怕皇上也是理所当然，等过些时日，发现皇上对她如此温柔，自然也就不怕了。可随着时间推移，图海发现，艾卓宁昭的怕，反而正是因为皇上。

皇上对她的好，更似长辈对晚辈的好，皇上的极近温柔与宽容，更似对她有所亏欠。而艾卓宁昭虽然晓得许碧昭的事情，却毕竟不是许碧昭，她无法理解皇上对着自己的那万般柔肠与哀伤究竟是何因由，正是这种不理解与不确定，让她下意识地有些害怕。

皇上显然也不是不知道，他自有一百种方法可以宽慰艾卓宁昭，可他什么也没有做，虽然温柔，却也自有一番暗流的冷漠。

就连跟了钟尘这么多年的图海都不知道他的意图，艾卓宁昭自然更不会知道。

可她还是爱上了钟尘。

没人意外，只是连钟尘都没想到，她会主动来找自己。

"你之前说过，我说我是许碧昭，我就是许碧昭，对不对？那……我现在说，我是许碧昭，行不行？不管事实上，我是不是她，我……我就是许碧昭，可以吗？你对许碧昭的爱，对许碧昭的怀念，对许碧昭的愧疚……都给我，行吗？我什么也不知道，那些事情，我也都没有和你一起经历，但是……你看，你这么帅，身子这么好，以后一定可以活很久很久，这么长的人生，我陪着你，行不行？"

这样直击内心的表白，是钟尘多年没听见的，何况，她主动提到了，许碧昭。

图海听得心惊。却见钟尘放下手中奏折，轻轻拥住艾卓宁昭，然后拍了拍她的头顶。

"好……阿昭。"

图海终于松了口气，艾卓宁昭也忍不住笑了出来，伸手也环住钟尘的腰。然而很快，钟尘将她轻轻推开，说："朕还有折子要处理，你先自己去玩吧。"

艾卓宁昭傻了傻，说："啊？哦，好。"

图海暗恨皇上的不解风情，却见艾卓宁昭忍不住说："钟尘……你……你开心吗？"

"当然开心。"钟尘这样回答着，扬了扬嘴角，眼里却没什么笑意。

艾卓宁昭迷茫地点了点头，转身走了。

那天晚上，钟尘并没有像图海所期盼的那样将艾卓宁昭招来，而是又一次去了凤栖宫。

空了十四年的凤栖宫整洁如昔，那天，钟尘做了一个梦。

梦中，他与许碧昭都已经四十多了，许碧昭的眼尾有了岁月的痕迹，细纹蔓延，眼神却仍似二八少女，她穿着皇后的衣裳，坐在钟尘身边，悄悄地抱怨："头上重死了。"

钟尘则笑着低声说："这么多年还没习惯？"

许碧昭说："再过三十年也习惯不了！脖子都酸了。"

钟尘侧头看她。许碧昭也满怀嗔怪地看了他一眼，最后两人相视一笑，又都挪开了目光。

许碧昭小声说："阿尘。"

钟尘："嗯？"

许碧昭说："你这些年，过得开心吗？"

梦里的钟尘说："有你陪着，我一直很开心。"

许碧昭笑了笑："可我比你更快活。"

钟尘还想细问，画面一转，时光回转，两人站在雁门关外，寒风猎猎。不远处，钟尘的舅舅，远征大将军带着浩荡兵马候着，而他穿着锦衣，腰间坠着一块玉牌。

钟尘很快想起来了，这是他当年离开的时候，就是这一次，他带着许碧昭回了京城，他登基，许碧昭为后，自此，宫院深深。

然而梦中并不是那样，许碧昭没有跟着他走，她的师父和师兄也没有来送她，彼时她的年纪还很小，爱恨喜悲都写在脸上，一张白嫩的脸被冻得发红。许碧昭牵着他的披风一角，眼里含着欲落未落的泪水，满脸不舍："你这一去……什么时候才能回来呀？"

钟尘听见那时的自己的声音清朗却迷惘："我也……不知道。"

许碧昭闻言眼泪就落了下来："那就是再也见不到啦？"

钟尘说："你跟我走好不好？"

许碧昭只是摇头，哭着放开了手，钟尘什么也没有说，低头上了马。他打马，许碧昭忽又拔足追了过来，她用手抵在嘴边，仿佛在大声说着什么。

"一定……不要……我……"

她在说什么？

一定不要忘了我？

钟尘忍不住勒住缰绳，回头看去，许碧昭的身影在风雪中显得很遥远，她的声音却断断续续地再次传来。

"一定……不要……记得……我……"

"忘了我吧！"

"忘了……许碧昭……"

钟尘猛地睁开眼睛，却看见艾卓宁昭吃惊的脸。

见他睁眼，艾卓宁昭有些慌张地说："我……我大清早醒了，想来找你，图公公说你在这里……"

她手忙脚乱地递给钟尘一块手帕。

钟尘没有接，伸手一摸，发现自己满脸都是泪水。

艾卓宁昭呆呆地看着钟尘，却听见他说："你为什么叫艾卓宁昭？这个名字是谁给你取的？"

艾卓宁昭十分惊讶，因为钟尘从来没有问过她的故事和她的这短短十四年的过去。她有些害羞又有些惊喜，说："其实我刚出生的时候，因为体格太弱，取的是个男孩儿的名字，叫艾卓宁狼。到我六岁那年，我的姐姐……就是阿岚，您见过的，她回家的时候，带来一支羽箭，上面刻着宇国的文字'昭'，我父亲懂宇文，十分喜欢这个字，正好我要改回女孩儿名，父亲就给我改名叫艾卓宁昭了……"

她絮絮叨叨地说了一堆，钟尘全没听见，只低声道："阿岚……我确实见过的。"

艾卓宁昭不解地看着他，钟尘却并不打算解释了，只几乎是释然地道："艾卓宁昭，你一会儿便出宫，跟你父亲回去吧。你们拓嗒族的请求，朕会继续帮忙。朕从未留宿你的宫殿内，此事众人皆知，你仍是个清白的小姑娘，回到你的草原，祝你找到你心仪的人。"

艾卓宁昭震惊地退了一步，有些不愿相信似的："什……什么？可您明明昨日才答应……是不是，是不是我做错了什么？"

"你没有错……错的是朕。"

钟尘似乎极其疲惫，挥了挥手，让她退下，再未解释任何一句。

艾卓宁昭的离开和艾卓宁昭的到来一样突然，大臣们纷纷梦碎，所有人都不明所以。

只有图海，在这事情过去了一个月后，才斗胆问了那么一句。

钟尘听他再次提起艾卓宁昭，倒是苦笑了一下，道："朕说了，是朕搞错了……之前，朕虽然心里晓得，这世上哪有什么转世——即便有，阿昭也发过那样的毒誓，她怎么会……舍得来我身边呢？可她们那么像，正好是十四年，还都叫阿昭，朕总觉得，或许呢？毕竟，她真的像十四岁时候的阿昭。"

图海总算晓得那奇怪的相处方式是怎么回事了，皇上想把艾卓宁昭当作许碧昭，却比任何人都更加迟疑。

"直到那一日，朕做了个梦……十四年啦，朕第一次梦见她，梦里有两个她，一个是四十岁的她，活得好好的，仍然是朕唯一的皇后，她说自己很快活；还有一个她，是十四岁的她，那一日，她没有跟朕来京城，继续当她的医生去了，她很伤心，但让朕一定要忘了她……醒来之后，朕就想明白了。"

十四岁的许碧昭，在遇见钟尘的那一刻就死了。那十四年懵懂糊涂不乏快乐的时光，因为钟尘的到来戛然而止，从此她踏入一条充满眼泪与血的河流。

而四十岁的许碧昭……若她还活着，确实应已四十一岁了，但永不会有这一天。

十四岁的许碧昭，没有因为与钟尘的分离痛哭，四十一岁的许碧昭，更没有因为与钟尘的相守而快乐。

他的阿昭，无论哪一个，都不在了，且如她所愿，生生世世……再不会相见。

281